인외 서커스

人外 *Circus*

JINGAI CIRCUS

©Yasumi Kobayashi 2018

First published in Japan in 2018 by KADOKAWA CORPORATION, Tokyo.

Korean translation rights arranged with KADOKAWA CORPORATION, Tokyo.

인 외

人外
Circus

서커스

고바야시 야스미 장편소설
민경욱 옮김

하빌리스

목차

1

"서커스 텐트 안이란 데, 상당히 춥네." 얇은 옷을 입은 멋진 스타일의 금발 미녀가 두리번거리며 거대한 텐트 속을 둘러봤다. "바람이 들어와."

이제 막 여름이 시작된 터라 습기를 머금은 바람이 조금 차갑게 느껴졌다.

"그야, 천으로 덮어놓은 거니까." 서커스 단원치고는 조금 가녀린 체격의 남자가 텐트를 받치고 있는 철 기둥에 손을 댔다. "너무 밀폐되면 강풍이 불 때 쓰러질 위험이 있어."

텐트 천이 펄럭펄럭 바람에 흔들렸다.

"아무도 없어?" 여자는 타박타박 중앙의 원형 무대 쪽으로 갔다.

공연 텐트 안의 조명은 꺼져 있었고 비상사태를 위한 최소한의 조명만이 내부를 어슴푸레 비추고 있었다.

"밤이니까." 남자는 여자의 뒤를 따랐다.

"밤에는 연습하는 거 아녔어? 나는 그럴 줄 알았는데."

"그럴 때도 있지만 밤중까지 연습하는 일은 거의 없어."

"그래? 서커스는 목숨을 거는 일인 줄 알았는데."

"목숨을 걸지."

"목숨을 거는 거면 그만큼 열심히 연습해야 하는 거 아냐?"

"음." 남자는 팔짱을 꼈다. "그러니까 예를 들어 경찰이나 소방관 같은 걸 생각해봐. 의사도 좋고."

"서커스 단원 얘길 하고 있었잖아."

"서커스 얘기가 될 거니까 일단 좀 참아. 소방관도 경찰도 목숨을 거는 직업이지?"

"의사는 아닐 수도 있지."

"하지만 다른 사람의 생명을 맡고 있지, 안 그래?"

"뭐, 그러네."

"소방관이나 경찰, 의사는 자신과 다른 사람의 생명을 책임지고 있어. 훈련을 게을리 해선 안 되지."

여자는 고개를 끄덕였다. 그리고 하품했다. 이제 슬슬 지루해진 모양이다.

"그렇다고 그들이 내내 훈련만 하는 건 아니야. 휴식을 취하거나 가족과 시간을 보내는 일도 필요해."

"그러니까 그게 뭐?"

"그들도 우리도 인간이야. 그리고 인간은 사랑을 나누지." 남자는 여자의 몸을 끌어당기려고 했다.

"어머? 여기서?"

"여기도 괜찮지 않아? 기껏 서커스단에 왔는데 이런 데서

해야 기념이 되지."

"하지만 여긴 밖이나 마찬가지잖아."

"바깥과는 전혀 달라."

"텐트 말고 당신 방으로 가면 안 돼? 설마 부인 있어?"

"내 방도 텐트야." 남자는 웃으면서 말했다. "그리고 옆 텐트까지는 50센티미터 밖에 떨어져 있지 않아. 뭐, 다들 익숙해서 다른 텐트 소리에 신경도 쓰지 않지만, 너는 신경 쓰이지 않겠어?"

"그럼, 당신, 늘 여자를 이리로 데려오는 거야?" 여자는 어이없다는 표정을 지었다.

"늘?" 남자는 뭐라고 대답해야 하나 망설이는 듯했다. "내가 그렇게 노는 놈으로 보여?"

"여길 쓰는 사람은 당신뿐이야? 아니면 다들 같이 써?"

"다른 녀석들?" 남자는 잠시 생각하다가 입술에 손가락을 세우고 귀 뒤에 다른 쪽 손바닥을 펼쳤다. "사람 소리 들려?"

"아니."

"좌석이 삐걱대는 소리는?"

"안 나."

"그럼, 오늘은 우리만 있나 봐."

"어머, 그래?" 여자가 생긋 웃었다.

"뭐가 우스워?"

"아냐. 그냥, 평소에는 다른 사람들도 있을까 해서."

"뭐, 다른 녀석들이 있더라도 신경 쓰진 않지만."

"말도 안 돼."

"서로 보지 않고 듣지도 않아. 그런 규칙이 있지."

"하지만 실제로는 보기도 하고 듣기도 하지?"

"그다지 보진 않아. 어둡고, 대개는 그늘져 있으니까. 들리는 건…… 그치, 배경음악이라고 생각하면 돼."

"우리 소리도 저쪽한테는 배경음악이겠네." 여자는 남자의 목덜미에 팔을 둘렀다. "저기, 서커스 단원은 인기가 많아?"

"글쎄. 노는 놈은 꽤 놀지. 하지만 성실한 녀석도 많아. 그건 특별히 서커스에만 해당하는 얘기는 아니지. 하긴, 늘 위험을 안고 사니까, 너처럼 호기심이 왕성한 애들한테는 인기가 있을지도 모르지."

"당신은 뭘 하는데? 공중그네? 줄타기? 아니면 공 굴리는 피에로?" 여자는 귓가에 속삭였다.

"모르고 따라온 거야?" 남자는 어이없다는 듯 눈을 크게 떴다. "내 기술을 보고 반한 게 아니었어?"

"당신이 서커스 단원이라고 해서 따라왔지."

"서커스를 아주 좋아한다고 해서 당연히 서커스를 보러 온 손님인 줄 알았지."

"서커스는 좋아해. 하지만 TV로 본 게 다야."

"진짜로 본 적은 없어?"

"글쎄." 여자는 생각에 잠겼다. "없는 것 같아. 어쩌면 어릴 때 봤을 수도 있지만 기억은 안 나."

"기억나지 않는다면 아마 안 봤을 거야. 서커스를 봤던 기억이 지워지긴 힘드니까."

"왜 그렇게 말해?"

"진짜 서커스의 기억은 강렬하거든." 남자는 천장의 천을 올려다봤다. "그건 열 살 때였어. 나는 아버지 손에 이끌려 서커스를 보러 갔지. 이 서커스단은 아니었지만."

"서커스 하는 사람은 다 세습이라고 생각했는데."

"물론 대대로 서커스를 하는 사람도 있어. 하지만 나처럼 외부에서 서커스단에 들어오는 경우도 있어."

"아이 때 납치된 거야?"

"그럴 리가. 만약 그런 일이 정말 있다면 서커스단은 항상 경찰에 감시당할걸? 그건 아이들을 겁주려고 하는 소리지. 산타클로스와 반대로. ……그보다 요즘에는 그런 말도 거의 하지 않잖아."

"우리 부모는 고루하거든."

"실은 나이가 꽤 있는 거 아냐?"

"맞아. 나, 젊어 보이지? 사실은 당신 할머니뻘이야." 여자가 웃었다.

"네가 내 할머니라면 나는 아직 생식세포도 못 됐겠다." 남자도 웃었다. "어디서 할까? 무대는 너무 넓어서 불안하니까 좌석 쪽에서 할까?"

"딱딱한 건 싫어. 소파 같은 거 없어?"

"아, 쿠션이라면 어딘가 모아놨을 텐데……."

"그럼 트램펄린이 좋겠다."

"트램펄린은 창고용 텐트에 있어. 거기는 완전 캄캄해."

"불을 켜면 되잖아."

"그렇긴 한데, 불을 켜면 밖에서 바로 아니까 나중에 여러 소릴 들어."

"의외로 소심하네. 그럼 이리로 가져오면?"

"혼자서는 옮길 수 없어. 게다가 트램펄린은 침대가 아니라고. 누워도 그리 편하지 않아."

"그럼 줄타기 같은 거 할 때 밑에 쳐놓은 그물도 좋아."

"그것도 혼자 치긴 힘들어. 게다가 그건 손발이 당겨져서 몸을 움직이기가 힘들다고."

"아까 당신도 '기껏 서커스단에 왔는데 이런 데서 해야 기념이 되지'라고 했잖아. 서커스단에 왔는데 서커스 같은 것은 다 안 된다니까 좀 그렇다."

"서커스 같은 거라……." 남자는 어쩔 줄 몰라 했다.

"무엇보다 당신은 뭘 하는데? 아까 얼버무리던데 혹시 표 파는 사람이야?"

"아아. 나는…… 마술사야."

"마술사라면 눈속임 같은 거?"

"그렇지."

"서커스단에도 마술사가 있구나. 속임수가 없는 것만 하는 줄 알았는데. 사람을 속이기도 하는구나."

"속인다는 건 너무한데?" 남자는 기분이 상한 듯했다.

"하지만 다른 사람들은 목숨을 거는데."

"나도 걸어."

"뒤집어놓은 트럼프 숫자를 맞추는 게?"

"서커스에서 트럼프 마술 같은 건 안 하지. 더 큰 장치를 쓴다고."

"큰 장치?"

"변신이나 탈출 마술 같은 거."

"지금 해봐."

"지금?" 남자는 머리를 긁적였다. "지금은 좀……."

"못 해?"

"마술에는 준비가 필요해."

"그럼 지금부터 준비해."

"잠깐만! 우리……."

"마술을 보여줄 때까지는 안 돼." 여자가 윙크했다.

"……알았어. 아주 조금이야. 조수가 필요한 건 하지 못하니까 다소 심심해도 봐줘."

"좋아."

"잠깐만 기다려. 도구를 찾아올게." 남자는 종종걸음으로 통로를 걸어 원형 무대 아랫부분을 들여다봤다. "어두워서 잘 보이지 않네."

"나도 찾는 걸 도와줄까?" 여자는 남자 뒤를 향해 천천히 걸었다.

걷는 여자의 모습이 조금씩 변하기 시작했다. 새빨간 입술이 마치 민달팽이처럼 꾸물꾸물 움직이기 시작하더니 옆으로 퍼져 귓불까지 찢어졌다. 치아가 개의 이빨처럼 날카로워지면서 덜그럭덜그럭 배치를 바꾸기 시작했고, 특히 그중 두 개가 아주 길어졌다. 손톱도 길어졌고 팔에는 짙은 갈색의 뻣뻣한 털이 순식간에 솟았다.

여자가 크게 입을 벌리자 끈끈한 타액이 덩어리가 되어 뚝뚝 바닥에 떨어졌다. 여자는 크고 길쭉한 검붉은 혀로 턱에 흐른 침을 핥았다.

여자는 남자의 등 뒤로 점점 거리를 좁혔다. 앞으로 2미터.

"아아. 여기가 아닌 것 같네." 남자가 일어났다.

여자는 서둘러 손으로 입을 가렸다.

"도구는 반대편이야." 남자는 여자 옆을 지나쳤다.

도구를 찾는 데 열중한 데다 어둡기도 해서인지, 남자는 여자의 변화를 알아차리지 못한 듯했다.

남자는 다른 장소에 머리를 들이밀었다. "있다, 있어. 이걸 찾았지."

"드디어 찾은 것 같네." 여자는 줄줄 침을 흘리면서 남자에게 다가왔다. 섹시한 옷은 침으로 끈적끈적해져 온몸이 훤히 비쳤다.

마침내 입을 크게 벌리고 남자의 목덜미를 향해 달려들었다.

"이거야." 남자는 순간적으로 고개를 돌림과 동시에 들고 있던 철제 파이프를 여자의 입에 쑤셔 넣었다.

우두둑하는 무시무시한 소리와 함께 여자의 이가 부서져 흩어졌다.

크아아아악, 남자인지 여자인지 아니면 짐승인지 모를 절규가 텐트 안에 울려 퍼졌다.

"발견하지 못하면 어쩌나 싶어 초조했어." 남자는 여자가 뱉어낸 철제 파이프를 주웠다.

"알았나?" 여자—같은 괴물이 입에서 엄청난 피를 흘리며 말했다. 턱뼈가 부서져 제대로 말할 수 없는 듯했다.

"알았냐고? 응, 물론이지. 흡혈귀 냄새가 엄청 나던데." 남자는 철제 파이프를 한 손으로 휘둘렀다.

흡혈귀는 엉망이 되어버린 자신의 턱을 손으로 맞췄다. "나를 이길 수 있을 것 같아?"

"나를 뒤에서 노린 걸 보면 너, 그리 강하지 않은가 봐?" 남자는 조심스레 몸을 가누면서 조금씩 흡혈귀와의 거리를 벌렸다.

"요란을 떨면 안 될 것 같았지. 최근, 시끄러운 녀석들이 많거든. 하지만 이렇게 된 이상 확실히 죽여주지. 아무 짓도 안 했으면 편안히 죽었을 텐데 너는 바보야. 미리 말하는데 나는 너를 동료로 삼을 생각이 전혀 없어. 요즘은 동료를 늘리지 않거든. 피를 빤 뒤에는 머리를 뭉개고 그대로 버릴 거야. 동료를 더 늘려봤자 좋을 게 하나도 없으니까. 먹잇감을 서로 빼앗느라 난리치다가 눈에 띄어서 사냥꾼한테 들키기나 십상이지."

"알아." 남자가 말했다. "근데 이미 너는 충분히 눈에 띄어. 지난 한 달 동안 몇 명이나 먹어치웠나?"

"일일이 세어보지 않았어. 그런데 어떻게 흡혈귀인지 알았지?"

"아아. 어쩌다 알게 됐지."

흡혈귀는 근육을 그대로 드러낸 채 남자에게 달려들었다. 하지만 갑자기 공중에서 움직임을 멈췄다. 곧이어 공중에 엄청난 불꽃이 튀더니 흡혈귀는 와이어에 휘감긴 채 부들부들 경련을 일으켰다.

"너희들 속도를 따라잡긴 힘들지. 하지만 그 육체는 어디까지나 인간이 바탕이야. 강력한 전류가 흐르면 근육이 마비되지." 남자는 좌석 밑에서 산탄총을 꺼냈다. "처음부터 가지고 있으면 알아차릴 수도 있어서 말이야. 미안하지만 이걸로 머리를 날려줄게."

흡혈귀의 얼굴이 분노로 일그러졌다. 그 순간, 섬광과 함께 천둥이 치더니 텐트 안이 어둠에 휩싸였다.

산탄총이 여러 발 발사되었다.

몇 초 후, 비상 발전으로 긴급 교체되며 비상등이 켜졌다.

남자는 총을 든 채 좌석 사이에 웅크리고 앉아 주위를 경계했다.

젠장! 어디로 간 거야.

전류가 흐르던 와이어는 이미 찢어져 있었다.

흡혈귀의 힘은 보통 인간의 20배에서 50배에 달한다고 했다. 와이어를 찢는 것 정도는 식은 죽 먹기였을 것이다. 또 개중에는 기상 현상을 조종하는 흡혈귀도 있다고 했다. 조금 전 벼락은 아주 근처에 떨어진 것 같은데 아마 우연은 아닐 것이다.

남자는 이마의 땀을 닦았다.

주저리주저리 떠들지 말고 가차 없이 머리를 날렸어야 했는데. 녀석들의 재생 능력을 고려하면 철제 파이프로 생긴 상처는 이미 회복되었을 것이다. 이거 참 힘들게 됐네.

흡혈귀는 무기 사용을 좋아하지 않는다. 그건 무기 없이도 무장한 인간의 전투 능력을 훨씬 능가하기 때문이다. 녀석들은 강하고 빠르며 약삭빨랐다.

남자는 호흡을 가다듬었다.

우선은 현상 파악이야. 그리고 대책을 생각하자.

녀석은 내가 여기 숨은 걸 알까? 아마 그럴 것이다. 흡혈귀의 오감은 아주 날카롭다. 직접 보지 않더라도 소리나 진동으로 기척을 살필 수 있고 냄새로도 탐지할 수 있다. 달리 정신 팔 건수가 없다면 나를 놓칠 일은 없을 것이다.

그럼 왜 공격하지 않는 걸까? 아마도 철제 파이프와 와이어 공격을 연달아 받고 경계 중일 것이다. 내가 다른 덫을 놓았을 가능성을 고려하고 있을지 모른다.

아니면 도망쳤나? 아니야, 그건 아니지. 자신감 과잉인 녀석들이 그 정도 일로 겁먹진 않았을 거다. 웬만한 일이 아니면 일단 물은 사냥감은 반드시 처리한다. 그러지 않으면 녀석들의 자존심이 용납하지 않을 테니까.

어쩌면 녀석은, 내가 녀석이 있는 곳을 파악한 뒤라 생각하고 경계하는 게 아닐까? 아마 판단이 서지 않으리라. 아직은 내 능력을 제대로 파악하지 못했을 것이다. 물론 암시(暗視) 고글을 쓰면 추적할 수 있겠으나 유감스럽게도 지금은 가지고 있지 않았다.

그렇다면 이대로 지구전을 택해서 녀석이 나오길 기다릴 것인가, 아니면 내가 먼저 나서서 유인할 것인가.

기록을 보면, 흡혈귀는 먹거나 마시지 않고도 몇 주 동안 싸울 수 있다. 하지만 살아있는 인간은 먹거나 마시지 않고 게다가 잠도 자지 않고 싸우면 하루가 한계일 것이다. 녀석을 이기는 방법은 단기전밖에 없다.

남자는 다시 한번 주위에 흡혈귀의 기척이 없는지 확인하고 일어났다.

"귀여운 아가씨, 어서 나와." 남자의 목소리가 울렸다.

반응이 없었다.

"설마 나를 무서워하는 건 아니지?"

원형 무대 중심에 구멍이 열리더니 날개 달린 괴물이 튀어나왔다. 괴물은 고속으로 남자에게 돌진했다.

남자는 반사적으로 좌석 사이에 몸을 숨겼다. 주위 좌석이 날아갔다. 날개에 걸렸는지, 바람의 압력에 날아갔는지는 알 수 없었다.

괴물은 급상승해 텐트 천장에 매달렸다. 그것은 인간 정도 크기의 박쥐처럼 보였는데 명백히 조금 전 여자 흡혈귀의 얼굴을 하고 있었다.

남자는 산탄총을 천장으로 향했다. 거의 머리 바로 위라 조준하기가 매우 어려웠다. 게다가 빗나가면 산탄이 떨어질 위험도 있었다.

남자는 산탄총을 겨눈 채 이동을 시작했다.

박쥐는 말없이 이쪽을 가만히 보고 있었다.

"너, 이름이 뭐야?"

"이름은 오래전에 버렸어." 괴물의 쉰 목소리가 들렸다.

"그럼 부르고 싶을 때 뭐라고 불러? 배트 걸?"

"퀸 비. 그렇게 불릴 때가 있지."

"좋은 이름이네." 남자는 상대를 정확히 조준한 채 계속 이동했다. "흡혈귀는 언제 됐어? 내 할머니 정도라는 게 사실이야?"

"물론 거짓말이야. 흡혈귀가 된 건 120년쯤 전이니까 네 고조모쯤 되려나."

왜 공격하지 않지? 그렇구나. 내가 총 쏘기를 기다리는구나. 완전 자동이 아니니까 일단 쏘면 다음 발포까지 살짝 틈이 생긴다. 그 순간에 공격할 셈이구나.

그럼, 녀석의 작전에 놀아나 볼까?

남자는 가만히 흡혈귀를 바라보며 생각했다.

왼손이 저렸다. 아까 퀸 비가 할퀴고 날아갈 때 부상을 입은 듯했다. 그러나 부상 정도를 확인할 여유는 없었다. 아마도 손을 보는 순간 녀석이 덮쳐올 것이다.

남자는 잠시 망설이다가 산탄총에서 왼손을 떼고 그 손을 바지 주머니에 넣었다. 오른손만으로 총을 든 상태라 몸통에 총을 대 지탱했으나 상당히 불안정했다. 어쩔 수 없는 노릇이었다.

"왜 그래? 쏴보지 그래?" 퀸 비는 천장에서 낙하함과 동시에 날개를 펼쳤다. 텐트 안을 빙글빙글 돌며 활공했다.

흡혈귀에게 상처를 입혀 움직임을 막는 일은 불가능하다. 녀석들을 이기는 방법은 죽이는 것밖에 없다. 녀석들은 인간이 아니다. 손발을 절단하든 내장을 갈기갈기 찢든 그렇다고 절명하는 건 아니다. 녀석들은 경이로울 정도의 엄청난 회복 능력을 지니고 있어서, 몇 초에서 수십 초 만에 아무리 중상이더라도 치유되고 말았다. 하지만 거기에도 한계는 있다. 흡혈귀가 지닌 초능력의 원천은 혈액이다. 그래서 녀석들은 항상 대량의 혈액을 필요로 했다. 엄청난 회복 능력의 원천 역시 혈액이다. 즉 심장을 파괴하면 혈액 공급이 중단되어 그대로 죽고 만다. 또 머리를 분쇄하거나 절단해도 움직이지 못하게 되어 그대로 죽는다. 어디까지나 녀석들의 토대는 인간이므로 온몸에 뇌가 분산해 있는 건 아니다.

퀸 비는 10미터 이내로는 접근하지 않았다. 게다가 비행 속도는 시속 30킬로미터 이상인 것 같았다. 뇌나 심장에 명중시킬 자신은 없었다. 한 발을 쏘면 몇 초 동안은 무방비 상태가 된다. 1초면 퀸 비는 남자를 발기발기 찢을 수 있다. 그리고 고작 평범한 인간에 불과한 남자는 즉사할 것이다.

비행은 상당히 체력을 소모하는 듯했다. 이대로 기다리면 비행을 중단하고 내려올지도 몰랐다. 하지만 그래도 인간의 몇 배에 달하는 속도로 움직이는 흡혈귀의 뇌와 심장을 꿰뚫는 일은 지극히 어려울 터였다.

역시 도박하는 수밖에 없다. 다음은 자신의 반사 신경에 모든 걸 맡기자.

남자는 숨을 멈추고 방아쇠에 손가락을 걸었다.

퀸 비는 신난다는 표정을 지었다. 자신의 승리를 확신했으리라.

남자는 왠지 화가 났다.

만약 자신의 운이 상당히 세다면 산탄은 녀석의 뇌나 심장을 명중할 것이다. 그걸로 한 건 끝이다. 하지만 만약 그렇지 않다면…….

남자는 날아다니는 퀸 비에게 오른손만 이용해 필사적으로 조준을 맞추려 했다. 하지만 결국 대충 쏠 수밖에 없음을 깨닫고 포기했다.

그리고 방아쇠를 당겼다.

다음 순간, 퀸 비의 추악한 얼굴은 남자의 코앞에 있었다.

역시 빗나갔나.

퀸 비는 이빨을 드러냈다.

그런데 그 움직임이 순간 정지했다.

턱 밑으로 칼을 박아 넣어, 그것이 목구멍을 관통해 입천장까지 닿았기 때문이다.

칼은 남자의 왼손에 쥐어 있었다. 남자는 오른손으로 총을 겨누는 사이 내내, 왼손으로 날이 튀어나오는 칼을 쥐고 있었다. 칼의 길이는 20센티미터.

퀸 비는 발포 직후 몇 초 동안은 남자가 반격하지 못하리라 착각했다. 그래서 무방비하게 아주 가까운 거리까지 다가왔다.

남자는 그 순간을 기다린 것이다. 운이 좋으면 그대로 칼을 뇌에 박을 심산이었다. 하지만 그렇게까지 운이 좋지는 않았다. 칼날의 끝은 두개골 어딘가에 부딪혀 멈추고 말았다.

퀸 비는 갑작스러운 반격에 놀라 순간 당황했다. 그래서 남자의 머리를 뭉개버리는 것도, 장을 훑어내는 것도 생각할 수 없었다.

반대로 남자는 미리 마음의 준비를 해두었다. 바로 펌프 액션을 해 박쥐의 몸통에 발포했다. 물론 충분히 조준할 여유는 없었다. 하지만 산탄 대부분이 체내에 박혔다.

퀸 비는 절규하며 남자의 몸을 냅다 차버렸다.

남자는 몇 미터나 날아가 바닥에 굴렀다.

남자가 칼을 쥐고 놓지 않은 탓에 날아가는 반동으로 퀸 비의 턱은 크게 찢어지며 뚝뚝 피가 나왔다.

"아아아아악!!" 퀸 비는 인간의 형태로 변모를 거듭했다. 하지만 완전한 인간의 모습은 아니었다. 야수의 흔적이 상당히 남았다.

"제기랄! 전혀 효과가 없나!" 남자는 혀를 차고 일어났다.

"효과 있어! 나는 정말 아프다고!"

남자는 퀸 비를 향해 또 발포했다.

"아프다니까!!" 흡혈귀는 피를 토하면서 격노했다.

"아프라고 쏜 거야." 남자가 대답했다.

퀸 비는 남자를 향해 달려오려 했으나 바로 멈췄다. "너, 나를 화나게 하려는 거구나?"

"글쎄다."

"철제 파이프에 와이어에 산탄총에 칼까지. ……그거 말고 또 뭘 숨겼을까?"

"이제는 지혜와 용기뿐인데." 남자는 총과 칼을 든 손을 들었다.

"내가 믿을 것 같아?"

"믿지 않아도 돼. 그냥 물러나든지."

"우우우우와와와와!!!" 퀸 비는 분노의 포효를 올리며 다시 날개를 만들었다.

남자는 펌프 액션을 했다.

퀸 비는 그대로 빠른 속도로 상승해 텐트 천장에 돌격했다.

천 찢어지는 소리가 나더니 텐트 천의 위쪽 반이 찢어졌다. 그 위로는 시커먼 밤하늘이 펼쳐져 있었다.

"이봐! 텐트 천은 꽤 비싸다고. 네가 변상할 거야?" 남자는 이마를 눌렀다.

"시끄러워!" 퀸 비는 텐트를 지탱하는 철 기둥 정상에 멈췄다.

남자는 겨냥했다.

자, 이제 어떻게 나올래?

퀸 비는 가슴 가득 공기를 빨아들였다.

순간, 정적이 찾아왔다.

그리고 귓속까지 얼얼해지는 고음이 퍼졌다. 남자는 귀를 막고 싶은 충동을 간신히 견뎠다.

지금 총에서 손을 뗄 수는 없었다.

퀸 비의 절규는 1분 이상이나 이어진 후 점점 작아지다가 멈췄다.

"뭐야? 살인 음파 같은 게 아니었어?" 남자가 놀리듯 말했다.

퀸 비는 남자를 노려보며 다시 포효했다.

"으악. 살인 음파는 아니지만, 이게 계속되면 그냥은 못 넘기겠다."

두 번째 절규도 1분 정도 이어졌고 다시 정적이 찾아왔다.

"이제 끝났냐? 아니면 계속할 거냐?" 남자가 물었다.

"이제 이걸로 충분해."

"너, 무슨 생각인데?"

"모르겠어? 이 소리가 안 들려?"

"아니. 네 소리 덕분에 귀가 먹먹해져서 소리가 들릴 리가……."

그때 날개 파닥이는 소리가 들려왔다.

남자는 하늘을 올려다봤다.

퀸 비와는 다른 거대한 박쥐가 하늘을 날고 있었다.

"동료를 부르다니 너무 비겁한 거 아냐?" 남자가 투덜댔다.

"비겁한 짓을 한 건 너잖아!"

"전투 능력이 완전히 다르니까 다소의 핸디캡은 인정해줘야지."

남자가 말을 끝내기도 전에 땅 울림이 들렸다.

남자는 좌석 사이에서 뛰어나와 원형 무대로 향했다. 남은 텐트의 아래쪽 천이 펄럭펄럭 흔들리며 늑대가 뛰어 들어왔다.

"아아. 좀 더 있다 올 줄 알았는데 생각보다 빠르네." 남자는 총을 겨누고 주위를 휙 둘러봤다. "혼자 세 마리를 상대하는 건 너무 힘든데."

"녀석들에게 네 손발을 갈기갈기 찢으라고 할 거야." 퀸 비가 말했다.

"그리고 너는 마지막에 머리를 찢어발길 건가?"

"아니. 머리는 찢지 않아. 내가 찢어발길 건 반대쪽에 붙어 있지."

"그렇게 죽고 싶진 않은데. 어쩔 수 없지. 마술을 보여줄게." 남자는 손목시계를 향해 말을 걸었다. "예정보다 빠르지만, 총공격 개시!"

그 순간, 모든 좌석이 튀어 올랐다. 바닥에는 셔터 같은 게 몇 군데 있었고 그곳이 동시에 열렸다. 안에는 금속제 갑옷 같은 특수 복장을 한 사람들이 수십 명 대기하고 있었다. 전원이 거대한 총을 소지한 채였다.

"인간 병사들이!! 설마 우리에게 덫을 놓은 건 아니겠지?!" 퀸 비가 놀리듯 말했다.

"미안. 서커스는 다 거짓말이었어. 우린 너희를 사냥하기 위해 뭉친 컨소시엄이야." 남자가 말했다.

"랜디, 뭐야?" 갑옷 입은 사람 하나가 말했다. "우선 하나라고 방심시킨 다음에 총공격하는 게 계획 아니었어?"

"그럴 계획이었는데 상대가 너무 강해. 흡혈귀를 완전히 얕잡아 봤네."

"랜디, 일 좀 제대로 하자."

"전투 중에는 그 이름 좀 쓰지 마. 캡틴이라고 불러."

퀸 비가 병사들을 향해 급강하하기 시작했다.

"공격 개시!!" 남자가 소리쳤다.

병사들은 바닥의 움푹 팬 곳에서 튀어나왔다. 동시에 자동소총이 불을 뿜었다. 각자 든 총에서 무시무시한 속도로 총알이 휙휙 발사되었다.

퀸 비는 수백 발의 총알을 맞아 온몸의 피부와 근육이 찢겼고 뼈가 부서졌으며 내장이 흘러나와 산산이 흩어졌다. 뼈와 고깃덩어리로 이루어진 피범벅 오브제가 된 퀸 비는 날아간 좌석의 잔해 속으로 추락했다.

병사들은 다시 총알 세례를 퍼부었다.

하지만 퀸 비는 붉은 누더기 걸레 같은 모습인 채로 바닥을 질주했다. 다시 재생을 시작한 것이다.

그동안에도 늑대가 병사들 쪽으로 다가왔다. 병사 중 몇 명은 퀸 비에 대한 공격을 중지하고 늑대를 공격했다.

마침내 무수한 총알을 맞아 늑대의 털이 날아가고 근육이 파여 그 자리에 쓰러져 움직이지 않게 되자, 한 병사가 자그만 근육 덩어리가 된 늑대의 잔해에 다가갔다.

"접근은 아직 일러!" 남자가 소리쳤다.

병사는 도망치려고 했다.

하지만 해골 늑대가 더 빨랐다. 피와 살점을 흩뿌리면서 병사에게 달려들어 갑옷의 목덜미 근처를 물어뜯었다.

폭발이 일어났다.

병사와 늑대는 서로 반대 방향으로 날아갔다.

"폭발 반응 갑옷!!" 퀸 비는 경악했다.

"아, 맞아. 우리 갑옷에는 폭약이 설치되어 있어. 공격을 받으면 폭발하지. 우리한테도 큰 피해가 있긴 하지만, 흡혈귀에게 물려 죽는 것보다는 나으니까."

날아간 병사는 꼼짝도 하지 않았다. 정신을 잃었는지 아니면 쇼크사했는지 모르겠다. 하지만 동료 병사들은 생사를 확인하려 하지 않았다. 바로 날아간 늑대 쪽으로 향했다.

늑대의 육체는 이미 재생을 시작하고 있었다. 게다가 동시에 늑대에서 인간으로의 변이도 시작했다.

병사들은 총알을 쏟아부었다.

흡혈귀의 육체는 살점이 되어 날아가 다시 내장이 드러났다. 얼굴 피부가 벗겨져 얼굴 근육과 안구가 드러났다. 흡혈귀는 눈꺼풀이 없는 눈으로 컨소시엄 병사들을 노려봤다.

그 면상을 향해 병사들은 총알을 비처럼 쏘아댔다.

안구가 날아가고 근육이 패여 얼굴뼈가 노출되었다.

"젠장! 아프다고!!"흡혈귀는 아우성쳤다.

총알은 그 입안에도 가차 없이 박혀 혀가 찢어져 날아갔다.

흡혈귀는 아우성치면서 웅크리며 손으로 얼굴을 막았다. 곧 머리 피부가 재생을 시작했다.

"한도 끝도 없네." 남자가 중얼거렸다.

"너도 이제 갑옷을 입는 게 좋지 않겠어? 네가 맨몸이면 다른 동료들이 조심하느라 제대로 공격하지 못해. 랜디."

"그러니까 그 이름 말고 캡틴이라고 부르라고 했잖아! 하지만 아무래도 갑옷을 입는 게 좋겠어. 좋아. 30초 만에 갑옷을 입을 테니 엄호해줘."

"아니. 10분은 걸릴 거야."

병사 몇 명이 남자 위로 방탄막을 쳤다.

날개 달린 흡혈귀는 급강하와 급상승을 되풀이하며 남자를 덮칠 기회를 노렸다.

남자는 바닥 아래 구멍에 놓인 갑옷으로 뛰어 들어갔다. 여기저기 쓸려 피가 났으나 전혀 개의치 않고 거칠게 자신의 몸을 억지로 밀어 넣었다. 우두둑 불길한 소리를 내며 간신히 남자는 갑옷에 몸을 넣었다.

"정말 마구잡이네. 폭발하지 않은 게 기적이야." 부관인 듯한 대원은 어이없다는 듯 말했다. "골절 아니야?"

"골절은 아니야. 몇 군데 탈골되었는데 다시 맞췄어." 남자는 걷기 시작했으나 명백히 다리를 끌고 있었다.

"아무리 봐도 제대로 맞춰진 것 같지 않은데."

"나중에 치료하면 되니까 괜찮아."

"너, 바보 아니냐?!"

"바보면 흡혈귀를 상대로 살아남지 못하겠지."

늑대의 모습이었던 흡혈귀는 반쯤 인간의 모습이 된 상태에서 병사들 사이로 돌진했다.

서로를 쏘는 일을 피하려고 병사들은 발포를 멈췄다.

흡혈귀는 차례로 병사들을 내던졌다. 낙하한 병사의 장갑이 폭발하면서 곧이어 갑옷이 따라 폭발했다. 전투 불능이 된 병사들이 서커스 텐트 안에 계속 쌓여갔다.

"이거 큰일이네." 남자가 말했다. "흡혈귀 수를 줄이지 않으면 우리가 먼저 전멸하겠어."

"열 압력 폭탄을 쏠까?" 대원이 말했다.

"여기서? 서커스 공연 텐트를 날리면 너무 눈에 띌 텐데." 남자가 대답했다. "우선은 다른 무기를 쓰자. 전원 입구 쪽으로 이동해 기관총 일제 사격 개시!"

남자는 봄베가 부착된 장치를 들어 올려 분사구를 늑대였던 흡혈귀에게 맞췄다.

흡혈귀의 육체는 총알로 점점 줄어들었으나 거의 같은 속도로 재생되는 바람에 쐐기를 박는 게 어려웠다.

남자는 스위치를 넣었다.

강력한 화염이 방사되어 흡혈귀의 온몸을 감쌌다.

육체가 재가 되어 무너져 내렸다.

"이 새끼! 이런 것으로 나를…… 나를…… 주, 주, 죽이려 하,

하, 하다니…………." 흡혈귀의 아래턱이 타서 툭 떨어졌다.

아래턱을 주우려고 몸을 숙인 흡혈귀의 입안에 다시 화염이 방사되었다. 열려있는 입의 목구멍으로 화염이 흘러 들어가 폐와 소화기를 태웠다. 목구멍의 근육이 무너져 목뼈가 드러났다.

"지금이야!! 흡혈귀의 목구멍에 기관총 사격을 집중해!!" 남자가 소리쳤다.

우두둑 머리뼈가 부러지며 결국은 까딱하고 머리가 뒤로 꺾였다. 이제 피부는 다 타버려서, 머리 부분과 몸통은 몇 개의 혈관과 척추로만 연결되어 있었다.

남자는 칼을 쥐고 흡혈귀에게 달려들었다.

경동맥을 자르면 뇌에 혈액이 공급되지 않아 뇌사에 이른다. 척수를 절단하면 몸을 제어할 수 없게 된다. 어느 쪽이든 그걸로 이 녀석은 끝이다.

남자는 경동맥을 잡고 칼날을 대려 했다.

하지만 목이 거의 잘린 상태에서도 흡혈귀는 살아있었다. 녀석은 남자의 양쪽 손목을 움켜쥐었다.

완전히 잡혀 꼼짝도 할 수 없었다.

흡혈귀의 육체는 점점 재생을 시작했다. 목의 근육이 복원되어 남자의 손과 칼이 안에 끼었다.

"으아아아아악!!" 남자는 절규하며 빠져나오려고 했다.

완전히 끼었으니 이제 탈출은 불가능할 것이다. 양손의 자유를 빼앗긴 채 흡혈귀와 근접전을 치르는 것은 절대 피하고 싶은 사태였다.

다른 병사들이 달려왔다. 흡혈귀의 손목에 총구를 대고 완전 자동으로 발포했다.

흡혈귀의 손목 근육이 날아가 뼈가 드러났다.

남자는 전신의 힘을 다해 흡혈귀의 경동맥을 움켜쥐었다.

흡혈귀는 가늘게 경련하더니 그 자리에 무너져 내렸다.

뇌빈혈을 일으켜 이른바 '실신' 상태가 된 것이다.

남자는 힘을 늦추지 않았다.

그는 다시 절규했다. 남자의 손목이 묻힌 흡혈귀의 목덜미 내부가 꿀렁꿀렁 요동쳤다.

파열음과 함께 흡혈귀의 목에서 남자의 손목이 빠져나왔다.

남자는 혈관을 움켜쥐고 있었다.

엄청난 양의 피가 분출해 남자의 갑옷을 붉게 물들였다.

상처 입구가 점점 아물었다.

남자는 몸을 회전시키면서 칼을 상처 입구에 꽂고 그대로 찢듯이 흡혈귀의 목을 당겼다.

흡혈귀의 목은 불쾌한 소리를 내면서 몸통에서 빠졌다.

흡혈귀의 목은 순간 눈을 부릅떴고 남자의 목덜미를 물어뜯으려 했으나 그대로 얼어붙은 듯 움직임을 멈췄다. 목 없는 몸통은 쿵 하고 그 자리에 쓰러졌다. 목의 상처가 자동으로 복원되려 했으나 뇌가 없어선지 몸을 움직이지는 못했다.

남자는 갑옷 입은 다리로 흡혈귀의 머리를 밟았다.

흡혈귀의 머리가 살짝 변형되었다.

남자는 머리를 조금 떨어진 곳으로 차고 총알을 쏟아부어 완전히 분쇄했다.

"좋아! 한 마리 처치!"

"괜찮아? 피해가 클 듯한데?" 대원이 걱정했다.

"지금은 마음을 놔선 안 돼. 아직도 두 마리 더 남았어. 게다가 한 마리는 퀸 비야. 녀석은 아주 강해."

"우리가 뭘 했다는 거야?!" 총을 쏴대는 대원과 교전 중이던 퀸 비가 성을 냈다.

"죄 없는 사람들을 죽였잖아?"

"인간은 우리가 사는 데 필요한 식량이야. 너희들은 우리를 먹진 않잖아."

"죽이지 않으면 먹혀. 이건 정당방위야."

"학대하고 죽이는 게 정당방위야?"

"아아. 가능하면 편안하게 죽이고 싶어. 그게 우리도 좋아. 하지만 너희들이 쉽게 죽어주질 않잖아."

"당연하지. 얌전히 죽어주는 사람이 어디 있냐? 생물이 어떻게든 살아남으려고 하는 건 정당한 반응이야."

"그럼 선택지는 없어. 우리 컨소시엄은 흡혈귀를 확실히 죽일 뿐이야. 고통스러운지 아닌지는 상관없다고."

"그럼 우리가 스스로를 지키는 것도 불평하지 마!!"

공기가 찌릿찌릿 진동하기 시작했다.

갑자기 돌풍이 불어닥쳐 텐트 천을 격렬하게 흔들어 찢어버렸다.

남자는 머리 위를 올려다봤다.

이제 텐트를 덮었던 천 대부분이 사라졌다.

천둥과 휘몰아치는 폭풍우 속에서 두 마리의 날개 달린 흡혈귀는 이리저리 날아다니다가 이따금 급강하해 병사를 움켜쥐고 수십 미터 높이에서 추락시켰다. 추락한 장소에서는 폭발이 일어났고 가까이에 있던 병사들의 갑옷도 유도 폭발했다.

"랜디, 남은 녀석들은 꽤 강하네."

"이런! 우리 병사는?" 남자는 겨우 숨을 몰아쉬며 말했다.

"열 명 정도려나. 간신히 서있는 놈까지 포함해서."

흡혈귀들은 움직임이 빠른 데다 불규칙적이라, 병사들은 총알을 머리나 가슴에 명중시킬 수 없었다.

"급소를 노려도 명중시키긴 힘들어!" 남자는 병사들을 설득했다. "날개를 노려. 우선은 움직임을 막아야 해!!"

움직일 수 있는 얼마 안 되는 병사들은 급소가 아니라 날개를 노리기 시작했다.

계속 날개에 총을 맞은 두 마리 흡혈귀는 서서히 움직임이 둔해졌다.

하지만 얇은 가죽으로 된 날개는 회복도 빨라 추락으로까지 이어지지 못했다.

"교착 상태야. 이대로 가면 우리 총알이 다 떨어져." 대원이 말했다.

"아직 무기는 있어." 남자는 바닥의 구멍 안에서 대형 무기를 꺼냈다.

"유탄 발사기?"

"이거라면 급소를 꼭 집어 명중하지 않더라도 큰 피해를 줄 수 있어. 무엇보다 수류탄을 직접 꽂는 거니까."

"하지만 명중시키지 못하면 괜한 피해가 생겨."

"그래서 녀석들의 움직임을 둔화시킬 작전이 필요해."

남자는 조준을 한 뒤 거의 주저하지 않고 수류탄을 발사했다. 수류탄은 흡혈귀의 허리 부분에 명중해 폭발했다.

피와 살점의 비가 쏟아졌다. 덩어리 몇 개가 있었는데 그 중 하나가 활발하게 꿈틀댔다. 투광기로 비추니 그것은 타버린 머리와 가슴 부분이었다. 오른쪽 팔만 어깨 끝부분이 조금 남아있었는데 그걸 이용해 움직이고 있는 듯했다. 가슴에서는 등뼈와 혈관이 튀어나왔는데 그것들을 질질 끌며 바닥을 기어 다녔다.

병사들은 일제히 총구를 돌렸다.

"기다려. 더는 총알을 낭비하지 마. 이제 얼마 안 남았잖아." 남자는 갑옷에 달린 전기톱을 꺼냈다.

어떻게 했는지, 흡혈귀는 몇 미터나 도약해 남자에게 달라붙었다.

남자는 당황하지 않고 전기톱을 작동시켰다.

흡혈귀는 남자의 손목을 잡고 전기톱을 남자 본인의 갑옷으로 향하게 했다. 전기 톱날이 갑옷 표면에 닿아 징 하는 금속음이 나고 불꽃이 튀었다.

남자는 전기톱을 떼는 대신, 반대 손으로 흡혈귀의 목을 잡고 전기톱 쪽으로 밀어붙였다.

"아아아아아아아⋯⋯!"

흡혈귀의 입안에 전기톱의 회전 날이 들어가 잇몸과 이를 뿌리째 날려버렸다. 그리고 그대로 입술 윗부분이 날아갔다. 주르륵 끔찍한 소리를 내며 흡혈귀의 머리에서 뇌수가 흘러나왔다.

남자는 잘라낸 흡혈귀의 머리를 짓밟으면서 전기톱을 갑옷 안에 수납했다. 그리고 비틀대면서 다시 수류탄을 유탄 발사기에 장착했다.

마지막 흡혈귀—퀸 비는 동료들의 최후를 바라보고 있었는데 남자가 유탄 발사기를 겨누는 걸 발견하고 갑자기 급상승하기 시작했다.

폭풍우 속, 쑥쑥 고도를 높였다.

"젠장! 너무 높아!!" 남자는 유탄 발사기를 내렸다.

"레이더 추적 개시!" 부관이 소리쳤다.

"고도 1천 미터를 넘겼습니다." 병사가 보고했다. "1천 5백, 2천, 2천 5백⋯⋯"

"저 녀석, 괴물이야?" 부관이 중얼거렸다.

"맞아. 분명 괴물이지. 무엇보다 흡혈귀잖아." 남자가 냉정하게 말했다.

"목표, 사라졌습니다."

"제기랄!" 남자는 욕을 퍼부었다. "이번 임무는 완전 실패야."

"그렇지도 않아." 대원이 말했다. "한 번에 흡혈귀 두 마리를 쓰러뜨린 건 신기록이야. 네 정확한 지시 덕분이야. 랜디."

"무슨 소리야? 이 참상을 보라고." 남자는 제대로 움직이지 못하는 사람들과 꼼짝하지 않는 사람들을 가리켰다. "바로 응급 지원 부대를 불러줘."

"희생자도 적은 편이야. 흡혈귀 달랑 하나에 부대가 전멸하기도 하잖아."

"나는 싫어. 내 명령으로 사람이 다치거나 죽는 게. 이번에도 얼마나 살지……."

"희생자는 매번 나와. 하지만 그런 희생자가 없으면 녀석들의 섬멸은 불가능해. 이번에는 그래도 희생자가 적은 편이었고……."

"그것만이 아니야. 우리는…… 나는 퀸 비를 놓쳤어."

"세 마리 중 한 마리야."

"한 마리면 충분하지. 그 흡혈귀는 동료들에게 전할 거야. 그리고 그 결과 더 많은 병사가 생명을 잃겠지." 남자는 철 기둥을 주먹으로 쳤다. "녀석들이 알아버렸다고. 서커스단이 흡혈귀 사냥 컨소시엄의 위장이라는 사실을."

2

캄캄한 방 안에서, 정체 모를 몇 개의 그림자가 꿈틀댔다.

차가운 공기 속에는 축축하고 눅눅한 습기를 머금은 독특한 냄새가 떠돌았다.

"최근 퀸 비를 본 녀석이 있나?" 몸집이 큰 남자 모습의 괴물—그리즐리의 목소리가 땅 울림처럼 퍼졌다.

"글쎄, 요란을 떨며 날아다니고 있지 않을까?" 20대 여자 모습의 괴물—모레이가 대답했다. "그 녀석, 엄청난 먹보잖아."

"너무 요란하게 먹어치워서 곤란하단 말이야." 10대 소년 모습의 괴물—위젤이 실실 웃으며 말했다. "확 처치해버릴까?"

"너만 하겠냐?" 검은 옷의 나이 든 남자 모습의 괴물—토타스가 말했다. "너, 젊은 여자를 먹어치우는 건 좋은데 제대로 끝장을 보지 않고 내버려두는 통에 어정쩡한 암 흡혈귀만 늘어나잖아?"

"그거, 내 말이야?" 천장에 거꾸로 매달려있던 괴물—캐터피라가 말했다.

"너는 그리 젊지 않잖아?" 토타스가 대꾸했다.

다음 순간, 캐터피라는 낙하함과 동시에 몸을 뒤집어 수평으로 활강하면서 토타스의 목에 손톱을 꽂으려고 했다.

토타스는 검은 옷을 펄럭이면서 거대해졌다. 고목 같았던 상반신 근육이 급속히 발달하며 반쯤 늑대로 변하더니 무시무시한 속도로 캐터피라를 두들겨 팼다.

캐터피라의 왼쪽 팔이 뜯겨 날아갔다.

캐터피라는 뚝뚝 피가 떨어지는 왼쪽 팔을 부여잡고 얼굴을 일그러뜨린 채 계속 전투태세를 취했다.

"나를 이길 수 있을 것 같아? 아직 1만 년은 더 기다려야 될 거야." 토타스가 비웃었다.

"팔 하나 가지고 나를 이긴 것 같아?" 캐터피라의 모습이 순식간에 사라지고 연기 같은 핏방울만 남아 천천히 공기 중에 퍼졌다.

토타스는 반사적으로 천장을 올려다봤다.

하지만 그곳에서 캐터피라의 모습은 찾을 수 없었다.

그때 썩어빠진 바닥이 먼지를 일으키며 무너지더니 거기서 캐터피라의 얼굴과 오른쪽 팔이 튀어나왔다.

캐터피라의 오른손은 토타스의 사타구니에 박혀있었다.

토타스는 캐터피라의 얼굴을 움켜쥐었다. 우두둑 두개골 부서지는 소리가 났다.

캐터피라는 변형된 얼굴 그대로 토타스의 손목을 물어뜯어 찢어버렸다.

토타스는 아직 성한 손으로 캐터피라의 머리를 때리려 했지만, 그보다 먼저 캐터피라가 토타스의 사타구니에서 장을 끄집어내 바닥에 내던졌다.

너무나 극심한 고통에 토타스는 절규했다.

캐터피라가 깔깔대고 웃었다.

"이 거지 같은 계집애! 아프다고!!" 토타스는 고통을 참으려고 이를 악물며 말했다.

"알아. 하지만 손이 영 말을 안 들어서. 사실은 그게 아니라 앞쪽 걸 잡아뗄 생각이었는데." 캐터피라는 자기 손 냄새를 맡았다. "욱! 이게 뭐야? 네 장은 썩었니?"

"네 대가리를 갈가리 찢어 가랑이에 쑤셔 박아주지!!" 토타스는 피를 줄줄 흘리면서 온전한 늑대로 변신하기 시작했다.

캐터피라는 여전히 인간의 모습이었으나 손가락 끝을 송곳처럼 늘리고 온몸의 피부를 뼈처럼 딱딱하게 만들었다. 온몸에서 핏기가 사라져 점점 창백해지는 걸 보니, 격렬하게 혈액을 소비하고 있음을 알 수 있었다.

둘은 동시에 도약해 공중에서 격돌하려 했다.

그 순간, 그리즐리가 눈에 보이지 않는 속도로 움직여, 둘을 벽에 내다 꽂았다.

벽이 무너지고 온몸이 복합 골절된 토타스와 캐터피라가 흠칫흠칫 경련하면서 몸부림쳤다.

"이 멍청이들아, 조용히 해!" 그리즐리는 캐터피라의 배를 짓밟았다.

물컹한 것이 올라오는 소리와 함께 캐터피라가 입으로 내장을 토해냈다.

"뭐야, 너도 악취가 심하네." 그리즐리는 그렇게 말하고 이번에는 토타스의 어깨와 허벅지를 공중으로 들어 올린 다음 그대로 찢어버렸다. 상반신과 하반신이 분리된 토타스에게서 대량의 내장이 후드득 떨어졌다.

"그리고 너도 역시 냄새나. 토할 것 같아." 그리즐리는 캐터피라를 밟은 채 토타스의 하반신을 내던졌고, 한 손으론 머리를 움켜쥔 채 손톱을 목구멍에 꽂았다. "계속 소란스럽게 하면 네 목을 잘라줄게. 어때, 노인네?"

"내가 잘못한 게 아니라고." 토타스는 갈라진 목소리로 말했다. "캐터피라가 먼저 시작했잖아."

그리즐리는 캐터피라의 배에 올려놓았던 다리를 왼쪽 가슴으로 옮겼다. "물론 이 여자에게도 벌을 줄 거야. 소란스럽게 하면 심장을 짓이겨주지."

캐터피라는 그리즐리의 발목을 잡고 들어 올리려 했으나 꿈쩍도 하지 않았다.

"어쩔 거야?" 그리즐리가 조용히 물었다.

"……나는 얌전히 있을게." 토타스가 간신히 그렇게 말했다.

"흥." 그리즐리는 토타스의 상반신을 바닥에 내던졌다.

"살려줘. 출혈이 너무 많아 움직일 수 없어." 토타스가 우는 소리를 했다.

"내가 알게 뭐냐? 멍청이." 그리즐리는 차갑게 내뱉었다. "그리고 캐터피라, 너는 어쩔 건데?"

캐터피라는 아무 말 없이 그리즐리를 노려봤다.

"고집스러운 녀석이네." 그리즐리는 다리에 힘을 주었다.

캐터피라의 몸통이 끽끽 소리를 내며 짓이겨지기 시작했다.

"잠깐! 기다려!" 캐터피라가 소리쳤다.

하지만 그리즐리는 발의 힘을 늦추지 않았다.

캐터피라의 모든 구멍에서 피가 솟구쳤다. "……소란……떨……않을게. ……조용히 이……을게." 대량의 피와 체액을 토해내선지 거의 들리지 않았으나 그리즐리는 잠시 생각한 후 다리를 치웠다.

토타스는 피와 내장으로, 마치 달팽이가 지나간 듯한 더러운 흔적을 남기면서 포복으로 조금씩 자신의 하반신을 향해 나아갔다.

그리즐리는 토타스의 움직임에 관심을 두지 않았다. 구해줄 마음도 없으나 그렇다고 숨통을 끊을 생각도 없다. 살고 싶으면 스스로 최선을 다하면 된다. 죽든 말든 상관없다.

토타스는 자신의 상반신에서 삐져나온 등뼈를 하반신에 꽂았다. 등뼈를 중심으로 근육과 혈관이 결합하기 시작했다. 대량의 피를 잃어서 재생은 제대로 이루어지지 않았다.

캐터피라의 몸은 꿈틀대면서 육체의 복원을 계속했다.

하지만 그리즐리는 무슨 생각인지 갑자기 그녀의 육체를 차버렸다. 그녀는 다시 벽에 부딪혔고 벽이 무너지면서 그대로 옆방 안쪽 벽까지 날아갔다.

그녀의 몸통이 튕겨 나왔다. 안에서 다른 내장과 함께 심장도 흘러나왔다. 그것은 아직 그녀의 육체와 혈관으로 이어져 있어서 팔딱팔딱 뛰고 있었다.

캐터피라는 눈을 부릅뜨고 자신의 심장을 조심스럽게 주워 올려 가슴속에 넣으려 했다. 그러나 몸 내부의 배치가 충격으로 변해 좀처럼 잘 끼워지지 않았다. 그렇다고 억지로 쑤셔 넣다가는 맥동이 멈출 우려가 있었다. 캐터피라는 떨리는 손으로 내장을 벌리고 심장을 넣을 공간을 만들었다.

자신의 생명을 지키려는 캐터피라와 토타스의 필사적인 행동을 보며, 남은 흡혈귀들은 깔깔대며 웃었다.

그때 지붕을 부수며 뭔가가 날아들었다.

"누구야, 양해도 없이 우리 성에 뛰어든 녀석이?!" 그리즐리는 불쾌해하며 말했다.

"왜 일일이 양해를 구해야 하지?" 거대한 박쥐 모습을 한 괴물이 서서히 인간 모습으로 변해갔다. 키가 크고 음험했으며 날카롭고 거친 기운을 뿜어내는 흡혈귀였다. 모자가 달린 시커먼 로브를 입고 있어서 얼굴조차 제대로 보이지 않았다.

"미티아! 너는 혼자 행동하는 놈이잖아. 왜 왔지?"

"최근에 혼자 행동하는 녀석들끼리 몰려다닌다는 소릴 들었는데." 벽 속에 숨어있던 어린 소녀 괴물—키리피시가 말했다. "외로운 늑대의 모임, 이라고 했던가. 존재 자체가 모순이지. 어쨌든 미티아가 그 모임 리더래." 그녀는 종소리처럼 쨍

쟁한 목소리로 웃고는 다시 벽 속에 숨었다.

그리즐리는 짐승처럼 웃었다. "너 같은 에고이스트가 무리의 리더라고? 웃기지 좀 마."

"에고이스트가 아닌 흡혈귀가 어디 있냐? 너희들이 같이 행동하는 것도, 다 안전을 위해서지. 달리 박애 정신이 충만한 건 아니잖아?" 미티아가 조용히 대답했다.

"너도 안전을 위해 무리를 이뤘나?"

"물론이지. 다만 너희들처럼 항상 붙어 다니며 벌벌 떨진 않아. 우리는 평소에는 따로 행동해. 서로의 행동에 제한은 없어. 다만 혼자서 대처하기 힘든 긴급 사태가 발생했을 때만 집단으로 행동하지."

"긴급 사태라니, 그게 뭔데?" 모레이가 물었다.

"인간 군대와의 전쟁, 그에 더해 흡혈귀 무리끼리의 항쟁이나." 미티아가 대답했다.

"우리와 항쟁하겠다면 받아주지." 그리즐리는 반쯤 짐승으로 변하면서 일어났다.

"오늘 너희들과 붙을 마음은 없어." 미티아가 대답했다.

"겁먹었냐?"

"만약 꼭 붙고 싶다면 바로 여기서 너희들을 전멸시켜주지." 미티아는 전투태세를 취하지 않았다. 그는 성큼성큼 걸어 나와 그리즐리 무리의 가운데까지 왔다.

"배짱은 두둑하네." 그리즐리가 말했다. "하지만 우리 몇이 동시에 덮치면 어쩔 건데?"

"시험 삼아 해보던가?"

그리즐리의 손끝이 살짝 움직였다. 그게 신호였다.

위젤과 모레이가 거의 동시에 움직였다. 고속으로 달리면서 미티아를 양쪽에서 공격할 수 있는 위치로 포위했다.

미티아는 전혀 위치를 바꾸려 하지 않았다.

하지만 두 흡혈귀는 망설이지 않았다. 만약 상대가 반격하지 않는다면 그냥 그 자리에서 죽이면 되고, 실컷 가지고 놀다가 죽여도 좋았다. 흡혈귀에게 인간의 법률이나 상식은 통하지 않았다. 죽이기로 정했으면 죽이는 거였다.

둘이 나란히 공격을 개시했다. 그러나 완전히 동시는 아니었다. 조금 빨랐던 모레이가 미티아에게 먼저 접근했다. 그렇다고 해도 거리로 치면 불과 수십 센티미터, 시간으로 치면 100분의 1초 미만이었다.

하지만 그 근소한 차이를 미티아는 완전히 잡아냈다.

미티아는 먼저 모레이의 머리를 잡았다. 그리고 볼링공을 잡듯 손가락 세 개를 머리에 박았다. 중지와 약지는 안구를 쑤시면서 눈으로 들어갔고 엄지는 콧등을 눌러 부러뜨리면서 콧구멍 안에 쑥 들어갔다.

모레이는 채 소리가 되지 못한 절규를 질렀으나 미티아는 눈썹 하나 까딱하지 않았다. 머리를 잡은 채 모레이의 온몸을 휘둘러 뒤에서 달려드는 위젤에게 내던졌다.

위젤은 등뼈가 부러진 기역 자 형태가 되어 붕 날아가 기둥에 쿵 부딪혔다. 상당한 충격을 준 듯 건물이 흔들렸다.

미티아는 절 표시 모양처럼 서로 얽힌 모레이와 위젤의 목구멍에 손가락을 쑤셔 넣었다. 호흡과 뇌로의 혈액 공급이 중지되자 그들의 얼굴에 점차 죽음의 빛이 서렸다. 둘 다 열심히 미티아의 손가락을 빼내려고 했으나 꿈짝도 하지 않았다.

"어떻게 할까?" 미티아가 그리즐리에게 질문했다. "녀석들을 살려줄까? 아니면 이대로 몸통에서 목을 빼버릴까?"

그리즐리는 이를 악물었다. "녀석들은 너무 약해. 하지만 약한 놈들은 약한 대로 쓸모가 있지. 녀석들은 그저 농담으로 달려든 거니까 죽여도 우습지 않겠어?"

"나를 죽이려고 했던 게 농담이야?"

"농담 말고 무슨 이유가 있었겠어?"

"성가시고 실력 있는 젊은 놈을 빨리 처리하고 싶다, 라는 거 아니야?"

"그것도 재미있는 농담이네."

모레이와 위젤은 더는 움직이지 않았다.

미티아는 둘의 목구멍에서 손가락을 뺐다.

둘은 너덜너덜해진 걸레처럼 바닥에 툭 떨어졌다.

"흠. 농담은 이쯤 해두지." 미티아는 중얼거렸다.

"현명하네. 지나치면 농담으로 끝나지 않지." 그리즐리가 말했다. "그래서 왜 왔는데?"

"아아. 조금 전 얘기와 관련이 있어. 그러니까 서로 돕자는 얘기지."

"서로 도와? 좋은 말이네."

"나는 이리로 오는 도중에 한 여자 흡혈귀를 만났어. 누구일 것 같아?"

"글쎄, 누굴까? 나는 너와 달리 인기가 없어서 아는 여자가 그리 많지 않거든."

"바로 조금 전까지 그 여자를 찾던 것 같던데."

"들었어?"

"내가 엿들은 게 아니야. 바보처럼 큰 네 목소리가 주변에 울렸지."

"퀸 비는 무리의 규칙을 지키지 않아 골치 아파. 느닷없이 다른 사람 영역에 침입하지를 않나, 사냥을 강행해 사람의 주의를 끌지 않나……."

"조금 전에 퀸 비를 만났어."

"그 여자, 지금 어디 있어?" 그리즐리는 노여움을 드러냈다.

"우선 내 말을 들어. 그 여자는 아주 급히 날고 있었어. 마치 무언가에서 도망치듯."

"무언가에서 도망쳐……?" 그리즐리는 생각에 잠겼다.

"무슨 생각해?"

"도망치는 퀸 비를 네가 봤다는 말은 그 여자를 쫓고 있던 게 너는 아니란 소리지. 그리고 나도 그 여자를 쫓은 적 없고."

"그게 왜?"

"이 주변에서 그 여자보다 강한 흡혈귀는 나와 너 정도야. 그런데 퀸 비가 누군가에게서 도망치려 했다고?"

"아, 그래. 너는 자신이 퀸 비보다 강하다고 여기는구나?" 미티아는 깔보듯 말했다.

"사실이야."

"아, 됐어. 나와는 상관없는 일이니까."

"그래서 어떻게 됐어?"

"물론 나도 이상해서 멈추라고 했지. 그런데 그 여자, 아주 높은 고도에서 엄청난 속도로 도망치는 거야."

"그대로 도망쳤어?"

"아니, 멈추게 했지."

"얌전히 시키는 대로 했어?"

"아니야. 그 여자가 나를 무시하기에 쫓아가서 억지로 멈추게 했어. ⋯⋯날개를 꺾었지." 미티아는 로브 밑에서 빨간 매니큐어를 칠한 긴 손톱이 달린 피투성이 팔을 꺼내 바닥에 내던졌다.

"너, 조금 전, 그걸 들고서 모레이와 위젤과 싸운 거야?"

"옆구리에 끼고 있었어. 그래서 팔을 많이 펼치지 못했잖아?"

흡혈귀들이 미티아에게서 한 걸음 물러났다. 오직 그리즐리만이 그대로 자리를 지키며 위엄을 유지하려 했다.

"그래서?" 그리즐리는 아무렇지 않은 척했다.

"퀸 비는 빙글빙글 돌며 낙하했어. 아래는 거리의 콘크리트라 좀 끔찍한 상태가 됐지. 뼈와 내장이 여기저기 튀었고 마침 낙하지점에 있던 인간 몇이 같이 저승길에 올랐어. 교차로였거든. 아주 난리가 났어. 일단 나는 퀸 비의 몸을 들고 날아올랐어. 밤이었고 순간적인 일이라 사람의 모습을 한 게 떨어졌다고는 생각하지 못할 거야. 나중에 뉴스를 봤더니 비행기에서 무슨 부품이 떨어졌다는 둥 하더라. 어쨌거나 나는 퀸 비를 근처 공원 수풀로 데려가 말할 수 있을 정도로 복원될 때까지 기다렸어."

"추락시키지 않았으면 되잖아."

"그 여자는 그 정도 피해가 없었다면 얌전해지지 않았겠지."

"그래서, 퀸 비는 왜 도망쳤대?"

"인간 때문이래."

"그렇게 강한 인간이 있다고?"

"엄밀히 말하자면 인간들이지."

"혹시 그 녀석들인가?"

미티아는 고개를 끄덕였다. "인간이 만든 대(對)흡혈귀 군대─컨소시엄이야."

"실제로 있었다고? 나는 완전히 도시 전설인 줄 알았지."

"도시 전설이라는 의미에서 우리도 비슷한 존재지."

"그 녀석들은 어디에 있어?"

"녀석들은 이동해."

"본부를 이동시킨다는 말이야?"

"이동은 본부가 아니라 기지. 무엇보다 본부가 있는지조차 분명치 않아."

"무슨 소리야?"

"녀석들은 위장하고 있어."

"뭐로 위장해?"

"서커스단."

"서커스단? 왜 그런……."

"생각해보면 알 거 아니야. 서커스단은 의심받지 않고 각지를 돌아다닐 수 있어. 그리고 이동한 곳에서 훈련해도 이상할 게 없고. 거창한 장비도 서커스에 사용하는 장비라며 가지고 다니기도 쉽지. 무엇보다 주변에서 기묘한 일이 벌어져도 새로운 기술의 예행연습이나 선전이라고 대충 얼버무릴 수 있어. 그렇게 일반인인 척하며 흡혈귀를 쓰러뜨리고 돌아다니는 거야."

"녀석들도 많이 생각했네." 그리즐리는 감탄한 듯 말했다.

"녀석들의 리더는 랜디라고 불린대."

"전설의 흡혈귀 사냥꾼 랜돌프? 설마!"

"어쨌든 정체를 알았으니 두려워할 건 하나도 없지." 미티아가 말했다. "서커스단에는 다가가지 마. 그거면 충분해."

"아니, 우리는 도망치지 않아. 저기, 모레이, 위젤." 그리즐리는 재생 중인 두 흡혈귀를 불렀다.

"어쩔 셈이야? 녀석들은 퀸 비 무리를 거의 전멸시킨 실력을 지녔어."

"퀸 비는 기습에 당했을 거야. 아니면 녀석들을 얕잡아봤겠지. 게다가 녀석들은 퀸 비 자체는 죽이지 못했어. 그렇게 강한 놈들이 아니라는 소리지. 무엇보다 그 무리는 퀸 비 말고는 괜찮은 녀석이 없거든."

"이 무리는 대단하다는 거야?" 미티아가 놀리듯 말했다.

"……아, 뭐. 이 무리에서 너를 이길 존재는 나뿐이지. 하지만 퀸 비의 무리는 떨거지 집단이니까 우리와 비교할 바는 아니야."

"네가 나를 이길 수 있다고?" 미티아가 조용히 물었다.

"시험해볼까?"

그리즐리 수하의 흡혈귀들이 미티아를 포위하고 일제히 이를 드러냈다. 그 모습은 반쯤 짐승으로 변해있었다.

미티아도 다시 거대하고 긴 이를 드러내며 천둥처럼 으르렁거렸다.

흡혈귀들이 일제히 뒤로 물러났다.

"이번에는 적당히 봐주지 않아. 누구부터 올래? 동시에 다 덤벼도 돼." 미티아의 목소리는 거의 뭐라고 하는지 알 수 없을 정도로 이상해졌다.

"……우리가 농담이 심했네. 이해해." 그리즐리가 말했다.

흡혈귀들의 풍모가 인간으로 돌아왔다.

"뭐야? 한심하군." 미티아의 이빨도 원래대로 돌아왔다. "오랜만에 운동하나 싶었는데."

"그래서, 퀸 비는 어디로 갔어?"

"왜 그런 걸 묻지?"

"녀석에게 묻고 싶은 게 있으니까."

"그런 녀석에게 뭘 묻고 싶은데."

"서커스단이지. 인원수나 장비나……."

"그런 걸 물어볼 필요가 있나? 우리가 먼저 공격하면 녀석들이 탱크나 전투기가 있다 해도 문제는 없을 텐데."

"그건 그렇지만 이야기를 들어둬서 나쁠 것도 없지."

"그런가? 그럼 유감이네."

"뭐가 유감이야?"

"퀸 비의 말은 이제 들을 수 없어."

"무슨 뜻이지?"

"녀석은 인간 병사에게 얼굴을 들켰어. 주위에서 어슬렁대면 귀찮을 것 같아서 말이야." 미티아는 로브 아래에서 눈을 부릅뜨고 입에서 피와 혀를 늘어뜨린 퀸 비의 목을 꺼냈다. "너희들이 이 녀석의 얘기를 듣고 싶어 할 줄 알았으면 반쯤 죽여서 데려왔을 텐데."

"너, 어떻게 이걸 가지고 있어? 옆구리에 팔을 끼고 있었다고 했잖아?"

"응. 팔은 오른쪽, 머리는 왼쪽 옆구리에 꼈지."

3

"젠장! 이 못 박는 기계, 전혀 작동하지 않아." 키가 크고 총명해 보이는 동양인이 짜증을 내며 말했다. "왜 내가 마루 까는 일을 해야 하는데? 난 완전 아마추어라고!"

"어이. 랜디. 본인 입으로 아마추어라고 하지 마. 누가 들을까 겁난다." 옆에 있던 머리가 길고 탄탄한 근육질의 백인이 어이없다는 듯 말했다.

"이런 공구류는 영 아니라고. 형태가 총이랑 비슷하긴 해도, 권총이 훨씬 다루기 쉬워. ……그리고 랜디라고 하지 말라니까."

둘이 서있는 공사 현장은 공원의 일부라 멀리서 아이들이 흥미진진하게 살피고 있었다. 이미 기둥이 몇 개 세워졌고 남자들은 토대 위에 바닥을 까는 중이었다.

"슈티. 아이들이 뚫어지게 쳐다보는데 괜찮아? 바닥 장치 같은 건 어떻게 해?" 랜디라고 불린 남자는 걱정스럽게 말했다.

"장치는 밤에 설치할 거니까 괜찮아." 슈티가 대답했다.

"그럼, 지금 바닥을 깔아도 밤에 다시 떼어내야 하잖아."

"맞아." 슈티는 진지하게 말했다. "그러니까 지금 작업은 적당히 하면 돼."

"이봐!" 랜디는 불평을 늘어놓았다. "처음 듣는 얘긴데?"

"아니, 장치는 애당초 네 담당이잖아. 나한테 불평하지 마."

"아니거든? 난 생전 처음 들어. 누가 정했는데?"

"듣지 못한 네 잘못이지. 얼마 전에도 네 지시로 뛰어나왔으니까 책임자는 너지."

"좋아서 신호한 게 아니라고. 어쩔 수 없었단 말이야."

"어쨌든 담당은 너야. 대장한테 그렇게 들었어. 불만 있으면 대장에게 해."

"아, 그래? 그런데 이 못 박는 기계는 왜 작동이 안 돼?"

"잠깐 줘봐." 슈티는 총과 흡사한 기계를 받아들었다. "이거, 가스가 없네."

"이거, 가스로 작동해?"

"설마 그런 것도 몰라, 랜디?" 슈티의 눈이 커졌다.

"나는 공구를 그렇게 잘 아는 네가 더 놀랍다."

"이건 압축가스로 작동해. 전기나 화약 방식도 있는데 이건 가스 방식이야."

"화약 방식도 있어? 진짜 총 같네."

"끝을 물건에 대지 않으면 발사할 수 없도록 해놨으니까 총은 아니지."

랜디는 못 박는 기계를 손바닥에 대고 확인했다. "그러네. 이런 구조구나. 그럼 쉽게 개조할 수 있겠다."

"안 좋은 생각하는 거 아니야?"

"아니야. 그냥, 본업에 편리하게 쓰이지 않을까 생각했지."

"자세히는 모르겠는데 그거 위법 아닐까?"

"어이, 새삼스럽게 위법은."

"아니야. 그래도 공구 개조는 너무 문제가 많아."

"어쨌든 말이야. 못 박는 기계는 가스가 없어서 사용할 수 없어. 내 일거리가 사라졌으니까 호텔로 돌아가도 될까?"

"가스통은 바로 교환할 수 있어. 게다가 호텔은 이미 체크아웃했어."

"뭐? 그새?"

"네가 방을 나오자마자. 밤까지 취침 천막을 치지 않으면 노숙해야 할 거야."

"그럼 공연 텐트나 치고 있을 때가 아니네." 랜디는 시계를 봤다. "벌써 오후 3시야. 여기 일몰은 몇 시야?"

"글쎄." 슈티는 하늘을 올려다봤다. "흐려서 잘 모르겠는데 듣고 보니 조금 어두워진 것도 같네."

"공연 텐트는 나중에 해야겠다. 당장 취침 천막부터 쳐야지."

"아니야. 여기에 바닥을 깔아놓지 않으면 공사가 너무 진척이 없어 보여서 곤란하다고."

"그럼, 못 박는 일 말고 다른 일은 없어?"

"그래? 그럼 나사나 돌려줄래?"

"그거라면 가능하지. ……그런데 드라이버는 어디 있는데?"

"여기." 슈티는 못 박는 기계 옆에 있는 공구를 가리켰다.

"이거, 전기 드릴 아냐?"

"랜디. 너는 얼마나 모르는 거야? 자기 일만 잘한다고 되는 게 아니라고. 이건 전동 드라이버야."

"어떻게 써?"

"이것도 총이랑 같아. 플러그를 꽂고 방아쇠 같은 스위치를 누르면 돼."

"그렇구나." 랜디는 전동 드라이버를 주워들었다. "플러그는 꽂혀있네. 이게 스위치구나. ……악!!" 그는 전동 드라이버를 내던졌다.

"이번에는 뭐야?"

"찌릿 하고 전기가 왔어. 아프고 뜨거워."

"아, 누전인가?"

"불량품이야?"

"아, 그런가. 형태만 그럴듯한 도구를 주워 모아서 그런가봐."

"그럼 곤란하지."

"내게 말해봤자."

"그럼 누구한테 말해?"

"그야, 대장이지."

"그 사람, 어디 있는데?" 랜디가 아우성쳤다.

"불렀어?" 둘의 등 뒤에서 소리가 났다.

돌아보니 몸집이 작은 피에로가 뒤뚱뒤뚱 나타났다.

"이 공구, 어디서 샀어?"

"산 적 없어."

"그럼 왜 여기 있는데? 설마 훔쳤어?"

"참 거북한 소리를 해댄다." 피에로는 주위를 살피듯 둘러봤다. "안 그래도 요즘 주목을 받으니까 가능한 시선을 끌지 않았으면 좋겠는데……."

"아니, 서커스니까 시선을 끌어야지."

"옳은 말이긴 한데 너무 시선을 끌면 알아차린다고."

"아마 이미 알고 있을 거야. 게다가 남들 눈에 띄지 않아야 한다면서 서커스단을 하는 건 무리 아닐까."

"뭐, 무리라는 건 충분히 알아. 하지만 우리가 할 수 있는 게 이 정도밖에……."

"듣고 보니 할 말이 없네. 안 그래? 랜디?" 슈티가 말했다. "너, 서커스단 말고 뭘 할 수 있어?"

"마술사라면 어디든 가능해." 랜디는 부루퉁하게 말했다.

"너, 혼자 어떻게 일할 건데?"

"아아. 혼자서 무리라는 건 나도 알아."

"텐트 하나 못 세울걸."

"그렇지. 텐트 하나 못 세우지. ……그런데 왜 너랑 나 단둘이 공연 텐트를 세우고 있지?"

"다른 녀석들은 바쁘다고. 전단도 뿌려야 하고 시청에 허가도 받아야 하고."

"아니지. 텐트를 세우는 게 시청 허가 전이라는 것 자체가 이상해."

"어쩔 수 없잖아. 올 곳이 급하게 정해졌으니까."

"그럼, 적어도 부족한 인원을 보충할 작업 인부가 언제 오는지만 알려줄래?"

"그런 건 안 와."

"……농담이지?"

"그런 악질적인 농담을 할까."

"잠깐만! 우리 둘이 공연 텐트를 세운다는 소리야?"

"……아아. 무리라는 건 잘 알아." 피에로는 곤란한 표정을 짓고 말했다.

"잘 알면서 왜 시키는데?!"

"하는 수밖에 없으니까."

"아니. 말이 이상해."

"공연 텐트가 없으면 서커스가 안 되잖아. 아니면 그냥 허허벌판에서 할까?"

"그렇게 되묻는 것도 이상해!" 랜디는 상당히 화난 듯 보였다.

"하지만 어쩔 수 없다니까."

"아니. '어쩔 수 없으니까 공연 텐트 치는 건 포기해야겠어'라면 이해할 수 있어. 그런데 '일손이 부족한 건 어쩔 수 없으니까 둘이 공연 텐트를 세워야 해'라는 말은 도무지 받아들일 수 없다고."

"그럼, 너는 어쩌겠다는 거야?"

"공연 텐트는 못 치겠어."

"허허벌판에서 공연하면 사람들이 공짜로 볼 텐데?"

"이렇게 넓을 필요는 없어. 아니면 실내에서 하면 되잖아? 그럴듯한 극장을 빌리는 거야. 시민회관도 괜찮고."

"서커스를 하겠다고 시민회관을 빌린다는 소리는 들어본 적 없는데."

"그럼, 우리가 처음이겠네."

"일단 오늘은 시간이 없으니까 텐트만이라도 세워줘."

"웃기지 말라고!" 랜디는 거친 목소리를 냈다. "어떻게 둘이 공연 텐트를 세우냐?! 우리가 초인이야?!"

"늘 그렇게 말하지 않았어, 랜디?"

"그야 단순한 광고 문구지. 게다가 나를 랜디라고 부르지 말라고!"

"슈티는 늘 랜디라고 하잖아?"

"이 녀석이 그러는 건 반쯤 포기했어. 하지만 다른 녀석들까지 그렇게 부르라고 한 적 없어."

"하지만 란도라는 이름을 랜디라고 불러서 나쁠 건 없잖아."

"그러니까 란도는 내 이름이 아니라고. 란도 고타로. 란도는 내 성이라고. 이름은 고타로야. 성을 애칭으로 부르는 건 이상하단 말이야."

"하지만 이제 와서 새삼스럽게 고티라고 부르는 것도 이상하잖아."

"그럼 그냥 란도라고 부르면 되잖아."

"란도라고 부를 거면 그냥 랜디라고 부르게 해줘. 손해 볼 것도 없잖아?"

"왜 그렇게 부르고 싶은데?"

"마지막이 o로 끝나는 것보다는 y로 끝나는 게 발음하기 쉬워."

란도는 머리를 싸맸다. "어떻게 부를지는 나중에 상의하자. 그보다 문제는 공연 텐트야."

"구체적으로 어떡하고 싶은데?"

"우선 지금 단원이 몇 명인데?"

"얼마 전 일로 상당히 줄었어. ……지금은 열 명인가? …… 나까지 포함해서. 그리고 사자와 코끼리, 호랑이가 있으니까……."

"그래? 열 명 정도라고?"

"다행이야. 이 정도라도 남아줘서 한시름 놨어."

"이제 한도 초과야." 란도는 어이없는 얼굴로 말했다. "잘 생각해봐. 열 명으로 어떻게 서커스를 운영할 거야?"

"그야 서로 분담해서 어떻게든 해봐야지."

"발권이나 장내 정리 같은 것도 있어."

"그건 뭐 서로 분담해서 어떻게든 해봐야지."

"각자 출연할 때 뒷정리는 어떻게 해?"

"그것도 뭐 서로 분담해서 어떻게든 해봐야지."

"대장, 지금 나를 우습게 보는 거야?" 란도는 피에로의 멱살을 잡으려 했다.

슈티가 황급히 뒤에서 어깨를 잡아 제지했다. "랜디, 진정해."

"이 노인네, 아무 계획도 없이 자기 맘대로잖아!"

"그건 전부터 알았잖아."

"아니, 나는 이 정도인 줄은 몰랐어."

"대장을 나무라봤자 해결될 일은 하나도 없어."

"……젠장! 알았어. 대장에게 뭐라고 안 할 테니까 이거 놔."

슈티가 손을 뗐다.

란도는 기둥에 주먹을 꽂고 그 기둥을 올려다보며 중얼거렸다. "너무 커."

"뭐?" 피에로가 말했다.

"총 열 명인 서커스단에 이렇게 큰 텐트가 필요해?"

피에로는 팔짱을 끼고 생각했다.

"아니, 생각할 필요조차 없어." 란도가 말했다. "좀 더 작은 천막으로도 충분해."

"하지만 이보다 더 작아지면 공중그네는 못 해."

"공중그네는 어울리지도 않아."

"의자를 이용한 아크로바틱은?"

"의자를 이용한 아크로바틱도 안 어울려."

"사자와 호랑이, 코끼리 쇼는?"

"그 쇼도 안 어울려."

"철 서클 안을 달리는 오토바이 쇼는?"

"철 서클 안을 달리는 오토바이 쇼도 안 어울려."

"대탈출 마술은?"

"대탈출 마술은……." 란도는 한숨을 토해냈다.

"내 활쏘기 쇼는 조금 좁아도 돼." 슈티가 말했다.

"활쏘기 쇼만으로 사람을 불러 모을 수는 없지."

"피에로 코미디 쇼도 가능해." 피에로가 신나서 말했다.

"맞다. 피에로의 머리 위에 올린 사과를 내가 활을 쏴 맞추는 묘기는 어떨까?" 슈티가 제안했다.

"사과는 올려놓지 않아도 되지 않을까?" 란도가 말했다.

"표적이 없잖아." 슈티가 말했다.

"피에로의 머리면 되잖아. 아주 많은 사람이 모일 거야."

"아…… 그게." 피에로는 생각에 잠겼다. "그거, 새로운 마술 얘기야?"

"아니. 딱 한 번뿐인 대출혈 쇼야. 모두가 절망했을 때 하자. 그때까지는 보류."

"아이디어는 있어?"

"일단 다 모이게 해줘." 란도는 피에로의 질문을 무시했다. "텐트 설치를 어떻게 할지 의논해야겠어."

4

텐트 설치 장소에 모인 열 명의 남녀는 공연 텐트를 어떻게 할지를 놓고 논쟁을 벌였으나 좀처럼 해결을 보지 못했다.

"일단 바닥 장치만은 미리 설치해두는 게 좋을 듯한데." 란도가 말했다.

일동이 란도를 봤다.

"그건 포기하는 게 낫지 않을까." 슈티가 말했다. "장치가 너무 거창해. 제대로 안 되면?"

"괜찮아. 바닥에 설치해서 모터로 끌어올리도록 개조했어. 강도도 이미 확인했고."

"대장은 알아?"

"아아." 피에로는 머리를 긁적였다. "상담하긴 했어."

"그러라고 했어?" 곡예 담당인 비스트리가 따졌다.

"아, 그게…… 뭐, 그랬지."

"단장이 그렇게 애매하게 행동하면 곤란해."

"어쨌든 설계는 제대로 된 것 같아." 피에로가 말했다. "틀림없이 잘 작동할 거야."

"틀림없이, 정도로는 안 돼. 본 공연에서 실패하면 어쩔 셈이야?"

"오늘 테스트할 계획이었어." 란도가 대답했다.

"어쨌든 내일 개막은 무리겠지." 슈티가 내뱉듯 말했다.

"어?" 피에로의 눈이 커졌다.

"왜 놀라? 오후 5시 현재 텐트도 세워지지 않았는데 당연히 내일 공연은 못 하지."

"아니, 내일 공연을 하지 못하면 곤란해."

"무슨 소리야?"

"내일, 단체 손님 예약이 있어."

"뭐?"

전원이 놀라 피에로를 봤다.

"단체 손님은 취소시켜야지." 슈티가 말했다.

"아니, 학교 행사로 오는 거라 취소는 안 될 것 같은데." 피에로가 말했다.

"대장, 당신이 보기에 이 상황에 내일 공연이 가능할 것 같아?" 비스트리가 피에로의 멱살을 잡았다.

"노력하면 어떻게든 되겠지."

"그만해. 비스트리." 란도는 비스트리를 피에로에게서 떼어냈다. "상황이 이렇게 되었으니 최대한 노력하는 수밖에 없어."

"노력해봤자 소용없다고. 아무리 노력해도 지금부터 텐트를 치고 설비까지 준비하는 건……" 공중그네 담당인 리지가 말했다.

"일단 첫날은 텐트 없이 하자." 란도가 말했다.

"이 동네 사람들이 공연을 그냥 다 볼 텐데."

"첫날은 선전이라고 생각하지 뭐."

"아니. 모두 다 봐버리면 다음 날부터 아무도 보러 오지 않아."

"텐트 없이 한다는 걸 아무도 모르니까 소식이 퍼지는 건 다음 날 이후야. 어쩌면 언론까지 달려들지도 몰라."

"너무 유명해지는 것도 사양인데……" 피에로는 중얼거리다가 모두가 노려보자 입을 다물었다.

"하지만 이 공사 현장 같은 곳에서 뭘 해?" 슈티가 물었다.

"일단 공중그네와 마술 준비를 하자." 란도가 말했다.

"잠깐만." 슈티가 말했다. "바닥 장치를 정말 설치할 거야? 이건 정말 손이 많이 가. 게다가 오늘 설치해 내일 곧바로 무대에 올리는 건 무리야. 뭐, 저번 같은 일이 벌어지는 건 사양이야. 너도 싫잖아."

"곧바로 무대에 올리진 않아." 란도가 말했다. "내일 아침, 공연 전까지 리허설을 할 거야."

"그때 제대로 안 되면 어쩔 건데?"

"반드시 잘될 거야."

"그러니까 만약의 경우를 말하잖아. 그때는 어쩔 셈이냐고?"

"……그때는 중지하는 수밖에 없지. 하지만 불가능한 일은……."

"그럼, 결정됐네. 빨리 장치를 바닥에 설치하자." 슈티는 작업을 시작했다.

피에로는 란도의 어깨를 두드렸다. "녀석도 상황을 모르진 않아. 그저, 잠깐 비꼬면서 너를 놀린 거지. 이 장치가 중요하다는 사실은 다 알아."

"어이. 거기 두 사람, 농땡이 부리지 마." 슈티가 말했다. "자정까지는 작업을 끝내야 돼. 수면 부족으로 몸이 제대로 움직이지 않으면 한심하잖아."

5

    결국 바닥 장치를 설치하는 사이에 자정이 지나버렸다. 단원들은 완전히 피로에 절었으나 흥분한 상태라 모두 바로 잠들지 못하고 생각에 잠겨 텐트 근처를 어슬렁어슬렁 돌아다녔다.

    이 마을은 전원지대의 거의 한가운데 있어서, 텐트가 있는 공원 주변에는 얼마 안 되는 주택과 농지 외에 아주 넓은 삼림이 펼쳐져 있었다. 공원 바로 옆에는 울창한 숲이 자리 잡고 앉아 음산한 기운을 뿜어냈다.

    란도는 피에로와 함께 공연 텐트 뒤쪽에 설치한 취침 천막과 동물 우리 천막 근처를 걷는 중이었다. 란도가 단장인 피에로에게 같이 걷자고 제안했다.

    "랜디, 할 말이 뭔데?" 피에로가 물었다. "설마 너까지 서커스단을 그만두겠다는 건 아니지?"

    "아니. 나는 그만둘 생각은 없어. 하지만 이대로 그냥 지낼 순 없어." 란도가 어렵게 말을 꺼냈다.

공원 안으로 나아가자 서서히 나무의 밀도가 높아졌다. 이 주변부터 울타리 없이 삼림 지역으로 이어져 있는 듯했다.

"그럼 어쩌겠다는 거야? 분명하게 말해."

"그럼 분명히 말할게. 이대로 가면 아무리 발버둥 쳐도 우리 인크레더블 서커스단은 파산해. 이 인원으로는 저런 공연 텐트를 유지할 수 없어. 이제 슬슬 현실을 직시해야지. 우리에게 저렇게 큰 공연 텐트는 어울리지 않아. 저걸 처분하고 좀 더 작은 텐트로 바꿔야 해."

"구경거리 가설 흥행장 정도로 돌아가라고?"

"부정적으로 생각하지 말길 바라. 사람이 줄었으니까 필요 없는 설비를 줄이고 좀 규모가 작은 서커스로 하는 게 좋다는 말이야." 란도는 동물 우리 천막 쪽을 봤다.

"잠깐만. 점보를 처분하라는 소리는 아니겠지."

"물론 지금 당장 어쩌라는 건 아니야. 하지만 점보는 이제 쓸모없어."

"쓸모가 없진 않아."

"하지만 이제 무리잖아?"

"사람도 나이를 먹으면 관절에 무리가 생겨. 점보도 잘만 활용하면 전력이 돼."

"점보에 관해서는 다시 생각할 필요가 있어."

"너, 그렇게 점보를 처분하고 싶어?" 피에로는 얼굴을 붉히며 성을 냈다.

"진정해. 점보를 당장 어떻게 하자는 말이 아니야."

"그런 사탕발림에 속을 것 같아! 너는 틀림없이 어떤 꿍꿍이가……." 피에로가 말을 멈췄다.

"대장, 왜 그래? 설마 너무 화나서 혈관이 터진 건 아니지?" 란도는 걱정스러워졌다.

피에로는 살살 고개를 흔들었다. 그리고 란도의 뒤쪽 공중을 가만히 바라봤다.

란도는 나쁜 예감이 들었다.

절대 돌아봐선 안 돼.

란도의 마음속에서 뭔가가 그렇게 소리쳤다.

틀림없이 봐선 안 될 것을 보게 될 거야. 하지만 안 보고 넘어갈 수는 없을 듯했다.

란도는 마음을 굳게 먹고 천천히 돌아봤다.

거기에는 시커먼 숲이 펼쳐져 있었다.

란도는 조금씩 시선을 높였다.

나무 높이는 20미터쯤일까. 그 나무의 거의 꼭대기에 그게 있었다.

10대 초반의 소녀였다. 그런데 더 어린아이가 즐겨 입을 법한 나풀나풀 장식이 잔뜩 달린 형형색색의 옷을 입고 있었다.

무슨 일본 애니메이션 같네.

란도는 멀거니 그렇게 생각했다.

"대장에게도 보이지." 란도는 중얼거리듯 말했다.

"응." 피에로는 쉰 목소리로 말했다. "이제 환각도 보는 줄 알았어."

확실히 그 모습은 비현실적이었다. 캄캄한 숲속에서 그 소녀의 모습만 또렷이 보였던 것이다.

소녀가 생긋 웃었다.

란도와 피에로도 웃었다.

아무래도 무서운 존재는 아닌 듯했다.

"저기, 아저씨들. 나, 물어보고 싶은 게 있어." 소녀가 말했다. 그렇게 큰 소리도 아닌데 왠지 또렷하게 들렸다.

"아저씨들도 묻고 싶은 게 있는데." 란도는 손바닥을 메가폰처럼 만들어 입에 대고 대답했다.

"안 돼. 일단 내 질문에 대답해야 해. 그런 다음에 아저씨들 질문에 대답할게."

"그래. 그래도 괜찮아." 피에로가 말했다.

란도는 소녀를 응시하면서 피에로의 소매를 잡아당겼다.

"랜디, 왜?" 피에로가 성가시다는 듯 물었다.

"아무래도 이상해."

"무슨 소리야?"

"저 여자애, 이상해."

"그건 나도 알아. 나도 멍청이는 아니라고."

"어떻게 저기 올라갔을까?"

"바로 생각나지는 않아. 하지만 트릭은 얼마든지 가능해. 사실은 트릭이 아니라 저 아이가 아주 가벼운 게 아닐까."

"그만 가자. 저건 절대 좋은 게 아니야."

"잠깐 기다려봐. 나무 위에 있는 아이를 그냥 둘 순 없잖아."

"그럼 물을게." 소녀가 말했다. "아저씨들, 저쪽에서 오던데, 혹시 서커스단 사람이야?" 소녀는 공연 텐트 건설 현장 쪽을 가리켰다.

"아, 맞아. 우리는 서커스 단원이야." 란도가 대답했다.

"그랬구나. 아, 다행이다." 소녀가 생긋 웃었다. "내내 찾아다녔다고."

"혹시 저 아이," 피에로의 표정이 확 밝아졌다. "인크레더블 서커스단 입단 희망자 아닐까?"

"입단 희망자?"

"그러니까 저렇게 자신의 실력을 보여주는 거지. 이렇게 높은 나무에 쉽게 올라갈 수 있다고. 아, 정말 훌륭하네. 우리 단원이라도 할 수 있는 사람은 두세 명 정도 아닐까?"

"그런가?" 란도는 고개를 기울였다. "그런 것 같지 않은데."

"서커스 입단?" 소녀가 웃었다. "그거 농담이지?"

"입단할 생각이지?" 피에로가 말했다.

"설마, 그럴 마음은 없는데."

"그럼 도대체 왜 우리를 찾아다녔어?"

"얼버무리지 마. 당신들이 내 동료에게 한 짓을 알아."

"이 아이의 동료에게 무슨 짓 했어?" 란도가 물었다.

"글쎄. 나는 몰라. 단원 중 누가 했을지 모르지." 피에로가 대답했다.

"다 같이 했잖아. 하지만 나는 그런 거에 원한을 갖진 않아." 소녀는 천진난만하게 말했다.

"그리 좋은 일을 한 것 같진 않네." 란도가 말했다. "오히려 원한을 가져도 당연한 일인 듯해."

"그건가? 빚인가?" 피에로는 필사적으로 생각해내려 했다.

"설마, 애한테 돈을 빌려 도망치진 않았겠지."

"그래. 그런 범죄 비슷한 짓은 하지 않아."

"웃기고 있다고 생각하는 것 같은데 하나도 재미없어." 소녀가 말했다. "당신들, 내 동료를 여럿 죽였잖아."

"뭐?" 피에로는 어이없는 표정을 지었다.

"기억해?" 란도가 피에로에게 물었다.

"설마, 그런 짓을 할 리가 있겠냐?"

"정말 짜증나네." 소녀의 얼굴이 추하게 일그러졌다.

란도는 마치 이빨이 솟아나는 것 같다고 생각했다. 아니면 얼굴 형태를 바꾸는 마술인가?

"당신들이 컨소시엄이라는 걸 알아. 미티아에게 들었다고."

"아가씨, 무슨 착각을 한 거 아닐까?" 피에로가 다정하게 말했다. "이름이 뭐니? 부모님은 어디 계셔?"

"이름은 키리피시. 부모는 없어. 이미 죽었으니까."

"그거 가슴 아픈 일을 물었구나."

"내 부모가 왜 죽었을까?"

"사고 같은 거로?"

"아니, 흡혈귀에게 살해됐어." 소녀의 목소리에 갑자기 박력이 느껴졌다.

"흡혈귀? 아아. 흡혈귀가 정말 있다는 얘기는 도시 전설이야."

"그럼 왜 당신들 같은 흡혈귀 사냥꾼이 존재해?"

"흡혈귀 사냥꾼도 있구나. 그것도 도시 전설이지."

"내 부모를 죽인 흡혈귀가 누구일 것 같아?"

"흡혈귀 이름이라. 드라큘라는 너무 흔한가? 뭐라고 할까? 여자 흡혈귀도 있을 텐데." 피에로는 눈을 감고 생각해내려 했다. "분명히 카……뭐였는데. 카…… 카…… 카…… 카라미? 아니다. 카밀라였다." 피에로는 눈을 떴다. "어라? 그 아이, 어디 갔어?"

란도는 잠자코 앞쪽을 가리켰다.

피에로는 그 손가락이 가리키는 쪽을 봤다. "저기!!!"

소녀는 천천히 공중에서 내려오고 있었다. 그리고 그 육체는 천천히 변이를 시작했다. 손발이 커지면서 근육질이 되었고 입은 귀까지 찢어지면서 강대한 이빨이 나타나기 시작했다.

"이거 굉장하네. 우리 누구보다 훌륭한 기술이야!!" 피에로가 절찬했다.

소녀─였던 것은 몇 미터 높이까지 강하한 후, 갑자기 자유낙하했다. 땅 울림과 동시에 모래 먼지가 일었다.

"랜디. 반드시 스카우트하자." 피에로는 눈을 반짝이며 키리피시에게 다가가려고 했다.

"잠깐만." 란도는 피에로를 말렸다.

"정답을 발표하겠습니다." 이미 몸이 2미터 이상 커진 키리피시가 말했다. "내 부모를 죽인 흡혈귀의 이름은…… 두두두 두두두두두두두두…… 키리피시, 바로 나였습니다. 짜잔!" 키리 피시는 윙크했다.

란도는 확신했다.

이 녀석은 제대로 된 물건이 아니다. 성격은 물론 존재 자체 가 이상하다.

"대장, 도망치는 게 좋을 것 같지 않아?" 란도가 중얼거렸다.

"왜?" 피에로는 의아해하며 말했다.

"이 녀석, 진짜야."

"아아. 진정한 곡예사지."

"아니. 이 녀석은 진짜 흡혈귀라고."

"설마, 그럴 리가……." 피에로가 다시 한번 키리피시를 봤 다. 그리고 나무 위를 봤다. 그리고 꿀꺽 침을 삼켰다. "아이디 어가 될 만한 것도, 장치도 없네."

"그렇다니까. 있을 수 없는 일이야. 있을 수 없는 일이 눈앞 에서 일어났을 때는 일단 도망치는 게 최선책이야."

"아? 그리고 당신, '랜디'라고 불리네." 키리피시가 자신의 얼굴 앞에서 검지를 휙 돌렸다. "그 말은 당신이 랜돌프라는 대장이라는 거지?"

"어이, 대장. 랜돌프라는 이름, 들은 적 있어?" 란도가 물었다.

"아니, 처음 들어." 피에로가 창백해진 얼굴로 말했다.

"뭐? 아직도 얼버무리려는 거야? 적당히 좀 해라. 흥!" 키리 피시는 머리 위에서 주먹을 움직이더니 뺨을 부풀렸다.

"이 녀석은 뭐지?" 피에로가 말했다.

"아까 자기소개했잖아. 흡혈귀 키리피시라고."

"흡혈귀는 도시 전설이라고 하지 않았어?"

"그 말은 대장이 했지."

"아까까지는 정말 그렇게 생각했어. 미안해."

"누구나 착각할 때가 있지. 신경 쓰지 마."

"그 바보 같은 대화는 무슨 비밀 신호야? 나를 속이려고?" 키리피시는 의심스럽다는 듯 말했다. "그러고 보니 랜돌프는 속임수에 능하다더라. 안심시켜 다가오게 해서 덫을 놓는다고."

그런가. 덫이라. 그게 마지막 희망일 수도 있겠다.

"대장." 란도가 속삭였다. "내가 신호하면 죽어라 도망쳐."

"다 들려. 그런데 그것도 속임수 기술이야?" 키리피시가 말했다.

"도망치라니 어디로?" 피에로가 물었다.

"그건 알아서 해. 내가 말하면 전부 들키니까." 란도가 말했다.

키리피시는 조심스럽게 천천히 다가왔다. 거리는 5미터쯤 되었다.

란도는 품에 손을 집어넣었다.

"뭘 가지고 있지?" 키리피시가 물었다.

"레이저 총일지도 모르지." 란도는 품속의 물건을 꼭 쥐었다.

"그런 게 정말 있을까? 어쨌든 맞추긴 어려울걸?"

"시험해볼까?" 란도는 불온한 미소를 지었다.

"그런 걸 가지고 있어?" 피에로가 말했다. "그럼 당장 써."

"좋아! 지금이야, 도망쳐!!" 란도는 피에로의 등을 때렸다.

란도와 피에로는 거의 동시에 달리기 시작해 각자 다른 쪽으로 향했다.

키리피시는 0.3초쯤 망설이다가 피에로가 아니라 란도의 눈앞으로 날아들었다.

란도는 품에서 지휘봉 길이 정도의 지팡이를 꺼내 키리피시의 코끝에 들이댔다.

"먹어라!"

지팡이 끝에서 아주 작은 조화(造花)가 튀어나왔다.

6

키리피시는 잔인하고 교활한 흡혈귀였으나 실전 경험은 비교적 적었다. 그리고 랜돌프가 상대를 놀리는 덫을 좋아한다고 들었던 게 선입견으로 작용했다. 그래서 란도가 가지고 있던 지팡이 끝에서 튀어나온 게 단순한 조화라는 사실을 믿을 수 없었다.

만약 그게 단순한 조화라면 몇 분의 1초 만에 이 남자의 몸뚱이를 두 동강 내고, 다음 1, 2초 사이에 피에로의 목을 물어뜯을 수 있었다. 그러나 만약 그게 아니라면······.

키리피시는 생각했다.

만약 이게 그냥 보이는 대로의 조화가 아니라 흉악한 무기라면, 만진 순간 무수한 바늘이 발사되어 몸에 부식성 약품이 주입될 수도 있어. 그럼 꽃을 만지지 말고 직접 이 남자를 공격할까? 아니야, 그거야말로 상대가 바라는 바일지 몰라. 정말 이게 레이저 총이어서 내 몸을 두 동강 낼지도 몰라.

망설임은 한순간이었다.

키리피시는 조화가 자기 몸에 닿기 직전, 수직으로 날아올랐다. 지면을 찬 충격으로 반경 십여 미터에 모래 먼지 원이 생겼다.

굳이 위험을 감수할 필요는 없지. 일단 상황을 확인하자. 공격은 그다음에 해도 늦지 않아.

키리피시는 다시 나무 꼭대기로 돌아왔다.

내려다보니 란도 일행의 모습은 이미 보이지 않았다.

키리피시는 나무에 귀를 대고 주위 소리를 찾았다.

숲속을 달리는 소리가 들렸다. 사람 수는 둘. 아마도 그자들일 것이다. 다른 발소리는 없다. 지금이라면 당장 쫓아갈 수 있다.

하지만 키리피시는 여전히 망설였다.

그 둘이 보이는 그대로 평범한 인간이라면 처치하는 일은 간단하다. 하지만 이 상황 자체가 거대한 덫일 수 있다. 녀석들을 덮친 순간 생전 처음 보는 무기로 몸이 갈기갈기 찢어질지 모른다. 흡혈귀는 쉽게 죽지 않는다. 하지만 감각은 인간과 다를 바 없다. 아픈 건 사양하고 싶다. 게다가 최악의 경우 살해당할 수도 있다.

흡혈귀는 인간보다 훨씬 수명이 길다. 요즘 인간의 수명은 길어야 백 년 전후에 불과하다. 그러나 흡혈귀는 살해당하지 않는 한 일단 죽을 일은 없다. 실수만 하지 않는다면 앞으로 몇 세기는 살 수 있다. 즉 인간은 살해당한다고 해도 앞으로 수십 년 혹은 백 년 정도의 시간을 잃는 데 불과하나 흡혈귀는 수백 년, 수천 년의 시간을 잃는 것이다. 인간의 생명보다 흡혈귀의 생명이 훨씬 귀중하다. 흡혈귀는 자신의 생명을 최대한 소중히 여겨야 한다.

키리피시는 늘 그렇게 생각했다.

그러므로 아무리 무방비하게 보이더라도 그들을 함부로 공격할 수는 없었다. 어쩌면 이렇게 망설이는 것조차 저들 작전의 일부일지 모른다. 녀석들은 퀸 비를 궁지로 몰았다. 녀석들도 틀림없이 그에 상응하는 타격을 입었을 것이다. 하지만 퀸 비를 격퇴했다는 사실은 중대했다.

퀸 비와 싸운 적이 없으므로 어느 정도 실력인지는 모르나 그리즐리가 실력을 인정한 것을 보면 상당히 강했을 것이다. 물론 미티아에게는 상대가 되지 못한 듯한데 미티아는 너무 강력해 판단 기준이 못 된다. 위젤, 모레이와의 전투를 봤을 때 미티아는 그리즐리보다 강할 가능성이 컸다.

키리피시는 몸을 부르르 떨었다.

그 괴물만은 적으로 돌리고 싶지 않아.

자, 그럼.

키리피시는 고개를 흔들며 상황 분석으로 돌아가려 했다. 하지만 묘안이 떠오르지 않았다.

모두에게 물어볼까.

원래 흡혈귀들은 이기적이라 동료를 그다지 생각하지 않는다. 집단으로 행동하는 것은 어디까지나 자신의 이익과 이어지기 때문이다. 하지만 키리피시는 이번만큼은 단독보다 집단으로 행동하는 게 낫다고 판단했다.

초음파를 이용하면 멀리서도 통신할 수 있으나 컨소시엄이 알아차릴 우려가 있다. 모두가 있는 곳으로 직접 가는 게 좋겠다. 그렇다면 어정쩡한 고도에서는 아래에서 사격당할 수 있다. 녀석들의 무기가 닿지 않는 초고도로 비행할 것인가, 탐지되기 어려운 초저고도로 단숨에 돌파할 것인가.

키리피시는 잠시 생각한 끝에 고공을 비행하기로 했다. 저고도에서는 적에게 탐지되기 어려운 대신 자신도 적의 상황을 확인할 수 없기 때문이다.

키리피시는 날개 날린 형태로 변신하면서 상승을 개시했다.

인간들의 기척을 탐지했다. 숲속의 두 명 외에 텐트 근처에 몇 명. 그리고 동물인지 인간인지 구별하기 어려운 게 몇 개 있는데 합쳐서 열 명쯤인 듯했다. 겨우 이 정도 숫자로 퀸 비를 격퇴했으리라고는 생각할 수 없다. 역시 어딘가 병사들이 있겠지. 아니면 퀸 비와의 전투에서 전사 대부분을 잃었을지도 모르고.

지상으로부터의 공격은 없었고 어떤 탐지 행동도 확인할 수 없었다. 그러나 키리피시는 만에 하나를 대비해 고도를 더 높였다.

하늘에는 수많은 별이 빛났다. 아래로는 어두운 숲이 펼쳐졌고 그 안에 점점이 불빛이 보였다. 저 멀리 마을이 보이고 거기에는 형형색색의 불빛이 빛나고 있었다.

키리피시는 자신들이 거처로 삼고 있는 고성을 향해 차가운 공기를 가르면서 무시무시한 속도로 출발했다.

그 순간이었다. 숲의 나무들 사이로 뭔가가 슬쩍 보였다. 그 것은 인체처럼 보였다.

키리피시는 그 물체가 마음에 걸렸다. 서커스단에서 1킬로 미터도 떨어지지 않은 장소라고 해도 길도 없는 숲 한가운데 인간이 뒹굴고 있는 건 부자연스러웠다. 덫일 가능성이 컸다. 하지만 덫치고는 너무 엉성했다. 황급히 숨기려고 했는데 숨 기지 못한, 그런 느낌이 들었다.

키리피시는 덫을 경계한 채 선회하면서 나선을 돌며 천천히 그 물체에 접근해 근처 나무 위에 착륙했다. 잎사귀 사이로 그 물체를 관찰했다.

그것은 역시 인체처럼 보였다. 하지만 그 모양이 이상했다. 마치 손과 머리를 잡고 걸레 짜듯 온몸을 비튼 듯했다. 비틀 리다 못해 곳곳에 뼈와 근육, 내장이 드러났다. 입고 있던 옷 이 갈가리 찢어져 가슴이 훤히 드러나 여자라는 건 알겠는데 목이 돌아가 있어서 얼굴은 보이지 않았다. 아마 옷은 일부러 찢은 게 아니라 비트는 와중에 당겨지는 힘을 견디지 못하고 찢어졌을 것이다.

키리피시는 주위를 살폈다. 움직임은 전혀 없었다.

사체에서 수 미터 떨어진 장소에 천천히 착지했다. 그리고 피 냄새를 가슴 가득 빨아들였다. 그 순간 위화감을 느꼈다.

이 냄새는…….

키리피시는 고양되는 감정을 억누르고 더욱 신중히 접근했다. 그리고 사체의 머리카락을 움켜쥐어 머리를 들어 올렸다.

너무 힘을 준 탓에 목이 툭 끊어졌다.

그것은 절규하는 표정의 모레이였다. 눈과 입을 한껏 벌리고 있었고 입에서는 대량의 피가 흘렀다.

키리피시는 모레이의 얼굴에 묻은 피를 핥았다.

인간의 피가 아니었다. 모레이 그녀의 피였다.

키리피시는 얼굴을 찡그리고 침과 함께 피를 뱉어냈다.

아무래도 온몸의 신경과 혈관이 너덜너덜해진 듯했다. 복원을 능가하는 속도로 조직을 계속 파괴해 결국 소생 불가능한 상태로 만들었을 것이다.

복잡한 심경이었다. 아무래도 모레이가 아주 고통스러워하며 죽은 듯해 유쾌했다. 하지만 근처에 모레이를 죽이고 떠난 존재가 있다는 게 마음에 걸렸다. 모레이는 최근에 막 흡혈귀가 된 한심한 녀석이었으나 평범한 인간이 이렇게 죽일 수는 없었다.

만약 랜돌프의 꼬임에 빠졌다면 나도 이런 처지가 됐을지 모르겠네.

키리피시는 강렬한 분노와 공포, 안도와 쾌감에 눈물을 흘리면서 깔깔대고 웃다가 절규했다.

캄캄한 밤의 숲에 으스스한 목소리가 울려 퍼졌다.

몇 분 후, 창문을 뚫고 키리피시가 성안으로 날아들었다. 뭉게뭉게 먼지가 일어나자, 분노에 휩싸인 흡혈귀들이 어슬렁

어슬렁 모여들었다.

"이런 거지 같은 아귀야! 우리한테 무슨 원한이 있어서 이런 소란을 피우냐?!" 토타스가 진심으로 키리피시를 죽이려 한다는 건 금방 알 수 있었다. 이빨을 최대한 드러내고 있었다.

"그야 어쩔 수 없었어. 서둘렀으니까." 키리피시는 밉살스럽게 말했다.

"어디 갔었는데?" 그리즐리가 물었다.

"서커스단. 그리고 이건 선물이야." 키리피시는 모레이의 목을 내밀었다.

"이 상황에 동료를 죽이다니, 왜 함부로 행동하냐!!" 캐터피라가 소리치며 키리피시의 복부를 향해 손날을 날렸다.

키리피시는 몸을 돌려 도약해 캐터피라의 머리를 발로 찼다.

캐터피라의 목이 우두둑 기분 나쁜 소리를 내며 뒤로 꺾였다. 캐터피라는 그대로 쓰러져 아우성쳐댔다. 신경이 손상되어 제대로 움직이지 못하는 듯했다.

"척추가 손상됐네." 키리피시가 말했다. "지금이라면 아주 쉽게 죽일 수 있겠네? 죽여줄까?"

"안 돼." 그리즐리가 말했다. "캐터피라는 대(對)컨소시엄 전투의 중요한 전력이야."

"이런 아줌마는 없어도 되잖아? 동료를 늘리고 싶으면 내가 몇 명 구해올게."

"초보자는 다루기 힘들어. 굳이 이런 시기에 데려와도 우리 발목만 잡아. 캐터피라의 목을 원래대로 돌려놔."

키리피시는 혀를 차고는 캐터피라의 후두부를 발로 차 머리의 위치를 원래대로 돌려놓았다.

캐터피라의 목덜미가 꿈틀꿈틀 움직이며 복원을 시작했다.

"네가 모레이를 죽였어?" 그리즐리가 물었다.

"나는 아냐. 숲속에서 주웠어."

"서커스단—컨소시엄 녀석들에게 당했단 거야?"

"그야 모르지. 내가 발견했을 때는 이미 죽어있었으니까."

토타스는 모레이의 목을 들어 올려 절단면을 살폈다. "비틀어 끊어냈어. 칼이나 총알 공격이 아니야."

"키리피시, 왜 맘대로 서커스단에 갔지?" 그리즐리가 물었다.

"맘대로? 무슨 소리지? 나는 언제든 자유야." 키리피시가 실실 웃으면서 말했다.

"모레이와 같이 갔나?"

"아니. 나는 그런 얼간이와 같이 행동하지 않아."

"너와 모레이가 컨소시엄에 살해된다고 해도 나야 상관할 바 아니야. 다만 잡혀서 우리가 있는 곳을 술술 불면 곤란해."

"애당초 잡히지도 않았어. 나는 빈틈이 없다고."

"스스로 그렇게 떠드는 녀석이 제일 위험하다고!" 아직도 쓰러져 있는 캐터피라가 말했다.

"쓸데없는 소릴 하면 이번에야말로 목을 꺾어 뭉개줄게." 키리피시는 캐터피라의 목을 밟으려고 했다.

"그래서 무슨 일이야?" 그리즐리가 물었다.

"아아. 컨소시엄 대원이 몇 명 있더라." 키리피시는 질문에 정신이 팔려 움직임을 멈췄다.

"정확하게 대답해. 적이 몇 명이야?"

"아마 열 명쯤일 거야."

"열 명?" 그리즐리는 생각에 잠겼다.

"너무 적은데." 토타스가 말했다. "열 명 정도라면 퀸 비의 적수가 되지 못했을 텐데."

"나도 그렇게 생각해. 하지만 처음에는 백 명쯤 있었는데 퀸 비에게 대부분이 살해당했을 수도 있지." 키리피시가 입을 내밀었다.

"토타스, 어떻게 생각해?" 그리즐리가 말했다.

그리즐리는 토타스를 우습게 보긴 했으나 오랜 경험에 바탕을 둔 지식의 이용 가치는 인정하고 있었다.

"많은 수가 어딘가 숨어있다고 생각하는 게 가장 자연스러워. 하지만 그렇지 않을 가능성도 몇 되지."

"예를 들면 어떤?"

"컨소시엄에 압도적인 무기가 있어서 그것만 있으면 혼자서도 흡혈귀를 쓰러뜨릴 수 있다는 가능성이지. 이거라면 적은 인원도 설명이 돼. 즉 컨소시엄 조직은 처음부터 적은 인원으로 구성되었다는 얘기야."

"아, 틀림없이 그럴 거야." 키리피시가 찬성했다.

"아귀는 입 다물어." 일어난 캐터피라는 고압적인 태도로 키리피시를 노려봤다.

키리피시는 다시 캐터피라와 싸울 자세를 취했으나 두 사람 사이에 위젤이 끼어들어 움직임을 멈췄다.

"그러나 이 설에는 난점이 있어." 토타스가 말했다. "만약 그런 무기가 있었다면 틀림없이 내가 알고 있었겠지."

"무기를 본 녀석은 모두 죽었다거나?" 위젤이 말했다.

"아니, 무엇보다 퀸 비는 살아남았어. 뭐, 직후에 미티아에게 살해됐지만. 어쨌든 그런 무기가 있었다면 살아남은 누군가가 알렸을 거야."

"지나친 생각 아닐까?" 위젤은 공중에 누운 채 말했다.

"어떤 점이 지나치다는 거지?" 그리즐리가 물었다.

"모레이가 정말 키리피시가 봤다는 서커스단에 살해당했을까?"

전원이 키리피시를 봤다.

"틀림없어." 키리피시가 필사적으로 변명했다. "당연하지 않아? 만약 서커스단 말고 수십 명의 인간이 몰려다녔다면 내가 알아차리지 못했을 리 없지. 게다가 서커스 단원 하나가 동료를 '랜돌프'라고 불렀다고."

"정말 '랜돌프'라고 말했어?" 위젤이 재차 물었다.

"……'랜돌프'가 아니라 '랜디'였을지도. 하지만 어차피 마찬가지잖아?"

"엄밀히 따지면 다르지."

"그럴 걱정은 거의 없을 거야." 토타스가 말했다. "만약 진짜 서커스단이었다면 열 명은 너무 적어. 그냥 작은 유랑단이라면 모를까……."

"아니야. 정말, 무척 큰 텐트였어. 큰 서커스단이야. 그러니까 진짜 서커스단은 아니라는 소리지."

"뭐든 상관없지 않아?" 캐터피라가 손톱을 다듬으면서 말했다. "컨소시엄이든 평범한 서커스단이든 전멸시키면 되는 거 아닌가?"

"컨소시엄이라면 전멸시켜야지." 위젤이 말했다. "하지만 평범한 서커스단이라면 어쩔 건데? 너무 눈에 띄면 오히려 귀찮아진다고. 평범한 서커스단이면 그냥 내버려두는 게 제일 좋아."

"아니, 내버려두는 건 안 돼." 토타스가 말했다.

"그러니까 컨소시엄이라면 내버려둬선 안 되지. 하지만 그냥 서커스단이라면······."

"그런 말이 아니야." 토타스가 말했다. "키리피시, 너, 서커스 단원한테 모습을 보였지?"

"아, 그게. '보였냐, 아니냐'를 묻는다면 '보였다'라고 대답해야겠지." 키리피시가 눈치를 보면서 대답했다.

"보였다고!" 위젤이 뒤로 몸을 젖혔다.

"얼굴도 보였어?" 토타스가 물었다.

"'보였냐, 아니냐'라고 묻는다면······." 키리피시가 말했다.

"길게 늘어놓지 말고 결론만 말해. 보였어?"

"응. 보였어. 그게 왜?"

"흡혈귀라는 것도 들켰어?"

"······그게 중요해?"

"중요하지. 그리고 너는 이미 대답했어."

"무슨 소리야? 나는 들켰는지 아닌지 말한 적 없어."

"들키지 않았으면 '들키지 않았어'라고 분명히 말했겠지. 얼버무리는 걸 보니 들킨 게 분명해."

캐터피라가 이빨을 드러냈다.

"뭐야? 네가 나를 이기지 못한다는 건 알지?" 키리피시가 짐승으로 변하기 시작했다.

그런데 그리즐리와 토타스를 제외한 다른 흡혈귀들도 키리피시를 공격할 태세를 취했다.

키리피시는 주변을 살피고는 살짝 동요했다.

"어쩔래? 도망칠 거야? 아니면 항복할래?" 캐터피라가 의기양양하게 말했다. "너는 미티아만큼 강하지 않아. 다 같이 한꺼번에 공격하면 순식간에 갈가리 찢어져."

"왜 내가 갈가리 찢겨야 하는데?"

"네가 멍청한 실수를 했으니까." 토타스가 말했다. "인간에게 정체를 들켰어."

"아니, 그게 말이야. 컨소시엄의 전력을 알아내려고 일부러 도발한 거라고."

"느닷없이 도발하는 녀석이 어디 있냐? 우선은 상대를 비밀리에 조사해야지."

"그런 한심한 짓이 왜 필요해? 덮쳐서 모두 죽이면 그걸로 끝나는 얘기인데."

"요즘 세상에는 정보를 퍼뜨리는 방법이 많아. 우리가 이 지

87

역에 숨어있다는 게 알려져."

"흡혈귀 얘기를 해봤자 누가 믿겠어."

"대체로 안 믿겠지. 하지만 컨소시엄은 달라. 그리고 컨소시엄이 지금 근처에 있어. 그 서커스단이냐 아니냐는 별개 문제이고."

"그러니까 어쩌라고?"

"그 서커스단은 바로 몰살할 필요가 있어. 컨소시엄이든 아니든 말이야." 토타스는 한숨을 쉬었다. "어이, 너희들, 화나는 건 알겠는데 오늘은 키리피시를 죽이지 마."

"왜? 이런 빌어먹을 건방진 아귀는 죽이는 게 정답이야." 이빨에서 침을 뚝뚝 흘리면서 캐터피라가 말했다.

"이 녀석도 전력이 되니까." 토타스가 대답했다.

"컨소시엄 같은 건 나 혼자 충분해."

"아냐. 우리는 그 서커스단을 몰살해야 해. 하나도 남김없이 말이야. 컨소시엄이 아니라고 해도 그놈들은 도망쳐 숨을 거야. 마을로 숨을지 산으로 도망칠지는 모르겠으나 전부 찾아내 확실히 죽여야 해. 인원은 많을수록 좋지."

"흥. 맞는 소리네." 키리피시는 소녀의 모습으로 돌아왔다. "그럼, 다 같이 사냥에 나가는 거지? 언제 출발해?"

"지금 바로." 그리즐리가 말했다. "우물쭈물하고 있을 여유는 없어. 오늘 밤 안으로 처리한다."

7

란도가 이 서커스단에 들어온 것은, 3년 전이었다.

"연습을 봐도 되나?" 란도는 텐트 옆 자그마한 광장에서 활로 과녁을 조준하고 있던 백인 청년에게 말을 걸었다.

과녁은 10미터쯤 떨어진 곳, 동양계 미녀가 입에 문 장미꽃이었다.

"글쎄. 어쩌지?" 청년은 두리번두리번 주위를 살폈다. "나는 봐도 되는데 보스가 뭐라고 할지."

"보스라니, 사장?"

"사장이라고 해야 하나, 뭐 단장이겠지."

"회사 조직은 아니라는 거야?"

"그게 좀 애매해. 이렇게 말하는 나도 들어온 지 반년밖에 안 돼서 자세한 사정은 몰라."

"어이, 슈티. 왜 게으름 부리고 있어?" 피에로가 텐트 뒤쪽에서 나타나 다가왔다. "아는 사람이야?"

"아니. 잠깐 연습하는 걸 봐도 되냐고 해서."

"안 되는 건 아니지만." 피에로는 곤란한 표정을 지었다. 어쩌면 처음부터 그렇게 보이도록 화장했는지도 모르겠다. "내 입으로 된다고 말하긴 그러네. 애당초 돈을 받고 보여주는 기술이니 그냥 보여달라면 안 된다고 할 수밖에."

"하지만 밖에서 연습하는 걸 보는 건 내 마음이잖아."

"그야 그렇지. 그래서 누가 보더라도 뭐라고는 안 해. 하지만 봐도 되냐고 물으면 그러라고 하긴 힘들다고."

"그러니까 이런 소리구나. 봐도 되냐고 물으면 안 된다고 대답하겠지만, 밖에서 연습하는 걸 본다고 말릴 권리는 누구에게도 없단 거지?"

"아아. 뭐 그렇지."

"들었어? 봐도 된대."

"고마워." 란도는 감사 인사를 건넸다. "그런데 실은 네 연습을 보는 게 목적은 아니야."

"그럼 누구 연습을 보고 싶은데?" 피에로가 물었다.

"솔직히 말하자면 이 사람 연습을 보며 친해진 다음, 서커스의 높은 사람에게 소개해달라고 할 생각이었어."

"뭐야? 그런 거였어? 그럼 바로 알려줬을 텐데. 봐, 이 사람이 단장이야." 슈티가 피에로를 가리켰다.

"어이, 이봐. 그렇게 함부로 손가락질하지 마. ……그런데 내게 무슨 용건이야?" 피에로가 물었다.

"이 서커스단에 들어가고 싶어." 란도가 과감하게 말했다.

"아, 그런 얘기였어?" 피에로는 수긍이 간 듯했다. "그래서 뭘 하고 싶은데? 활쏘기야? 슈티 밑에서 훈련하면, 그렇군, 근육만 있으면 2, 3년 뒤에는 무대에 설 수 있겠다."

"아니. 활을 쏘겠다는 건 아니야."

"그럼 줄타기? 아니면 공중그네? 뭐, 서커스단에 들어오고 싶어 하는 사람들은 둘 중 하나지."

"아니. 그것도 아니야."

"그럼, 맹수 사육사? 뭐, 드물긴 하지만 없진 않지. 아니면 피에로인가? 피에로는 나이가 들어 위험한 기술을 할 수 없게 된 단원이나 서커스 단원이 아닌 사람이 아르바이트로 할 때가 많은데, 처음부터 피에로를 꿈꾸는 녀석도 가끔 있지. 너도 그래? 피에로라면 1년만 하면 나랑 콤비로 무대에 나갈 수 있을 거야." 피에로는 신이 난 듯 약간 흥분해 말했다.

"유감스럽게도 당신과 콤비를 할 생각은 없어."

"뭐야? 그럼 뭘 하고 싶은데?"

"마술."

"마술? 손장난 같은 거?"

"맞아. 다양한 마술 아이디어가 있어."

"잠깐만." 피에로의 흥미가 확 줄었다. "너, 마술 경험은 있어?"

"응. 보드빌(vaudeville, 온갖 오락을 엮은 무대) 무대에 선 적 있어."

"메인 출연이야? 아니면 바람잡이?" 피에로가 엄격한 얼굴을 했다.

"솜씨가 나쁜 건 아니야. 다만 그 극장의 관객층은 마술을 좋아하지 않아서······."

"바람잡이었어? 극장에서 인기가 있었다면 굳이 서커스단에 들어올 생각은 하지 않았겠지. 그래서 제대로 된 스승은 있어?"

"유명한 마술사 무대는 전부 봤어. 그래서 그 기술들은 전부 할 수 있어."

"우리한테는 마술사가 없어. 그러니까 제자로 들어올 수는 없어."

"그냥 마술사로 고용해주면 그걸로 충분해."

"마술은 서커스와 맞지 않아. 다른 기술은 모두 속임수가 없는데 거기에 마술이 섞이면 다른 기술까지 의심을 받는다고."

"마술은 속임수가 아니야!" 란도는 참지 못하고 거친 소리를 내고 말았다. "특별한 기술과 아이디어가 있어야 성립되는 예술이라고! 속임수라는 소리는 듣고 싶지 않아!"

"흠." 피에로는 조금 흥미를 갖게 된 듯했다. "하지만 커다란 원형 무대에서 비둘기가 나오게 하거나 카드 마술을 해봤자 전혀 눈에 띄지 않아."

"좀 더 대단한 걸 할 수 있어. 이빨로 총알을 받는다든가."

"그건 위험해."

"아냐. 위험하게 생각할 수도 있지만 준비만 잘하면 아주 안전한 마술이야."

"정말? 지금까지 여럿 실패해 죽었을 텐데."

"물론 그런 사례가 과거에 있었지. 하지만 그건 실수였으니까."

"실수는 반드시 일어나."

"마술 이외의 서커스 기술도 실수는 있을 텐데."

"맞아. 당연히 실수로 사고가 일어나지. 하지만 공중그네에서 떨어지는 것과 총알이 머리를 관통하는 일은 충격이 아주 달라. 후자는 관객들이 눈앞에서 살인을 보게 되는 거라고. 잘못하면 총을 쏜 사람의 정신도 무너져. 그런 기술은 절대 허용할 수 없어."

"아냐. 안전 대책은 얼마든지⋯⋯." 란도는 거기까지 말하다가 이빨로 총알을 받는 기술에 집착하는 게 최선은 아님을 깨달았다.

이 남자를 이해시키지 못하면 서커스단에 들어갈 수 없다.

"알았어. 총알은 없던 일로 할게. 그밖에도 엄청난 마술 아이디어가 있어."

"위험한 기술은 안 돼."

"아이디어도 장치도 있으니까 전혀 위험하지 않아. 물론 관객은 안전한지 모르겠지만."

"어떤 마술인데?"

"탈출 마술이야. 인체 교환이랑 중국식 물 감옥 탈출을 합친 작품이지."

"요즘 시절에 후디니를 재탕하겠다고?"

"기본적으로 마술 트릭에 새로운 건 없어. 문제는 연출이지.

잘만 연출하면 관객은 새로운 마술을 보는 것처럼 느낄 거야."

피에로는 잠시 생각했다. "설비는 갖고 있어?"

"아니. 아직 아이디어 단계라······."

"너를 고용하면 장치도 서커스단에서 준비해야 해. 그렇지?"

"뭐, 처음에는 그렇겠지."

"장치는 어디까지나 서커스단 소유야. 네 사유물이 아니라고. 그래도 괜찮겠어?"

"······그 말은 그러니까 나를 고용한다는 거야?"

피에로는 고개를 끄덕였다. "다만 조건부로."

"장치 소유권은 이해했어."

"그건 조건이 아니야. 당연한 권리지."

"그럼 조건은 뭔데?"

"작품에는 인체 절단 마술도 포함해줘. 아니, 그걸 메인으로 해줘."

"요즘엔 그런 걸 보고 놀랄 사람이 없을 텐데."

"놀라게 할 필요는 없어. 참신하게만 하면 관객은 감탄하고 돈을 낼 가치가 있다고 생각하니까. 게다가 인체 절단은 비교적 안전한 트릭이야. 사고 가능성이 적지."

"탈출 마술은 못 해?"

"그건 완성도를 보고 결정하지. 머릿속으로 생각하는 것과 실제로 하는 건 완전 다르니까. 내가 안전하다고 판단할 때까지는 관객 앞에서 못 해. 승복할 수 없다면 고용은 없어. 어때?"

"만약 당신이 안전하다고 판단하면 탈출 마술을 할 수 있다고 생각해도 되는 거지?"

"그건 약속해."

"그럼, 인체 절단 마술에는 조수가 필요해. 몸이 유연한 여성이 좋아."

"그것도 우리가 준비해야 하나?" 피에로는 어이없다는 표정을 지었다.

"일이 없는 마술사가 조수까지 데리고 다닐 순 없잖아. 아크로바틱 여성에게 도와달라고 하면 될 텐데."

"그건 아닌 것 같아. 아크로바틱을 하는 단원이 조수로 서는 순간 몸을 웅크리고 있다는 걸 알 거야."

"그럼 내가 할게. 나, 몸, 정말 유연해." 조금 전까지 활쏘기의 과녁인 장미를 물고 있던 동양계 여성이 끼어들었다. "마술, 재미있을 것 같아."

"활쏘기랑 병행해야 하는데 괜찮겠어?" 피에로가 물었다.

"물론이지. 활쏘기 과녁 일이야 원래 자주 안 하는데 뭘."

"이로써 그쪽 조건은 다 해결했어." 피에로가 말했다. "자, 어쩔래?"

"알았어. 그쪽 조건도 받아들이지." 란도가 손을 내밀었다.

"인크레더블 서커스단에 잘 왔어." 피에로는 란도의 손을 잡았다.

"나는 가도토 아야미야. 잘 부탁해." 여성이 자신을 소개했다.

"나는 란도 고타로야. 잘 부탁해."

그렇게 서커스단에서의 생활이 시작되었다.

8

"대장과 랜디는 어디 간 거야?" 공중그네를 타는 젊은 흑인 남성 리지가 짜증스럽게 말했다. "설마 둘만 마을로 놀러간 건 아니겠지?"

단원들은 세우다 만 텐트 옆의 싸늘한 광장에서 모닥불을 둘러싸고 술을 마시고 있었다.

"마을이라고 해봤자 이 근방은 숲속에 드문드문 주택가가 있을 뿐이잖아. 술집도 거의 없어. 하물며 언니가 나오는 집은 아마 없을 거야." 젊은 아크로바틱 기술자인 백인 남성 비스트리가 리지를 달랬다.

"랜디 녀석, 아무래도 믿을 수가 없다니까." 리지가 말했다. "제일 신입인 주제에 단장 비위나 맞추고."

"단장 비위를 맞춰서 무슨 이득이 있냐?" 슈티가 말했다.

"매상에서 몫을 많이 달라고 하겠지. 무엇보다 그 녀석 장치는 너무 비싸."

"장치는 개인 소유가 아니야. 단장이 왜 랜디만 끼고 돈다는 거야?"

"그야 모르지. 녀석은 말을 너무 잘해."

슈티는 목을 움츠렸다.

"네 비뚤어진 근성에 어이가 없다." 리지의 파트너로 조금 나이가 위인 흑인 여성 진이 말했다. "단장은 장사는 서툴지 몰라도 누굴 편애하는 사람은 아니야."

"장사를 못 하는 것도 정도가 있어야지. 단원 대다수가 도망가다니, 앞으로 어쩔 셈일까?" 리지가 투덜댔다.

"그런 걸 랜디와 상의하는 게 아닐까? 그는 아이디어가 정말 많으니까."

"상의라면 우리랑 하면 되잖아."

"네게 상의를 해? 그럴 바에는 점보와 상의하겠다." 진이 악담을 퍼부었다.

"늙어빠져서 도움도 안 되는 코끼리와 나를 똑같이 얘기하지 마!"

"잠깐만, 그 말은 그냥 못 넘어가겠다." 맹수 사육사인 백인 여성 레이라가 입을 열었다. "그 아이는 제대로 연기하는데."

"공에 올라타지도 거꾸로 서지도 못하잖아."

"하지만 캐치볼은 한다고."

"커다란 덩치의 코끼리가 나와서 피에로랑 캐치볼이나 하고 있으면 관객은 실망한다고."

"너는 정말 아무것도 모르는구나." 레이라가 짜증스럽게 말했다. "코끼리는 그냥 존재하는 것만으로 가치가 있어. 육지에서 가장 큰 동물이라고. 단순한 우상이 아니라 살아있는 우상이잖아. 보는 것만으로도 충분히 가치가 있는 거야."

"아아. 단장 영감도 그렇게 말했지. 그야 이전 사육사가 대장이었으니까. 그럴 바에는 연기 같은 거, 시키지 말고 그냥 돈 받고 동물 우리를 보여주면 되잖아. 이동 동물원을 하는 것도 좋겠네."

"그 아이는 연기하는 게 보람이라고."

"짐승에게 보람 같은 게 어디 있을까."

레이라가 일어나 손에 든 잔을 내던졌다.

"뭐야? 해보자는 거야?" 리지는 주먹을 쥐고 싸울 태세를 취했다.

"둘 다 그만해." 동양계 여성이자 오토바이 곡예사인 쿠와이가 끼어들었다. "리지, 네가 잘못했어. 점보는 가족이야. 레이라에게도 단장에게도."

"그런 거 알 게 뭐야!"

"여자에게 손을 올리다니 최악이네." 진이 말했다.

"먼저 손을 올리려고 한 건 저 사람이라고."

"그럼 피하거나 사과하면 좋았잖아. 정말 여자를 때리면 나는 너와 끝이야." 진이 말했다.

"어이, 그건 상관없는 일이잖아." 리지가 당황하며 말했다.

"상관없지 않지. 여자에게 손이나 올리는 남자와는 같이 일할 수 없으니까."

상황이 상당히 험악해졌다. 그야말로 일촉즉발의 순간, 숲에서 느닷없이 피에로가 튀어나왔다.

"다들 도망쳐!!"

"이번에는 뭐야?" 슈티가 한숨을 내쉬었다.

"모두…… 당장…… 차에…… 타." 피에로가 헉헉대며 말했다.

"우선 진정 좀 해. 무슨 일이야?" 슈티가 말했다. "곰이나 늑대라도 나왔어?"

"맹수라면 그나마 낫지! 흡혈귀가 나왔다고!!"

일동은 한동안 어안이 벙벙한 표정을 짓다가 일제히 깔깔대고 웃기 시작했다.

"농담이 아니라고!!"

"그게 농담이 아니면 우리는 대장을 병원에 데려가야 해. 술을 너무 마신 거 아냐?"

"나는 멀쩡해!!" 피에로가 소리쳐댔다. "정말로 흡혈귀가 있어. 중학생쯤 되는 여자아이야."

"숲속에 중학생 여자애가 있다고?"

"그래. 중학생인지 아닌지는 모르겠어. 하지만 그 정도 나이의 여자애야."

"그 정도 아이는 장난을 자주 치지. 틀림없이 친구들과 짜고 속임수를 썼을 거야. 서커스 단장이면 그 정도는 좀 알아차려라."

"그게 아니라고!!" 피에로는 필사적으로 말했다. 만약 얼굴에 화장을 안 했다면 창백해진 얼굴이 보였을 것이다. "그건 진짜 흡혈귀였어. 높은 나무 위에서 뛰어내렸는데도 멀쩡했어."

"와이어를 사용했겠지. 종종 쓰는 방법이잖아."

"와이어라면 보였겠지."

"검게 칠했으면 밤이라 보이지 않았을 거야. 사람에게 조명까지 쏘면 전혀 안 보여. 혹시 밤인데 그 애 모습만 또렷하게 보이지 않았어?"

"그건……맞아. 그 아이 모습은 또렷하게 보였는데 그렇다고 조명을 쏘진 않았어."

"조명이 없으면 또렷하게 보일 리 없지."

"……아냐. 그 아이 모습이 변했어. 무시무시한 괴물 모습으로."

"CG겠지."

"스크린 위의 얘기가 아니라고. 현실에 있던 소녀 모습이 괴물로 변했다고."

"프로젝션 매핑이구나."

"뭐?"

"최근에 유행하는 놀이기구야. 건물 같은 데 CG 영상을 투영해 마치 형상이 바뀐 듯한 착각을 일으켜. 인간에게 사용하면 변신하는 것처럼 보여."

"아냐. 그건 절대 그런 게 아니었어."

"그렇게 느꼈을 뿐이야." 슈티는 피에로의 어깨를 두드리며 말했다. "누구나 착각할 때가 있지."

"이래 봬도 나는 엔터테인먼트 프로야. 진짜와 영상 정도는 구별해. 무엇보다 프로젝션 매핑에는 거대한 장치가 필요하다고. 그런 걸 어디에 숨겼겠어?"

"그러고 보니 숲속에서 통나무집을 본 적 있어." 키가 큰 백인 여성—아크로바틱 기술자 기프티가 말했다. "거기에 기자재를 숨겼던 거 아닐까?"

"그렇지." 비스티리가 찬성했다. "TV 방송국이 몰래카메라 프로그램을 촬영하는구나. 그거구나."

"아마추어 인터넷 작품일 수도 있지." 쿠와이가 말했다.

"아니야. 그건 정말 진짜였어. 랜디가 증언해줄 거야."

"그러고 보니 랜디는 어디 있어?"

"아아. 숲속에서 놓치고 말았어. 그 괴물에게서 도망치기 위해 각자 흩어져서 뛰었거든."

"잠깐만. 고타로를 놓치다니, 무슨 소리야?!" 아야미가 호통치듯 말했다. "괴물 앞에 놓고 왔단 거야?"

"아야미, 침착해." 슈티가 달랬다. "애당초 괴물 같은 건 없다고. 위험하지 않아. 그러니까 화낼 필요는 없어."

"하지만 단장은 괴물이 있다고 믿고 있잖아?"

"그렇지. 정말 흡혈귀가 있어. 믿어줘." 피에로가 열심히 설명했다.

"그런데 대장은 고타로를 버려뒀단 거야?!"

"그러니까 놓쳤다고. 버린 게 아니라."

"그럼 지금부터 안내해. 같이 고타로를 찾아보자."

"싫어."

"고타로를 버릴 셈이야?"

"우리만으로는 상대할 수 없어. 경찰에 연락해 도움을 청해야 해."

"흡혈귀가 습격했다고?" 슈티가 웃긴다는 듯 말했다. "당연히 장난 전화로 생각할 거야."

근처 나뭇가지가 흔들렸다.

"으악!!" 피에로가 도망치려다가 넘어졌다. "살려줘!! 나는 맛없다고!!"

"대장, 진정해. 랜디야." 슈티가 말했다.

숲속에서 튀어나온 것은 창백한 얼굴의 란도였다.

"고타로!" 아야미가 란도에게 달려갔다. "무슨 일 있었어? 단장은 내내 이상한 소리만 해."

"대장이 흡혈귀 얘기했어?" 란도가 물었다.

아야미가 고개를 끄덕였다.

"알았다!" 리지가 소리쳤다. "너희 둘이 우리를 속이려는 거지?"

"리지, 우선 내 말부터 들어줘." 란도는 필사적으로 말했다.

"설마 너까지 흡혈귀를 봤다고 할 건 아니지?" 슈티가 말했다.

"진짜 흡혈귀인지는 모르겠는데 숲속에 소녀 모습을 한 괴물이 있어. 이건 확실해."

"누가 장난하는 게 아니고?"

"그런 속임수는 불가능해. 마술사인 내가 하는 말이니까 틀림없어."

"어이, 다들 어떻게 생각해?" 슈티가 물었다.

"단장 혼자 이상한 소리를 하니까 취했나 했지. 그런데 랜디까지 그러니까 정말일 수도 있겠네." 레이라가 말했다.

"아니. 둘 다 취했을 수 있지." 리지가 말했다.

"우리는 취하지 않았어. 냄새 맡아봐." 란도가 말했다.

"그렇다면 둘이 우리를 속이려는 거거나 아니면 누군가 돈을 건 장난에 둘이 넘어갔거나."

"속임수라면 얼마나 좋을까."

"그런데 이상하잖아. 진짜 흡혈귀라면 너희들 어떻게 그 괴물에게서 도망쳤어?" 비스트리가 의문을 드러냈다.

"그건 내가 기지를 발휘했으니까."

"맞아. 랜디 덕분에 살았어." 피에로가 말했다.

"어떻게 했는데?" 비스티리가 의심스러운 눈으로 둘을 봤다.

"이거야." 란도는 조화가 핀 막대기를 보여줬다.

"그게 뭔데?"

"마술 도구야."

"알아. 기성 제품이잖아."

"이걸 보여줬더니 도망갔어." 피에로가 말했다.

"뭐야?! 전혀 대단한 게 아니었잖아!"

"아니야. 이걸로 넘어간 건 운이 좋았던 거야. 녀석은 나를 다른 누구라고 착각하고 겁먹은 것 같았어."

"다른 누구? 어떤 사람?"

"모르지. 아마 흡혈귀 사냥꾼이 아닐까."

"어이, 이봐. 흡혈귀 다음은 흡혈귀 사냥꾼이야?"

"그래서 어쩌자고?" 슈티가 말했다. "어쨌든 경찰에 연락할까?"

"제일 먼저 경찰에 연락하려고 했어." 란도는 입술을 깨물었다. "그런데 이해시킬 방법이 없어. 우선 우리끼리 대책을 생각하자."

"모두 조화를 들고 쫓을까?" 비스트리가 놀렸다.

"이제 그 방법은 통하지 않아. 도망치는 수밖에 없겠지. 자동차에 기름은 있어?" 란도가 밴을 바라봤다.

"설마 지금 당장 차를 타고 도망치자고?" 리지가 불평을 늘어놓았다. "오늘은 정말 피곤하다고. 다음은 내일 아침에 놀면 안 될까?"

"차가 아니면 아무래도 녀석에게서 도망칠 수 없단 말이야!" 란도는 비스트리의 멱살을 잡았다. "나는 봤다고. 녀석은 거대한 박쥐의 모습이 되어 말도 안 되는 높이까지 상승한 후 유성처럼 날아갔어."

"랜디. 진정해." 슈티가 란도의 어깨를 잡고 비스트리에게서 떼어냈다. "녀석이 날아갔다고 했지? 틀림없이 녀석은 네 조화에 놀라 도망갔을 거야. 그러니 여기 있어도 괜찮아."

"그렇다고 해도 여기 있는 건 위험해. 취침 천막도 마찬가지야. 녀석이 왔을 때 바로 도망칠 수 없어. 차라면 방법이 있을 거야. 오늘은 모두 차에서 자자."

"정말 진심으로 하는 말이야?" 진이 불평했다. "랜디와 단장의 장난에 어울리고 싶은 사람은 밴에서 자. 하지만 나는 사양할게."

"나도." 기프티도 말했다.

"레이라, 어쩔래?" 쿠와이가 물었다. "나는 어느 쪽이든 괜찮은데 네가 싫다면 나도 안 할래."

"물론. 그럴 마음은 없어. 너도 하지 마."

"하지만······." 아야미는 란도 쪽을 봤다.

"괴물이 있어. 진짜야." 란도는 아야미의 눈을 보며 말했다. "나는 차에 탈게."

"그럼 결정하자. 차에서 자고 싶지 않은 사람." 리지는 손을 들면서 말했다.

진, 비스트리, 기프티, 레이라, 쿠와이가 손을 들었다.

"차에서 잘 사람."

란도와 피에로, 아야미가 손을 들었다.

"슈티. 너는 어쩔래?"

"솔직히 랜디와 대장의 말은 말도 안 된다고 생각해." 슈티가 생각에 잠겼다.

"그럼 우리와 같이 텐트에서 자."

"하지만 왠지 마음에 걸려. 단순한 장난을 이렇게 진지하게 칠까?"

"몰래카메라 같은 거에 당했겠지."

"요즘 세상에 아마추어를 상대로 그런 어마어마한 장난을 칠까. 그런 생각도 들어. 나는 좀 더 둘의 얘기를 듣고 결정할게."

"그럼 맘대로 해. 우리는 이제 잘게."

차에서 자고 싶지 않다는 데 손을 든 사람들은 란도 일행에게 등을 돌리고 걷기 시작했다.

"다들 잠깐만 기다려! 정말 괴물이 있다고!" 란도가 말했다.

"그런 말을 해봤자, 흡혈귀를 만났다고 하는 사람은 너랑 단장뿐이야. 게다가 너희 둘도 멀쩡하잖아." 비스트리가 불쾌한 듯 말했다. "그 말은 즉 너희가 진실을 말하고 있더라도 녀석은 그리 위험하지 않단 소리지."

"부탁해! 제발 믿어줘!!" 란도는 비스트리의 어깨를 잡았다. "내가 틀리더라도 하룻밤만 차에서 자라. 그게 그렇게 힘들어?"

"그렇게 힘들진 않아. 하지만 가능하면 그런 일은 안 하고 싶어. 나는 푹신한 침대에서 자고 싶거든." 비스트리는 란도의 팔을 뿌리쳤다.

"어떻게 하면 알아주겠냐?" 란도는 우두커니 그 자리에 서 있었다.

"고타로. 그냥 둬라."

"그럼 안 돼. 이 주위에 그 괴물이 어슬렁대고 있다고."

"하지만 그런 기척은 전혀 없어."

"너까지 나를 의심해?"

"의심하는 건 아니야. 다만 조금 진정하고 생각해보면 어떨까?"

"젠장! 어떻게 말해야 알아듣겠어?!"

"랜디, 더는 무리야. 그런 공포는 실제로 본 사람만 알 수 있어."

"그렇구나. 보면 알겠구나." 슈티가 말했다. "그럼 지금부터 다 같이 녀석을 찾아보자. 실제로 보면 다 이해하겠지."

"안 돼. 우리가 도망친 건 정말 행운이었어. 다시 도망칠 수 있을지는 몰라."

"우리는 괴물 찾기에 나설 생각이 없어." 자신의 취침 천막으로 가던 레이라가 말했다. "담력 테스트는 열 살 때 졸업했으니까."

"일단 우리는 밴에 타자." 피에로가 말했다.

"알았어." 란도는 결심했다. "차를 취침 천막 옆으로 이동하자. 무슨 일이 생기면 바로 모두 탈 수 있게."

"그래. 일단은 그 정도로 될 거야." 슈티도 찬성했다. "여기서 서로 싸워봤자 나아질 것도 없고."

란도와 피에로, 아야미와 슈티는 밴을 향해 걷기 시작했다.

끽, 그 순간 귀에 거슬리는 소리가 울려 퍼졌다.

모두가 하늘을 올려다봤다.

그것은 너무 빨라 누구도 그 모습을 확인할 수가 없었다.

그저 검은 그림자가 밴의 거의 바로 위에서 곧바로 떨어지는 것처럼 보였다.

바로 옆에서 번개가 친 듯한 폭음과 함께 밴의 지붕과 안에 있던 생활용품이 주위 몇 미터에 걸쳐 날아갔다.

다행히 아무도 파편에 맞지 않았으나 전원은 멍하니 그 자리에서 꼼짝도 하지 못했다.

"랜돌프가 누구지?" 밴의 내부에서 꼭 달라붙은 검은 옷을 입은 소년이 나타났다. 아무것도 딛지 않고 붕 떠오른 듯 보였다.

"여자애라고 하지 않았어?" 슈티가 속삭이듯 말했다.

"분명히 여자애였어." 란도는 숨을 꿀꺽 삼켰다.

"그럼 이 녀석은 다른 놈이겠네. 아니면 여자에서 남자로 변신했나?"

란도는 말없이 고개를 저었다. 도통 모르겠다는 의미였다.

"이중 누가 키리피시와 만났지? 웃기지도 않은 방법으로 쫓은 것 같던데. 아아. 내 이름은 위젤이라고 해. 잘 부탁해." 위젤은 공중에서 절하는 동작을 취했다. "아, 그리고 오늘 모레이를 죽인 것도 너희들이야? 아니다. 그 여자는 그리 좋아하지 않았으니까 그리 화낼 일도 아니지. 하지만 죽인 게 누군지 궁금하긴 하거든. 그럴 것 같지 않아?"

"나쁜 녀석은 아니지 않을까?" 슈티가 말했다. "단순히 녀석들의 동료를 죽인 사람을 찾는 걸지도 모르잖아?"

"활은 어딨어?" 란도가 조그맣게 물었다.

"아마 차 안에 있을 거야." 슈티도 조그맣게 대답했다.

"내가 녀석의 관심을 끌고 있을 때 가져와."

"나쁜 녀석이 아닐 수도 있는데?"

"나쁜 녀석이란 걸 안 다음에 무기를 준비하면 너무 늦어."

"그런데 활로 쓰러뜨릴 수 있을까?"

"그것도 몰라. 하지만 지금 사용할 수 있는 무기는 활밖에 없잖아."

슈티는 수긍했다.

"어이, 위젤 군. 처음 보네." 란도는 큰소리를 질렀다. "자네도 흡혈귀야?"

"너는 누군데?"

"네가 찾는 사람일지도 모르지." 란도는 위젤을 쳐다보면서 천천히 걸어 나갔다.

"네가 랜돌프야? 모레이를 죽인 것도 너야?"

"……." 란도는 입속으로 우물거렸다.

"잘 들리지 않는데."

"감기가 좀 걸렸어." 란도는 기침을 했다. "큰 목소리로 말하기가 힘들어." 란도는 콜록대면서 부자연스럽지 않도록 조금씩 물러나며 차에서 떨어졌다.

위젤은 가만히 눈으로 란도를 쫓았다. "랜돌프는 지독한 트릭을 사용한다고 들었어. 너, 무슨 꿍꿍이가 있나?"

란도는 온몸에서 땀이 분출됨을 느꼈다.

부디 녀석에게 땀이 보이지 않기를.

"……." 란도는 또 입속으로 우물거렸다.

"에이, 너, 뭐야?" 위젤은 휙 공중을 날아 란도에게 다가왔다.

슈티가 밴 쪽으로 달려가는 게 보였는데 물론 란도는 그쪽을 보지 않았다. 그리고 더 물러났다.

"미안해. 기침이 멈추질 않아서."

위젤이 훌쩍 란도 앞에 내려섰다. "얼른 내 질문에 대답해. 귀찮은 일은 사양이야. 죽이고 다른 녀석에게 물어도 돼."

"나를 죽일 생각이야?"

"응. 질문에 답하지 않으면 죽일 거야. 대답하면 그다음에 죽일 거야."

"어쨌든 죽네."

"그러라고 들었거든. 여기 전원을 죽이라고."

"다들 들었냐!" 란도는 소리쳤다. "도망쳐!!"

단원들은 비명을 지르면서 제각기 흩어져 도망쳤다.

단 하나, 아야미만이 이쪽을 보고 있었다.

"뭐 하는 거야?! 빨리 도망쳐!!" 란도가 또 소리쳤다.

"도망쳐도 돼. 어차피 바로 쫓아가 죽일 테니까." 위젤은 명랑하게 말했다. "물론 도망치지 않아도 돼. 너희들은 달리다가 지치지 않아서 좋고 나도 편하고. 윈윈이지."

아야미는 겁먹은 표정 대신 걱정스러운 얼굴로 란도를 쳐다보고 있었다.

"젠장! 도망치라고 했잖아!!" 란도는 절규했다.

"너, 정말 저 여자가 도망치기를 원하네. 상당히 소중한 여자인가 봐." 위젤이 씩 웃었다. "저 여자를 먼저 실컷 가지고 놀다가 죽이는 것도 재미있겠네."

"야, 이 새끼야!!" 란도는 위젤에게 달려들었다.

위젤은 재빨리 란도의 주먹을 피하고 다음 순간 란도의 목을 움켜쥔 뒤 공중으로 들어 올렸다.

란도는 숨을 쉴 수가 없어서 손발을 버둥거렸다.

아야미는 비명을 지르며 둘에게 달려왔다.

란도는 오지 말라고 손을 흔들어 말렸으나 그마저도 곧 힘이 빠져 축 늘어졌다.

"이대로 죽일까? 팔다리를 뽑아내고 저 여자에게 같은 짓을 하는 걸 보여주고 죽일까? 고민이네." 위젤은 아주 기분 좋은 듯했다. "일단 피만 마셔볼까?" 그의 입이 갑자기 귀까지 찢어졌다. 아래턱은 가슴까지 내려갔고 무수한 이빨이 드러난 입안이 훤히 보였다. 침이 폭포처럼 분출해 침방울이 란도의 얼굴에 뿌려졌다.

"그 더러운 손을 랜디에게서 떼, 이 흡혈귀 자식아!!" 어디선가 멀리서 슈티의 목소리가 들렸다.

"오호, 역시 이 녀석이 랜돌프인가." 위젤이 중얼거렸는데 이빨이 너무 많아 발음이 좋지 않았다.

아니야.

란도는 그렇게 말하려고 했으나 목소리가 전혀 나오지 않았다.

위젤의 이빨이 란도의 목덜미로 다가왔다.

아아. 이제 나는 죽는구나.

근육 찢어지는 소리가 났다.

란도는 자신의 목덜미가 완전히 물려 찢어지는 소리라고 생각했는데 그렇지 않았다.

위젤의 목에 화살이 꽂혀있었다.

그는 입에서 시뻘건 피를 토하며 란도의 목에서 손을 뗐다.

란도는 땅으로 떨어져 쿨럭쿨럭 기침해댔다.

위젤의 눈이 충혈되어 있었다. 그리고 그 얼굴은 분노에 찬 채 점점 란도에게서 멀어져갔다.

"누구야?"

"나다." 슈티는 두 번째 화살을 시위에 걸려고 했다.

아야미가 란도에게 달려왔다.

란도는 오지 말라는 뜻을 몸짓으로 전했으나 아야미는 멈추려 하지 않았다.

위젤은 물끄러미 슈티를 봤다. 란도와 아야미에게는 흥미가 사라진 듯했다.

화살은 목 왼쪽에서 오른쪽으로 확실히 관통했다. 하지만 위젤은 피를 토하면서도 계속 서있었다. 어느 정도의 타격인지 판단이 서질 않았다.

위젤은 화살을 움켜쥐고 쭉 뽑기 시작했다.

란도는 아야미의 부축을 받으면서 비틀비틀 일어났다.

슈티는 둘에게 도망치라고 눈으로 신호했다.

둘은 최대한 소리를 내지 않으면서 숲으로 향했다.

드디어 위젤이 화살을 완전히 뽑아냈다. "아악—!!" 뽑을 때 화살촉이 근육과 피부를 찢었는지 절규했다. 그리고 대량의 출혈.

꽂힌 화살을 억지로 빼면 상처가 벌어져 엄청난 출혈이 생긴다. 게다가 찔린 곳은 목이다. 아마도 치명상이리라. 1분도 서있을 수 없을 것이다.

란도는 도망치면서 그렇게 확신했다.

그러나 위젤의 출혈은 화살을 뽑자마자 멈췄다.

"너, 무슨 짓을 한 거야!!" 이미 인간이 아닌 위젤의 목소리가 밤의 어두움 속에 울려 퍼졌다.

슈티는 두 번째 화살을 시위에 걸었다.

"이거, 정말 아프다고!! 물론 이따위 걸로 죽진 않아. 그래도 엄청 아프다고!!" 위젤은 울부짖었다.

이 녀석은 목을 관통시켜도 죽지 않는다. 어쩌면 좋지? 어디를 노려야 하지?

"너희들, 이제 도망쳐도 돼." 위젤은 란도와 아야미에게 말을 걸었다. "다른 녀석들은 어찌 되든 상관없어졌어." 그는 슈티에게 다가가기 시작했다.

슈티는 꿀꺽 침을 삼켰다. "내게 다가오면 한 발 더 먹게 될 거야!"

"바로는 죽이지 않아. 너는 천천히 죽일 거야. 우선은 쫓아다닐 거야. 이 숲속을 온통 말이야. 네가 계속 도망치다 완전히 움직일 수 없게 되었을 때 팔다리를 잘게 찢을 거야. 다음은 내장이야. 본인 내장을 실컷 보게 해줄게. 그리고 마지막이 머리야. 코와 귀와 눈을 단숨에 꿰어 지혈한 후 꿈틀거리는 육식성 곤충에게 고기와 뇌를 먹게 해야지."

슈티는 몸을 떨면서 위젤을 조준했다.

"너, 바보냐! 그런 게 효과가 있겠어. 어서 도망치라고. 1분 동안은 자유롭게 도망치게 해줄게. 그 후에 쫓아갈 거야. 순식간에 쫓아갈 거야. 하지만 잡으면 또 1분 동안의 자유를 주지. 그 짓을 네가 더는 움직일 수 없을 때까지 계속할 거야."

"내가 도망치지 않으면 어쩔 건데?"

"그때는 어쩔 수 없지. 천천히 해체하는 수밖에. 하지만 걱정하지 않아도 돼. 너는 반드시 도망칠 거야." 위젤이 손에 들고 있던 피범벅이 된 화살을 슈티에게 던졌다.

슈티가 눈을 감았다.

화살은 그의 머리 몇 센티미터 위를 지나쳤다.

슈티는 바람의 압력만으로 비틀거렸다.

동시에 뒤에서 무시무시한 파괴음이 들렸다.

돌아보니 지름이 수십 센티미터인 나무 하나가 폭발한 듯 휘청이더니, 이쪽을 향해 쓰러지고 있었다.

슈티는 몸을 구르다시피 해 나무를 피했다.

여기저기서 비명이 들렸다.

단원들이 아직 근처에 숨어 상황을 살피고 있었던 모양이다.

"어때? 이래도 도망치지 않을 거야?" 위젤은 슈티를 향해 미소지었다.

슈티는 두 번째 화살을 발사했다.

화살은 위젤의 얼굴을 향해 일직선으로 날아갔다. 하지만 이제 몇 센티미터만 더 날아가면 되는 거리에서 딱 멈췄다.

위젤의 손이 화살을 움켜쥐고 있었다.

"말도 안 돼. 날아오는 화살을 잡다니⋯⋯."

"같은 방법이 두 번씩이나 먹힐까!" 위젤은 들고 있던 화살을 바로 앞에 내던졌다.

소음과 함께 엄청난 토사가 날아올랐다. 흙먼지가 사라진 뒤에는 지름 1미터쯤 되는 절구 모양의 웅덩이가 파여 있었다.

"⋯⋯괴물⋯⋯." 슈티는 눈을 부릅뜨고 구멍을 응시했다.

"자, 이제 실력 차는 알았겠지. 빨리 도망쳐." 위젤이 천천히 슈티에게 다가왔다.

"젠장!" 슈티는 숲속을 향해 달리기 시작했다. "다들 전력을 다해 도망쳐!! 우선은 본인이 먼저 살아야 해. 이 녀석을 쓰러뜨리는 방법은 그다음에 생각해!!"

"나를 쓰러뜨려? 진짜 바보네. 괴롭힐 보람이 있겠어." 위젤이 실실 웃었다.

"자, 도망치자." 나무 뒤에서 둘의 모습을 보던 아야미가 란도의 팔을 잡아당겼다.

"하지만 슈티를 도와야 해."

"지금 나가면 모두 녀석에게 살해당하고 끝이야. 슈티도 말했잖아. 우선 살아남으라고. 우리 안전부터 확보한 다음에 슈티를 돕자고."

란도는 일단 눈을 감고 고개를 끄덕인 다음 아야미와 함께 숲속을 향해 달리기 시작했다.

"일, 이, 삼, 사, 오, 육, 칠, 팔, 구, 십, 십일……" 위젤은 마냥 즐거워하며 천천히 숫자를 셌다.

9

　지금으로부터 반년쯤 전, 급료를 받지 못해 한계에 도달한 단원들이 피에로에게 항의하는 사건이 있었다.

　"급료를 못 주는 이유가 뭔데!" 단원들을 달래는 피에로에게 호통이 날아들었다. "나는 제대로 일했어! 얼른 이번 주 급료까지 다 달라고!"

　란도가 입단한 이래 서커스단의 경영은 악화 일로를 걸었다. 피에로는 매일 단원이나 사채업자에게 빚 독촉을 받아 얼마 되지 않은 현금을 탈탈 털어주었다. 서커스단이 아닌 피에로 개인의 푼돈마저 이미 다 써버린 뒤였다.

　"아니, 텐트 설치 운영비와 설비 수리비가 늘어서." 피에로는 땀을 닦으면서 변명했다. "다음 주에는 어떻게든 될 듯하니 조금만 참아줘."

　"설치 운영비도 수리비도 예상할 수 있는 돈이잖아! 왜 임금을 남겨두지 않았어?"

　"아니. 그렇게 자잘한 돈 계산은 영 서툴러서……."

"단장은 경영자잖아. 서투르다는 말로 끝내면 되겠어!!" 단원 하나가 피에로의 멱살을 잡았다.

"저기, 잠깐만." 슈티가 끼어들었다. "대장도 좋아서 서커스단을 운영하는 건 아니잖아. 전 단장이 야반도주하는 바람에 어쩔 수 없이……."

"내가 왜 거기까지 이해해야 하는데!" 교섭하는 단원들의 리더를 맡은 장이 말했다. "그때는 정말 고마웠어. 하지만 말이야, 그렇다고 공짜로 우리를 써먹으라는 소리는 아니잖아."

"대장은 공짜로 써먹을 생각이 전혀 없다고. 안 그래?"

"아, 맞아. 조금만 기다려달라는 거지." 피에로는 더듬더듬 말했다.

"조금이라면 언제까지?"

"아아…… 그러니까…… 내일까지."

"아무렇게나 둘러대지 좀 마!! 내일까지 돈이 들어올 데라도 있어?!" 장은 주먹을 치켜들었다.

"폭력은 좋지 않아." 슈티는 장의 손목을 잡았다.

"뭐야, 너. 누구 편이야?"

"누구 편도 아니야. 하지만 대장을 때린다고 달라질 건 없잖아."

"아니지. 분이 조금은 풀리겠지."

"노인을 때리면 분이 풀려? 대장이 움직이지 못하게 되면 누가 이 서커스단을 운영할 건데?"

"그때는 이 서커스단도 끝이지." 장은 슈티의 손을 뿌리쳤다.

"그러니 끝나지 않게 힘을 합치자고."

"새삼 무슨 짓을 해도 소용없어. 돈 계산도 전혀 안 되는 이 서커스단을 다시 일으키는 일은 불가능해!"

"아니야. 그렇지도 않아." 란도가 발언했다.

"뭐야? 한심한 마술사. 네가 돈이라도 낼 거야?" 장은 미심쩍은 물건이라도 보듯 란도를 노려봤다.

"아니. 돈은 없어."

"그럼 끼어들지 마."

"세상에는 경영이 잘 되는 서커스단도 얼마든지 있어. 그러니까 이 서커스단도 건전하게 운영할 수 있어."

"어떻게 이 가난한 서커스단을 다시 일으킨단 거야?"

"간단하지. 제대로 된 기술을 보여주면 된다고. 그럼 손님이 몰려들 테니, 그 돈으로 급료도 주고 다른 경비도 내고 빚도 갚는 거야."

"그게 안 되어서 이러고 있잖아!"

"그건…… 곧……." 란도는 말을 꺼내기 힘든 듯했다.

슈티가 풋 웃음을 흘렸다.

장은 슈티가 웃은 이유를 잠시 생각했다. 그리고 문득 깨달은 듯 갑자기 얼굴을 붉히며 피에로 대신 란도의 멱살을 잡았다. "너, 나한테 제대로 된 기술이 없단 소리야?"

"아냐. 그렇게 말한 사람은 너잖아. '그건 할 수 없어'라고."

"적당히 좀 해라." 리지가 장을 말렸다. "너도 스스로 알 텐데. 네 기술은 그냥 그래."

"너희들 공중그네는 완벽해?" 장이 내뱉듯 말했다. "그렇게 생각하면 빨리 이런 서커스단에서 떠나 좀 더 그럴듯한 데 가라!"

"서커스단이 기운 이유는 두 가지야. 하나는 경영자의 능력 부족이지." 리지가 말했다.

"봐. 너도 대장 탓이라고 생각하잖아!"

"대장은 경영자로서의 경험이 전혀 없어. 전 경영자가 도망친 후 남은 단원 중에서 제일 나이가 많다는 이유만으로 대표 역할을 맡은 거지. 그러니까 이제는 우리가 다 경영자 역할을 맡아야 한다는 거야."

"어이, 그런 논리로 대장을 옹호할 셈이야?"

"만약 네가 대장 대신 이 서커스단을 경영하겠다고 하면 내가 대장 대신 얻어맞을게."

"진짜야?" 장은 란도를 밀쳤다.

란도는 비틀거렸으나 간신히 넘어지지 않고 버텼다.

"응. 하지만 앞으로 경영의 모든 책임을 지게 할 거야."

"그건 불공평해. 나는 경영은 아무것도 몰라."

"너도 경영의 '경'자도 모르는 대장에게 무리한 요구를 하고 있잖아?"

"뭐, 그건 됐고. 경영 건은 놔두고 다른 이유는 뭔데?"

"이건 아까도 나온 얘기인데 기술의 완성도가 낮다는 점이야."

"내 줄타기에 불만 있어?"

"요즘 세상에 그냥 줄만 타서는 기술도 아니야."

"줄타기는 상당한 집중력이 필요해."

"그건 네 논리지. 관객의 요구는 아니야."

"그럼 줄 위에서 공중제비라도 돌까?"

"할 수 있겠어?"

"할 수 있겠나!!" 장이 독설을 퍼부었다.

"그럼 기술을 연마해. 나는 매년 새로운 기술을 선보이고 있어."

"눈을 가리고 그네를 타거나 팔을 묶은 채 둘이 동시에 날거나 하는 거?"

리지가 고개를 끄덕였다.

"그런 게 기술이야?"

"장, 그냥 넘어갈 수가 없네." 진이 말했다. "네가 우리 기술을 얕보는 소리는 듣고 싶지 않아."

"너희 기술은 이미 내리막길이야."

진의 낯빛이 바뀌었다. "도대체 무슨 소릴……."

"모를 줄 알아? 최근 공연 중에 실수가 늘었지. 둘이 연습도 거의 안 하잖아."

"그건 우연히 둘의 타이밍이 맞질 않아서……."

"리지는 다른 여자에게 마음이 있잖아."

"이봐!" 리지가 장의 어깨를 움켜쥐었다.

"너, 요즘 공연 중에 늘 같은 객석에 앉은 여자에게 눈을 번득이더라. 실수하는 게 당연하지."

진은 손으로 눈을 누르고 고개를 숙였다.

"진, 이런 녀석이 하는 소리 신경 쓰지 마." 리지가 말했다.

"내가 모를 줄 알았어?" 진의 목소리가 떨렸다. "모른 척했는데. ……아니야. 모른 척하며 나 자신을 속이고 있었지."

"진……." 리지는 진의 팔을 잡았다.

"만지지 마!" 진은 리지의 손을 뿌리치고 그 자리를 떠났다.

"이거 걸작이네. 이걸로 콤비 해산이야." 장은 손뼉을 쳐대며 웃었다. "새로운 공중그네 파트너를 찾아야겠어. 아니면 네가 그만두고 진에게 새로운 남자를 댈까?"

"입 닥쳐!" 리지는 짜증을 내며 말했다. "만약 대장이나 우리가 마음에 안 들면 네가 나가."

"그렇게 말하면 우리가 얌전히 조용해질 줄 알아?" 장이 말했다. "여기서 나갈 배짱이 없어서?"

"배짱까지는 몰라. 나가고 싶은 사람은 나가면 되잖아. 그게 다야."

"알았어. 나갈게!!"

"아니, 그럼 곤란해." 피에로가 당황해하며 말했다. "줄타기가 없으면 프로그램이 성립되지 않아."

"줄타기만이 아니라고! 로프 곡예도 불붙은 링 넘기도, 오토바이 쇼도 전부 없어!"

"그게 무슨 소리야?" 리지가 물었다.

"모두 다 내게 찬성했다고." 장이 대답했다. "그렇지?"

단원들이 끄덕였다.

"잠깐만." 비스트리가 말했다. "나는 못 들었는데!"

"아아, 당연하지. 말하지 않았으니까."

"왜? 나도 선택의 자유가 있을 텐데."

"기프티에게 권했는데 거절당했어." 장이 어깨를 움츠렸다.

"누나, 정말이야?"

"응." 기프티가 대답했다.

"왜?"

"우리는 이 서커스단에 맞으니까."

"왜 나랑 상의하지 않았어?"

"왜 기프티가 일일이 너랑 상의해야 하는데?" 장이 기프티 대신 대답했다. "너는 아직 제구실을 못하잖아. 결정권이 없다고."

"장. 나는 너희들을 따라갈래."

"잠깐, 너 무슨 소리야?" 기프티가 말했다.

"미안하지만 그 요청은 거절할게." 장이 말했다. "네 역량으로 아직 독립은 무리야."

"말도 안 돼……." 비스트리는 어이가 없었다.

"앞으로 10년쯤, 기프티 누나 밑에서 수련해야지. 그럼 조금은 쓸 만해지겠네."

비스트리는 현기증을 느꼈는지 그 자리에 주저앉았다.

"레이라, 너도 제안을 받았어?" 피에로가 물었다.

"그랬지." 레이라는 마음에 들지 않는 투로 말했다.

"가도 돼."

"안 돼. 여기 동물들을 데려갈 수 없다고 해서."

"뭐? 그럼 뭘 하라고? 맹수 사육사 말고 다른 기술이라도 있어?"

"개나 새 같은 작은 동물을 이용하는 연기를 하라더라. 대형 맹수는 사료 값도 많이 들고 관리도 어렵다고."

"여기 동물들은 내가 돌봐도 돼."

"단장 혼자 무리야."

"아니야. 나도 옛날에는……."

"그 나이에? 나이 좀 생각해."

피에로는 어깨를 늘어뜨렸다.

"어디로 갈 셈이야?" 슈티가 물었다.

"다른 서커스단에 들어가야지."

"이만한 사람들을 어디로 데려가? 한 서커스단이 감당할 규모가 아닌데."

"그건 교섭해야지. 임금을 확 낮추면 받아줄지도 몰라."

"본인을 싸게 팔 셈이야?" 아야미가 한심한 표정으로 말했다.

"공짜로 일할 바엔 싸게 일하는 게 낫지."

"잠깐만. 다들 이 서커스단에서 키워졌어." 란도가 모두에게 말했다. "그렇게 쉽게 버릴 수 있어?"

"랜디." 슈티가 란도의 어깨에 손을 올렸다. "어쩔 수 없어. 다 먹고 살아야지. 나가고 싶은 사람을 억지로 말릴 순 없어."

"그렇지." 장이 말했다. "나쁘게 생각하지 말아줘. 그럼, 여기 남을 사람은 대장과 랜디, 슈티와 아야미, 리지와 진, 기프티와 비스트리, 그리고 레이라네. 잘 지내."

"나도 남을래." 쿠와이가 말했다.

"잠깐. 저쪽에는 오토바이 곡예사도 간다고 해놨는데." 장은 당황한 듯했다. "네가 안 가면 문제가 생길지도 몰라."

"그야 내가 알 바 아니지."

"공짜로 일하는 건 사양이라고 했잖아."

"맞아. 물론 공짜로 일하는 건 사양하고 싶어. 그렇다고 이 서커스단에서 나가고 싶다는 말은 아니야. 여기서 나가겠다고 한 적도 없고. 네 맘대로 착각한 거지."

"이 서커스단에 있는 한 공짜로 일할 수밖에 없어. 너 정도의 명인이 이런 서커스단에 박혀있는 건 아까워."

"그야, 아까울지도 모르겠네." 쿠와이가 툭 내뱉었다.

쿠와이의 말에 피에로는 동요의 빛을 감추지 못했다.

"하지만 거꾸로 말하면 나만 있어도 이 서커스단은 어떻게 든 꾸려진다는 소리지."

슈티가 웃음을 터뜨렸다. "엄청난 자신감이네."

"그래서 나는 전혀 걱정하지 않아. 오히려 너희가 빠지면 우리 서커스단의 평균 실력이 올라가지. 그럼, 서커스단의 인 기도 회복하고 손님들이 쏟아질 거야. 공짜로 일하는 건 잠 시지."

"말해두겠는데 너를 '명인'이라고 한 건 그저 입바른 소리였 어." 장이 말했다. "너 같은 건 그리 대단하지 않아. 오토바이 타는 녀석은 어디나 있다고."

"거짓말이네." 쿠와이가 비웃었다. "조금 전 네 눈은 아주 심각했거든."

"그건 연기였어. 그렇게 말하면 따라올 줄 알았거든."

"모순되네. 연기까지 하면서 데려가고 싶은 단원인데 대단하지 않다니."

"잘난 척 말라고!!" 장은 내뱉듯 말하고 그 자리를 떠났다.

수십 명의 단원이 뒤를 쫓아 나갔다. 남은 사람들에게 우물쭈물 이별 인사를 건네는 사람들도 있었고 무시한 채 눈도 마주치지 않은 사람도 있었다.

란도는 다시 말리려고 한 걸음 내디뎠지만 피에로가 그의 손을 잡고 말렸다. "이제 됐어. 가고 싶은 사람은 가게 둬."

"왜? 달랑 열 명 데리고 무슨 서커스단을 유지해?"

"물론 나도 인크레더블 서커스단을 유지하고 싶어. 하지만 그걸 위해서 단원들을 희생시킬 수는 없지."

"무슨 소리야? 그럼, 우리는 희생해도 된다는 거야?"

"나가고 싶다면 나가도 상관없어. 너는 마술사로서의 실력을 펼치기 위해 이 서커스단에 들어왔지? 하지만 이제 여기서는 네 재능을 발휘할 수 없을지도 몰라. 만약 필요하다면 여기서 만든 장치를 가지고 나가도 돼."

"잠깐만. 그건 아니지." 란도는 조금 혼란스러웠다. "나 같은 건 필요 없다는 소리야?"

"그건 아니야." 슈티가 말했다. "대장은 네가 여기에 남겠다고 하면 기쁠 거야. 하지만 네 가능성을 짓밟을까 봐 걱정해서 하는 소리야."

"내 가능성?"

"맞아. 너는 가능성이 있어. 여기에 있어도 돼?"

어떨까? 나는 여기에 없는 게 나을까?

란도는 생각했다.

그의 마술은 극장에서는 그다지 먹히지 않았다. 보드빌 안에서 그의 쇼만 너무 튀었다. 극장주는 비싼 무대 장치에도 불만을 가졌다. 고민 끝에 란도는 자신의 마술에 적합한 무대가 서커스라는 결론에 도달했다. 서커스에 오는 손님은 노래와 춤, 웃음을 원하지 않을 것이다. 그들이 요구하는 것은 시각적인 경이로움이다. 그야말로 그의 마술은 서커스에 적합하다. 란도는 그렇게 확신했다.

그리고 이 서커스단이 그를 받아주었다. 장치를 만드는 자금까지 대주었다. 그 장치는 서커스단 소유였다. 그렇게까지 해줬는데 가지고 나갈 이유는 없다. 나는 이 서커스단의 도움을 받았다. 그렇다면 이번에는 내가 서커스단을 돕는 게 당연했다.

"내게는 가능성이 있어." 란도는 강력하게 말했다. "그리고 나는 이 서커스단에서 그 가능성을 발휘할 거야. 이곳은 가능성을 키울 수 있는 장소이니까."

피에로는 울며 그 자리에 주저앉았다.

10

리지와 진은 숲속을 10분쯤 계속 달리다가 너무 숨이 차 잠시 멈췄다.

한동안 헉헉 거친 숨을 쉰 후 진이 입을 열었다.

"저 녀석은 뭐야?"

"못 들었어? 흡혈귀라잖아." 리지는 조바심을 내며 내뱉듯 말했다. "젠장! 뭐야, 저 녀석!"

"어떻게 하지? 경찰에 연락할까?"

"그게 제일 좋겠지. 어쩌면 군대가 출동할 수도 있지 않을까?" 리지는 휴대전화를 꺼냈다. "어라?"

"왜 그래?" 진이 불안한 얼굴로 물었다.

"신호가 안 떠."

"낮에는 분명히 신호가 떴었는데. 나무가 방해되나 봐."

리지는 휴대전화를 든 채 여기저기 돌아다녔다. "안 돼. 전파가 뜨질 않아."

"이상하네. 그럴 리 없어. 네가 거칠게 다뤄서 휴대전화가 고장 난 게 아닐까?" 진은 자신의 휴대전화를 꺼냈다. "……나도 신호가 안 뜨네."

"정전이라 기지국이 기능하지 못하나?"

"잠깐 저거 보여?" 진이 먼 곳을 가리켰다.

"저게 뭐야?"

숲 외곽에서 여기저기 불꽃이 튀었다.

"저기에 휴대전화 기지국이 있을 텐데."

"정말?"

"응. 조금 전 흡혈귀가 이 근처 기지국을 파괴하고 돌아다닌 게 아닐까?"

"그렇다면 전화 회사가 알았을 테니 이제 곧 오겠지."

"이 밤중에? 게다가 온다고 하더라도 두세 명이 보러 돌아다닐 뿐이겠지. 그러니 어쨌든 흡혈귀를 대적할 순 없어."

"이래선 경찰을 부르기는커녕 우리끼리 연락할 수도 없겠어." 리지는 입술을 깨물었다.

"녀석들이 기지국 전부를 파괴했다고 단언할 순 없어. 조금만 더 걸어보자. 전파가 잡히는 곳이 있을 거야."

"지금은 그 방법밖에 없겠지."

둘은 달빛에 의지해 숲속을 나아갔다.

몇 분 후, 둘은 기묘한 냄새가 나는 걸 깨달았다.

"뭐지, 이 냄새는? 근처에 짐승이라도 있나?" 리지는 코를 쥐었다.

"잠깐만. 저기에 뭐가 있어." 진은 냄새의 근원으로 여겨지는 곳을 향해 걸었다.

"어이. 조심 좀 해."

거기에는 피범벅인 뭔가가 떨어져 있었다.

"이게 뭐지?"

"동물인가? 인간 정도의 크기 같은데."

진은 휴대전화를 꺼내 화면을 켜서 조명 대신 그 물체를 비 췄다.

처음에는 뭔지 몰랐다. 어떤 동물의 가죽과 살덩이, 뼈를 마구 뒤섞은 듯 보였다. 그런데 자세히 보니, 손발 같은 게 나와 있었다. 팔은 비교적 원형을 유지하고 있었지만, 양쪽 다리는 여기저기 부러진 채 서로 휘감겨 끈이 늘어진 듯 덜렁거렸다. 옷처럼 보이는 것 역시 너덜너덜 찢어져 있었다. 옷 틈으로 보이는 육체는 부자연스럽게 비틀려 있었고, 복부가 찢어져 장이 튀어나와 있었다. 악취의 원인은 거기밖에 없었다. 왠지 머리 부분은 없었다. 상처로 보아 아무래도 비틀려 떨어진 것 같았다.

"이거 사람이야?" 진은 격렬한 구토가 밀려와 입을 막았다.

"여자 같아." 리지도 땀을 줄줄 흘리며 씩씩대고 있었다. 간신히 서있는 듯했다.

"그 녀석들이 한 짓일까?"

"인간이 이런 짓을 할 순 없어. ……하지만……."

"왜?"

"그 젊은 흡혈귀가 그랬잖아. 모레이라는 동료가 살해됐다고."

"그럼, 이게 흡혈귀 시체라고?"

"아마도."

"흡혈귀끼리 서로 죽인 게 아니면 누가 죽여?"

"진짜 흡혈귀 사냥꾼이 있을지도 모르지. 그 사람들에게 도움을 요청하면……."

"있다고 쳐도 그 녀석들 역시 제정신 박힌 놈들은 아닐 거야. 제대로 된 인간이 이렇게 죽이겠어?"

"아아. 그렇긴 하다." 리지는 더는 견디지 못하겠다는 듯 모레이의 사체에서 물러났다.

인간이라면 총 같은 무기를 썼을 것이다. 게다가 흡혈귀라고 해도 인간의 모습을 한 존재를 비틀어 죽인다는 건 정말 이상했다.

"어떡하지?"

"마을까지 도망치는 수밖에 없을 것 같아."

"도망치다가 녀석에게 들키면?"

"전원이 각자 흩어졌으니까 녀석도 모두에게 손을 대긴 힘들겠지."

"흡혈귀가 하나라고 단정할 수 없어. 동료가 있는 것처럼 말하지 않았어? 게다가 랜디와 대장은 어린 여자 흡혈귀를 만났다고 했잖아."

"그런 게 또 여럿 있다고?" 리지는 머리를 감싸고 주저앉았다. "들키면 이길 방법이 없어."

진은 리지 옆에서 팔짱을 꼈다. 그리고 천천히 말했다. "정말 그럴까?"

"무슨 소리야?"

"우리가 이길 수 없다고 단정할 필요는 없단 얘기지."

"하지만 어떻게 녀석을 이기겠어? 녀석들은 공중에 뜨기도 하고 괴력으로 화살을 던질 수도 있다고."

"그게 녀석의 특기라는 거지?"

"그래. 녀석은 아무것도 없이 공중을 날아다녔고 맨손으로 화살을 던져서 나무를 쓰러뜨렸어. 무적이라고."

"하늘을 나는 건 우리 특기잖아. 활 쏘는 건 슈티가 특기지만."

"공중을 나는 건, 공중그네가 있을 때지."

"맞아. 그러니까 공중그네가 있으면 하늘을 날 수 있다는 말이지."

"잠깐만. 그러니까 공중그네를 타고 흡혈귀와 싸우자는 거야? 제정신이야?"

"못 이길 것 같아?"

"이길 리 없지. 이긴다고 해도 만에 하나야."

"공중그네를 타도 이길 가능성이 만에 하나라면, 공중그네 없이는 어떻게 이겨?"

"……이상하네. 왠지 네가 옳은 소리를 하는 느낌이 드네."

"공연 텐트로 가자. 우리가 이길 기회는 거기밖에 없어."

리지는 머리를 긁적이다 마구 헝클고 생각했다.

"좋아. 결정했어. 거기에는 공중그네 외에도 다양한 도구들이 있으니까. 까짓 거, 어떻게든 한번 해보지, 뭐."

둘은 오던 길을 되돌아가기 시작했다.

이건 큰 도박이었다. 인간들을 찾아 이 광대한 숲속을 헤매는 것이 흡혈귀에게는 매우 비효율적인 일일지 모른다. 그렇다면 서커스 단원들이 생활의 장으로 삼고 있는 텐트 근처에 숨어 기다리는 게 효율적이라고 판단할 가능성이 있다. 그 경우, 텐트는 가장 위험한 장소가 될 것이다. 하지만 숲속을 헤매다가 흡혈귀와 마주치면 승산은 전혀 없다. 그러니 텐트로 돌아가는 방법에 모든 걸 걸 수밖에 없었다.

텐트는 흐린 조명을 받아 어둠 속에 뿌옇게 떠올라 있었다. 이미 전기 배선은 마친 터라 비상등이 들어와 있던 것이다.

둘은 가능한 소리를 내지 않으려고 조심하면서 공연 텐트로 다가갔다.

흡혈귀의 기척도 다른 단원의 기척도 없었다.

측면에만 천을 두른 공연 텐트에는 아직 천장이 없어서, 머리 위로 밤하늘이 펼쳐졌다. 중앙의 원형 무대 주변 관객석은 아직 설치가 끝나지 않아 칸막이용 판자가 여기저기 흩어져 있었고, 이 중 몇 개는 원형 무대에 기대어 세워져 있어 그대로 원형 무대에 오르는 슬로프 역할을 했다. 원형 무대의 단차는 그리 높지 않았으나 소리를 내지 않고 오르는 데 도움이 되었다.

둘은 다시 주위 상황을 확인하고 차례로 중앙 기둥에 설치

된 사다리를 오르기 시작했다.

늘 봐온 익숙한 풍경이었지만 밝은 조명이 아니라 비상등과 달빛에만 의지한 터라 아주 불안정하고 불안했다.

기둥 중간쯤까지 올라갔을 때 둘은 주위 상황을 다시금 확인했다. 공연 텐트 주위에 펼쳐진 취침 천막과 동물 우리 천막에서도 살짝 불빛이 새어 나왔으나 안에 사람이 있다고 단정할 수는 없었다. 방범 상 항상 불을 켜두는 게 습관이었기 때문이다. 물론 단원 누군가가 그중 하나에 들어가 숨을 죽이고 있을 가능성도 있었다. 아니면 흡혈귀가 텐트로 돌아오는 단원을 기다리고 있을 가능성 또한 있었다.

둘은 더 위로 올라가 기둥 정상 부근에 있는 출발대에 도착했다. 그네를 잡아당겨 바로 옆에 확보해뒀다.

"아마도 기회는 한 번뿐일 거야." 리지가 말했다. "우리는 자유롭게 날지 못할 거고, 녀석의 틈을 봐 일격에 끝내지 않으면 다음은 흡혈귀 마음대로 될 거야."

"힘껏 배를 차면 치명상이 될까?" 진이 물었다.

"목덜미에 화살이 박혔는데도 죽지 않은 녀석이야. 무기가 필요해."

"일단 아래에 있던 칼을 가져오긴 했는데."

"날면서 이걸로 찌르는 건 힘들 텐데." 리지는 칼을 받았다. "……여기 와이어가 있어. 이게 더 유용할 수도 있겠다."

"그네를 가져오는 데 쓰는 막대기도 있어."

"아아. 이것도 쓸 수 있겠다. 하지만 들고 날아다니는 건 어려워."

"벨트 등 쪽에 꽂아두면 어떨까?"

"음. 해본 적 없는 일은 피하는 게 좋을 텐데……." 리지는 주머니에서 담배를 꺼내 물려고 했다.

"이런 상황인데 하지 말지." 진이 담배를 빼앗았다.

"피워야 집중이 돼."

"흡혈귀가 연기에 이끌려 올 수 있잖아."

"피를 마시니까 모기처럼 연기로 쫓을 수 있을지도 모르지."

"농담은 참아줘."

"그럼, 담배는 그만……." 리지의 말이 멈췄다.

진도 그 이유를 바로 알았다.

둘은 무시무시한 전율에 휩싸였다. 그것은 위젤의 살기와는 전혀 달랐다. 위젤의 그것은 소년 특유의 활기와 광기가 배어 있었는데 이 살기는 훨씬 음습했다. 자기 이외의 모든 존재를 거부하는 강렬한 악의를 흩뿌리고 있었다.

리지는 진에게 눈짓했다. 진은 잠자코 끄덕였다.

적은 이쪽 위치를 아주 쉽게 파악할 수 있을지 모른다. 하지만 굳이 알려줄 필요도 없었다.

둘은 각자의 출발대 양쪽 끝으로 최대한 소리가 나지 않도록 이동해 아래를 감시했다. 원형 무대에도 객석에도 흡혈귀의 모습은 없었다. 출입구에도 이상은 없었다.

생각이 지나쳤나?

진이 생각했다.

너무 흥분해서 있지도 않은 살기를 느낀 걸까. 하지만…….

둘이 동시에 느꼈으니 우연 같지는 않았다. 역시 뭔가가 다가오고 있다.

진은 출발대 끝에서 아래를 들여다보며 살금살금 몸을 한 바퀴 돌렸다. 리지도 반 바퀴 늦게 같은 행동을 했다.

여기서는 서커스단 전체를 볼 수 있었다. 찾을 수 없는 걸 보니 역시 착각이었을 수 있겠다.

"저기, 지금 미끼가 되려고 연극을 하는 거야? 아니면 진짜 바보야?" 머리 위에서 소리가 들렸다.

진의 온몸이 덜덜 떨리기 시작했다. 아무래도 멈출 수가 없었다. 간신히 고개를 살짝 들어보니 리지도 공포에 사로잡힌 나머지 움직이지 못하는 게 보였다.

진은 피가 나올 정도로 입술을 꽉 깨물었다.

진, 힘내!

자신을 고무하고 단숨에 위를 봤다.

거기에는 가슴이 크게 파인 드레스를 입은 성숙한 여성이 있었다. 그녀는 철 기둥 꼭대기에 가볍게 서서 둘을 내려다보고 있었다.

그래. 이 녀석들은 날 수 있으니까 밑에서 온다고 생각해서는 안 되는 거였구나. 엄청난 착각을 하고 말았네. 하지만 이 녀석은 갑자기 덮치진 않았어. 아직 운이 남은 거야.

진은 슬쩍 리지 쪽을 봤다.

그 또한 몸을 떨긴 했으나 위를 보려고 했다.

그래. 좌절하지만 않으면 싸울 수 있어.

"당신은 누구지?" 진은 최대한 목소리를 가다듬어 간신히 질문했다.

"이미 진짜 이름은 잊었어. 하지만 나를 부르고 싶으면 캐터피라라고 불러. 다들 그렇게 부르거든."

"우리를 죽이고 싶어?"

"아니, 그다지 죽이고 싶진 않아. 너희들 같은 쓰레기를 죽이는 건 귀찮아."

진은 조금 안심했다. 흉포한 살인귀는 아닌가 봐.

"하지만 죽이라고 하더라. 다 죽이라고."

진은 그 한 마디에 절망에 휩싸였다. 하지만 그 절망을 상대가 알아차리게 해선 안 된다.

"그럴 필요는 없지 않아?" 진이 제안했다.

"아아. 아무래도 그렇지. 하지만 그러라고 들었으니까……."

"알았어. 당신은 말단이라는 거구나."

"지금, 너 뭐라고 했어?" 캐터피라는 철 기둥 끝에서 훌쩍 뛰어내려 진의 눈앞 공중에 딱 멈췄다. 그 눈은 차가운 분노로 가득했다.

진은 한 줄기 빛이 보이는 것만 같았다. 하지만 그건 너무나 미약했다. 그저 단순한 기대에 불과할지 모른다.

"당신들 보스는 말단 흡혈귀를 이쪽으로 보냈다는 말이지. 그렇지?"

다음 순간, 캐터피라는 진의 가슴을 눌렀다. 그건 정말 가볍게 보였으나 진은 격렬한 충격을 받고 몇 미터나 날아갔다.

리지가 진에게 달려와 간신히 출발대에서 붙잡았다.

"이 거지 같은 게, 정말 한심한 소리를 하네." 캐터피라의 눈이 번쩍번쩍 빛났다.

"하지만 맞잖아? 당신은 보스의 명령을 들을 수밖에 없다는 거잖아. 보스가 죽이라고 하면 죽여야 하는 거잖아." 진은 숨이 끊어질 듯했으나 그래도 간신히 그렇게 말했다.

갈비뼈가 몇 개 부러진 것 같았다. 심장의 움직임도 이상했다.

죽어선 안 돼.

진은 필사적으로 심호흡을 되풀이했다. 아무래도 호흡을 멈추면 심장도 멈출 것만 같았기 때문이다.

캐터피라를 화나게 하는 게 과연 무슨 의미가 있는지는 모르겠다. 하지만 이대로라면 어차피 살해된다. 화를 내게 해 다른 행동을 유도하는 게 차라리 희망을 걸어볼 만했다.

"진, 그만해. 내가 이 녀석을 어떻게든 해볼게." 리지가 말했다.

"혼자 할 수는 없어." 진이 대답했다.

"맞아. 다만 죽이는 것만이라면 그리즐리의 명령에 따르지 않지." 캐터피라는 누구에게랄 것도 없이 말했다. "그렇다면 나는 조건 하나를 추가하지. 그럼 단순히 명령에 따르는 게 아니잖아?"

"어떤 조건이지?" 리지가 물었다.

"간단해. 10초 동안 너희들에게 시간을 주지. 10초 동안은 아무것도 안 할게. 10초 동안 너희들이 아무것도 하지 못하면 너희들의 목숨은 없어. 하지만 만약 10초 동안 뭐든 할 수 있다면……."

"우리를 놔줄 거야?"

"놔주고 뭐고 없어. 10초 후 내가 너희를 죽일 수 있는 상태라면 바로 죽일 거야. 그뿐이야. 살아남고 싶으면 10초 동안에 뭐든 하라고. 이 똥 덩어리들아."

"좋아. 흡혈귀. 그 제안을 받아들이지." 리지가 말했다. "하지만 거기 말고 조금 떨어진 곳에 있어 줄래?"

"내가 그렇게까지 너희들에게 협조할 필요는 없지."

"애당초 실력 차가 큰데 핸디캡은 달랑 10초야. 조금만 더 배려해주면 안 될까? 너는 그 정도 권한도 없어?"

캐터피라는 차가운 눈빛으로 둘을 바라본 후 공중에서 조금 떨어진 곳으로 옮겼다. "자, 지금부터 10초 동안이야." 그녀는 눈을 감고 천천히 숫자를 세기 시작했다. "하나, 둘, 셋……."

"우연이지만, 흡혈귀가 최고의 자리로 와 줬네." 리지는 진의 귓가에 속삭였다. "여기서 못 이기면 전혀 승산이 없어." 리지는 출발대 위에 고정된 그네를 봤다. "그네는 두 개야. 만약 내가 실패하면 원수를 갚아줘."

"여섯, 일곱, 여덟……."

"잠깐만. 무슨 방법을 생각한 다음에……." 진은 필사적으로 말했다.

"이제 그럴 시간은 없어. 믿을지 모르겠지만, 너를 만나 행복했어." 리지는 그네를 잡고 공중으로 날아올랐다. 그리고 몸을 크게 흔들어 그 발끝이 캐터피라의 배에 꽂히도록 해 돌진했다.

리지의 다리는 가장 좋은 위치에 있었다. 제대로 맞은 듯한 감각이 왔다. 하지만 캐터피라에게는 거의 타격이 없었다.

"열!" 캐터피라는 배에 닿은 리지의 발목을 잡았다.

리지는 절규하며 필사적으로 몸부림을 쳤다.

"그렇게 큰소리를 치더니 겨우 이거야?" 캐터피라의 형상은 점점 짐승처럼 변했다.

진도 절규했다.

캐터피라는 리지의 다리를 세게 잡아당겼다.

리지는 견디지 못하고 그네를 놓았다. 캐터피라에게 다리를 잡힌 채 거꾸로 매달린 형태가 되었다.

아직 그물이 펼쳐져 있지 않다. 지금, 캐터피라가 손을 떼면 리지는 거꾸로 떨어진다. 그럼 살 수는 없으리라.

서둘러야 해.

진은 필사적으로 손을 움직였다.

"여자, 너는 안 오나?" 캐터피라는 오른손으로 리지의 발목을 잡은 채 말했다. 공중에 붕 뜰 때마다 드레스 자락이 펄럭였다.

이런 상황이 아니었다면 아름답다고 생각했겠다. 진은 그렇게 느꼈다.

"이 녀석은 발로 차는 능력밖에 없었네." 캐터피라가 말을 계속했다. "너희들은 나처럼 자력으로 날지 못해. 이건 정말 큰 핸디캡이지. 그렇다고 같은 조건을 줘야 했다고는 생각하지 않아. 너희들은 편히 죽을 수 있었는데 굳이 내게 도전한 분수를 모르는 녀석들이니까 그에 상응하는 대가를 치르게 해줘야지."

"정말 자기 멋대로 말하네. 우리는 너희와 싸우고 싶어 한 적 없어."

"그야 그랬겠지. 물속의 물고기들은 낚시에 걸리고 싶겠어? 하늘을 나는 새는 총에 맞고 싶겠냐고? 농장의 가축들은 고기가 되고 싶겠니? 너희들은 살해당하고 싶지 않겠지. 그건 알아. 하지만 그건 상관없는 일이야. 세상은 항상 죽이는 쪽의 의사가 먼저니까."

조금만 더, 조금만 더 시간이 있으면…….

"아, 짜증 나." 캐터피라가 말했다. "지금 당장 이 남자를 떨어뜨리고 네게도 피의 축제를 벌이고 싶어. 하지만 그건 너무 심심하지. 네 전투력을 보여줘."

진은 대답하지 않았다. 대답할 여유가 없었다.

"그럼 네가 올 수밖에 없도록 만들어줄게." 캐터피라는 왼손 검지를 세워서 보여줬다. 그 새빨간 손톱이 쭉쭉 늘어나기 시작하더니 30센티미터 정도의 길이가 되었다. "이건 부러지기 쉬운 평범한 손톱이 아니야. 날카로운 칼날이지."

왜 무기를? 무기 같은 거 쓰지 않더라도 나를 쓰러뜨릴 자신이 있을 텐데.

"지금부터 이걸로 이 남자의 팔을 마구 할퀼 거야."

리지를 다치게 해서 나를 끌어들이려는 거야? 리지는 얼마나 참을 수 있을까? 서둘러야 해.

"그런데 이 녀석이 너한테 뭔데? 남편? 애인? 형제?"

진은 대답할 수 없었다. 사실대로 말하든 거짓말을 하든 캐터피라를 기쁘게 할 뿐이라는 생각 때문이었다.

"대답할 수 없나? 그럼, 네 애인으로 생각할게. 그렇게 생각하는 게 더 즐거우니까." 캐터피라가 왼손을 휘둘렀다.

너무 빨라 진의 눈에는 할퀴는 게 보이지도 않았다. 하지만 다음 순간, 리지의 오른쪽 팔꿈치와 어깨 근처에 상처가 생기더니 피가 뿜어져 나왔다.

가볍게 휘두른 것만 같았다. 그런데 상처는 상당히 깊어 보였다.

리지의 팔이 툭 떨어졌다.

진은 자기 앞에서 일어난 일을 이해하는 데 몇 초가 걸렸다.

리지의 오른팔이 어깨와 팔꿈치 사이에서 절단된 거였다. 피가 엄청나게 흘러나왔다. 리지는 눈을 부릅뜨고 부들부들 경련을 일으켰다. 한시라도 빨리 지혈하지 않으면 목숨이 위태로울 것이다.

진은 구역질이 올라왔다.

이 괴물을 살려둬선 안 돼.

"소리가…… 들려." 리지가 중얼거렸다. "그러니까…… 서둘러……선……."

"뭐?!" 진이 말했다.

"조금 더 기다려……."

"허튼소리는 들을 필요 없어." 캐터피라가 단언했다. "그러니까 얼른 덤벼. 그렇지 않으면 왼팔도 잘라줄게. 아니면 다리가 좋을까?"

"아아아아아아!!" 진은 포효하면서 그네의 가로막대를 잡고 캐터피라를 향해 몸을 날렸다.

캐터피라는 날카로운 손톱 칼을 휘둘렀다.

진은 그네에서 손을 뗐다.

캐터피라는 진이 손이나 다리 중 하나는 그네에 걸고 있을 거라 생각했다. 그러므로 두 손과 발을 떼고 날아오는 사태는 뜻밖이었다.

위젤과 캐터피라라는 두 흡혈귀의 능력을 고려하건대 정면 승부는 인간이 감당할 수 없을 것이다. 녀석들을 쓰러뜨리기 위해서는 기습할 수밖에 없다. 리지가 날린 공중 발차기는 기습이 되지 못했다. 하지만 이 공격은 틀림없는 기습이었다.

단순히 손을 뗀 것만이 아니었다.

진은 손을 뒤로 돌리고 있었다. 그네를 끌어오는 막대기를 몰래 벨트에 꽂아뒀다. 그걸 빼면서 공중제비를 돌아 창처럼 캐터피라의 얼굴을 찔렀다.

얼굴에는 눈이 있다. 또 뇌와 가까운 얼굴을 공격하면 어느 정도 타격을 주리라 생각했다.

동시에 두 다리로 리지의 몸통을 잡았다.

캐터피라는 얼굴 공격을 받고 혼란스러워졌는지, 공중에 뜬 자세가 불안정해진 데다 잡고 있던 리지의 몸이 당겨지자 균형을 잃고 낙하했다.

진의 목적은 공격과 함께 리지를 탈환하는 것이었지만 캐터피라의 완력은 생각보다 훨씬 강력했다.

진과 리지와 캐터피라는 하나로 연결된 채 동시에 떨어졌다.

덜컹!

셋의 몸은 낙하 도중에 급정거했다.

진은 자신의 몸을 그네 가로막대에 와이어로 묶어놓았다. 뒷짐을 지고 이 작업을 하기 위해 리지의 구출까지 시간을 벌 필요가 있던 것이다.

그네에 와이어로 묶인 진이 양다리로 리지를 잡고, 그 리지의 발목을 캐터피라가 잡고 있었다. 셋이 매달린 채 그네는 계속 흔들렸고 세 사람의 체중에 흔들리는 그녀의 원심력은 가속했다. 와이어는 진의 복부를 파고들었고, 리지를 잡은 두 다리의 힘도 서서히 풀리고 있었다.

빨리 해결해야 하는데…….

진은 초조했다. 이 공격 다음은 기습일 수 없다. 쓰러뜨리는 데 시간이 걸리면 걸릴수록 이 괴물은 성가신 존재가 될 것이다.

그녀는 막대기 끝에 붙은 금속 장식으로 캐터피라의 안구를 노렸다. 눈을 망가뜨리면 그래도 전투력이 급격히 떨어지리라 생각한 것이다.

첫 번째 타격에는 눈 밑 뺨에 맞아 피가 나왔다.

눈을 못 맞힌 것은 유감이나 녀석을 다치게 했다!

진은 그 사실에 힘을 얻어 온 힘을 다해 막대기를 찔렀다.

막대기가 움직이지 않았다.

캐터피라가 악물고 있었다.

진은 빼려고 했는데 들어가지도 나오지도 않았다.

캐터피라는 머리를 크게 움직였다.

진의 손에서 막대기가 빠져나갔다.

캐터피라는 그대로 막대기를 와작와작 씹어 부수어 바닥에
뱉어버렸다.

"둘 다 절대 편히 죽이지 않을 테야. 이 거지 같은 인간들!!"
얼음처럼 차가웠던 캐터피라의 눈동자에 불꽃 같은 분노가
담겨있었다.

꾸물꾸물 육체가 변형되기 시작하더니 그 모습은 거대한 박
쥐로 변했다.

"리지, 노력했는데 이제 틀린 것 같아." 진이 약한 소리를
토해냈다.

"아직…… 괜찮……아." 리지는 쉰 목소리로 아주 작게 중얼
거렸다. "소리가…… 들리지?"

변신을 끝낸 캐터피라가 커다란 날개를 펼쳤다.

11

란도가 입단하고 1년이 지났을 무렵 드디어 수중 대탈출 장치가 완성되었다. 기본적인 원리는 탈출 왕으로 불렸던 마술사 후디니 때와 같았으나 란도가 고안해 몇 군데 개량한 부분이 있었다.

우선 바닥이 열리면 풀이 나타난다. 란도는 전부터 바퀴 달린 수조를 데굴데굴 밀어 무대 위로 옮기는 건 너무 바보 같은 일이라고 생각했다. 바닥을 사용하는 또 다른 이점은 풀 전체의 크기와 깊이를 잘 얼버무릴 수 있다는 점이다. 실제로 물이 찬 부분은 얼마 안 되는데 굴절이나 반사에 의한 착각 때문에 상당히 크고 깊은 수조처럼 보이는 것이다. 전체를 살펴볼 수 있는 수조라면 이런 착각은 생기지 않는다.

그리고 머리 위에서는 '관'이 나타난다. 그건 나무로 만든 사각형 상자에 지나지 않으나 이 역시 갑자기 나타난다. 나무 뚜껑이 달려있고 란도가 들어가면 닫히는 식이다. 물론 관에는 장치가 되어있는데 일반인은 알 방법이 없다. 객석에서 몇 명의 관객을 무대로 불러 확인하도록 시키면 되니 우리 사람을 객석에 심어둘 필요도 없다. '마술사가 당당히 살펴보라고 하니 살펴봤자 아무것도 없겠지'라는 편견이 작용하기 때문이다. 장치는 교묘히 숨겨져 있어서 얼렁뚱땅 살펴보는 정도로는 절대 알 수 없다.

그리고 란도는 관에 들어간다. 관객 몇 명이 뚜껑을 관 본체에 덮고 못을 박은 후 제대로 고정되어 있는지도 확인한다. 못 구멍이 있으면 수상하게 여길 테니까 매회 새 뚜껑을 준비한다.

여기까지 오면 마술은 성공한 거나 마찬가지이다. 사실 완벽한 가짜 못은 아주 근소하게 짧아 뚜껑을 관통하지 않는다. 그럼 왜 뚜껑이 고정된 것처럼 보일까. 그건 안쪽에 뚜껑을 고정하는 기구가 있기 때문이다. 간단한 잠금장치 같은 것인데 눈앞에서 못을 박은 후 확인하면 대부분은 못으로 고정되었다고 믿어버린다. 못으로 고정된 뚜껑은 안쪽에서는 절대 열 수 없다. 그러나 실제로는 반대다. 뚜껑을 열 수 있는 것은 안쪽뿐이고 밖에서는 열 수 없는 장치인 것이다.

안쪽에서 자유롭게 뚜껑을 열 수 있으므로 탈출은 자유자재로 이루어진다. 하지만 이 마술의 새로운 점은 그게 아니다. 관 여기저기에 지름 몇 센티미터의 구멍이 있어서 관을 물에 담그면 내부로 물이 들어온다. 물이 들어옴으로써 관은 일종의 시한부 처형 장치가 된다. 이건 관객의 긴장을 높이는 효과를 가져온다.

란도는 마술 시작 전에 숨을 쉬지 않는 시간은 기껏해야 1분 정도라는 인상을 준다. 이로써 처형 완료까지의 제한 시간은 1분이 된다. 하지만 이건 거짓말이다. 훈련으로 란도는 3분 이상 숨을 멈출 수 있다. 일본의 해녀 중에는 5분이나 숨을 멈출 수 있는 사람도 있다니까 그리 놀랄 만한 시간은 아니다. 게다가 구멍으로 물이 들어오는 속도는 그리 빠르지 않다. 내부에 완전히 물이 찰 때까지 1분 정도 걸린다. 즉 관객이 1분 정도라고 생각하는 제한 시간이 실제로는 4분인 셈이다.

이 정도 시간 여유가 있으면서 개폐는 안에서 할 수 있으니, 실패할 이유가 없다. 이토록 안전한 마술은 없다고 할 정도다. 란도는 그렇게 말하며 자랑했다. 자신이 설계한 장치에 완벽한 자신감이 있었다.

"서커스 기술에 자만심은 금물이야." 쿠와이는 장치를 확인하는 란도에게 다가와 말했다.

"아아. 네 오토바이 곡예는 그렇겠지." 란도는 말했다. "하지만 여기에는 장치가 있잖아. 마술이니까."

"서커스를 얕잡아보면 언젠가 한 방 먹을 때가 있을 거야!" 쿠와이는 불쾌한 표정을 짓고 그 자리를 떠났다.

란도는 한숨을 쉬었다.

그리고 공연 날이 찾아왔다.

우선 인체 절단을 포함한 몇 가지 마술을 선보였다. 그리 새롭지 않은 걸 본 관객들은 조금씩 지루해하기 시작했다.

자, 지금부터야.

"회장에 계신 여러분. 여러분은 정말 운이 좋군요!!" 란도는 과장되게 말했다. "이제부터 여러분은 세계 최초로 공개되는 초대형 탈출 마술을 목격하게 됩니다. 자, 우리 주위에서 가장 위험한 건 뭘까요? 서커스 기술의 대부분은 높은 곳에서 이뤄집니다. 인간의 몸은 낙하에 아주 무방비하죠. 불과 몇 미터 높이의 낙하로 목숨을 잃기도 합니다. 그리고 맹수, 이것도 무섭죠. 여러분, 아십니까? 집에서 기르는 개나 고양이도 전력을 향해 달려들면 인간은 퇴치할 수 없단 사실을? 이 서커스단에서 기르는 사자나 호랑이는 더욱 그렇죠. 여기서만 하는 말인데 그들은 인간이 더 강하다고 착각해 맹수 사육사를 따르는 거랍니다. 만약 자신들이 더 강하다는 걸 알면 그 순간 맹수 사육사는 물려 죽는 겁니다. 그러니까 여러분, 약속해주세요. 맹수들에게는 지금 얘기, 절대 비밀입니다."

여기서 살짝 웃음이 일었다.

자, 드디어 본론에 들어간다.

"하지만 일상생활에서 여러분이 발을 헛디딘다고 해도 몇 미터 높이에서 떨어지는 일은 거의 없습니다. 맹수도 그렇죠. 거리를 걷다가 호랑이나 사자의 습격을 받을 가능성이 얼마나 되겠습니까? 그럼 일상생활에서 가장 무서운 것은 뭘까요? 그래요. 물입니다."

여기서 란도는 발밑의 스위치를 눌렀다.

바닥이 열리며 풀이 모습을 드러냈다.

란도는 그 자리에 주저앉아 손바닥으로 풀의 물을 떴다.

"이처럼 물에는 어떤 위험도 존재하지 않는 듯 보입니다. 그러나 겉모습과는 달리 물은 극히 위험합니다. 왜냐면 물속에서 인간은 숨을 쉴 수 없으니까요." 여기서 란도는 한 호흡을 쉬었다. "자, 여러분에게 질문하겠습니다. 숨을 쉬지 않고 사람은 얼마나 살 수 있을까요? 손은 들지 않으셔도 괜찮습니다. 이건 간단히 실험할 수 있죠." 란도는 아주 평범한 중절모에서 거대한 시계를 꺼냈다. 아주 쉬운 마술이었다. "지금부터 여러분과 실험해보죠. 제가 신호하면 모두 같이 숨을 멈추는 겁니다. 그것만으로 몇 초가 한계인지 알 수 있습니다. 그럼 하겠습니다. 하나, 둘, 셋!"

시계의 바늘이 움직이기 시작했다.

처음부터 숨을 멈추려 하지 않는 손님도 있으나 대개는 같이 숨을 멈췄다. 그리고 대체로 30초 정도에서 참지 못하게 된다. 훈련하지 않은 사람은 그 정도가 평균이었다.

란도는 숨을 멈추고 45초쯤에서 한계라는 연기와 함께 숨을 다시 쉬었다. "죄송…… 지금 실험은…… 실패네요. 평소에는 1분은…… 했는데…… 오늘은 애석하게도 몸이…… 말을 듣지 않았네요. ……그러나 진짜 무대에서는…… 최선을 다할 테니…… 실패하지는 않을 겁니다…… 그러니 안심하세요." 란도는 일부러 더 씩씩댔다.

이로써 관객에게 제한 시간이 1분—어쩌면 그보다 짧은 시간—이라는 인상을 심었다.

"제가 이 풀에 들어갈 텐데 그저 뛰어들기만 하면 잠수나 다름없죠. 이건 쇼니까 조금 긴장감을 더해보겠습니다."

란도는 다른 스위치를 눌렀다.

머리 위에서 관이 내려왔다. 아직 뚜껑은 닫히지 않았다.

"이건 관입니다. 재수 없나요? 하지만 이건 제가 이름 붙인 겁니다. 바꿀 생각도 없습니다. 이 관을 잘 봐주세요. 일반적인 관과 다른 점이 있는데 아시겠나요? 맞습니다. 구멍이 몇 개 뚫려있습니다. 이걸 물에 담그면 이 구멍으로 물이 들어옵니다. 그래요. 여러분이 예상하는 대로 저는 이 관에 들어가 풀에 잠깁니다. 그러나 걱정하지 마세요. 저는 익사하기 전에 이 관에서 탈출할 겁니다. 자, 이 단벌 양복을 버리는 건 아까우니까 이쯤에서 저는 수영복으로 갈아입겠습니다."

란도는 순식간에 연미복을 벗어 던지고 수영복 차림이 되었다.

"그럼 객석에서 입회인을 고르려고 하는데요. 하시고 싶은 분은 손을 들어주세요."

수십 명의 손이 올라왔다. 란도는 그중에서 몸집이 탄탄해 보이는 남성 둘을 선택했다.

"여기 사슬이 있습니다. 몇 겹이라도 괜찮으니까 제 손발을 묶고 끝에 자물쇠를 채우세요."

물론 마술사에게 사슬 풀기는 식은 죽 먹기였다. 관객도 그 정도는 알 것이다. 이것도 연출 중 하나였다.

란도는 천천히 관 안으로 들어갔다. 이 시점에서 관은 세워져 있어서 관객은 안을 훤히 볼 수 있다.

"자, 거기 있는 뚜껑을 덮고 못을 박아주세요."

란도는 못이 박히기 시작하자 안에서 뚜껑을 잠갔다.

이제 뚜껑은 열리지 않는다. 못이 소용없다는 사실은 아무도 모를 것이다.

"이제 관을 눕혀주세요." 상자 속에서 란도가 말했다.

관을 눕히면 옆에 뚫린 구멍으로 안의 상황이 다 보인다. 이미 사슬은 풀었지만 이때는 아직 손에 사슬을 걸고 있었다.

"그럼 크레인으로 관을 들어 올려 풀에 담그겠습니다. 풀에 들어가면 말할 수 없으니까 설명은 지금부터 여성 조수가 이어서 하겠습니다."

"그럼 이제부터는 제가 설명하겠습니다." 무대에 화려하게 등장한 아야미가 뒤를 이었다.

피에로가 크레인을 조작해 관을 옮겨 풀 위로 가져갔다.

"지금부터 관을 풀에 담그겠습니다. 제한 시간은 1분. 자, 마술사 란도는 무사히 살아 돌아올까요?"

관이 내려가는 게 느껴졌다. 이윽고 구멍에서 물이 들어왔다. 수중에 들어오면 물의 난반사로 관객은 구멍을 통해 안을 보는 게 어려워진다.

란도는 손발의 사슬을 완전히 풀고 잠깐 기다렸다.

관객은 이미 란도가 호흡을 멈췄으리라 생각하겠으나 아직 관 안에는 공기가 충분했다. 얼마 후 관 내부가 물로 가득 찼다. 바깥소리는 잘 들리지 않지만, 아야미의 목소리는 스피커로 확대되고 있어서 들을 수 있었다.

"자, 1분이 지났습니다. 이제 란도 마술사는 한계에 달했을 텐데요. 괜찮을까요?"

관객은 한계라 생각하겠으나 지금부터 약 3분의 여유가 있었다. 물론 3분을 다 쓸 생각은 없었다. 탈출은 앞으로 2분 후이다.

"잠깐만요. ……벌써 1분 30초가 지났네요. 무슨 문제가 생긴 것 같네요." 아야미는 불안해하는 연기를 시작했다. "당장 관을 끌어 올리세요."

관은 살짝 올라간 후 다시 가라앉기 시작했다. 미리 크레인의 줄이 끊어진 것처럼 해놓았다.

좋았어. 모든 게 계획대로야.

"큰일이야! 벌써 2분이 지났어! 마술사는 틀림없이 숨을 못 쉬고 있을 거야."

이제 슬슬 밖으로 나갈 준비를 할까.

란도는 안에서 뚜껑의 잠금장치를 풀었다.

"아무래도 큰 문제가 생긴 것 같아. 혹시 사고면 여러분이 봐선 안 돼요. 바로 풀 주위에 천을 쳐줘요!"

상식적으로 생각할 때 사고가 났는데 주위에 천이나 두르다니 이상한 일이다. 하지만 긴급사태라는 착각이 관객의 판단력을 흐린다.

풀이 천으로 가려진 다음부터가 진짜다. 란도는 재빨리 관에서 나온다. 동시에 아야미는 천 안으로 들어와 옷을 벗고 수영복 차림이 되어 관에 들어간다. 훈련에 따라 둘이 이와 같은 행동을 하는 데는 20초면 충분하다.

아무렇지도 않은 얼굴로 천 밖에서 등장한 란도는 여우에 홀린 듯한 관객을 향해 "자, 빨리 그녀를 구하지 않으면 안 돼. 시간이 없어."라고 말하면서 관 뚜껑의 못을 빼고 안에서 축 늘어진 척하고 있는 아야미를 구출한다. 란도는 그녀의 얼굴 앞에서 손가락을 튕긴다.

다음 순간, 아야미가 눈을 뜨고 란도에게 안긴다. 텐트 안에 갈채가 쏟아진다.

이야말로 바꿔치기와 물 감옥 탈출을 동시에 수행한 일대 마술이었다.

어라. 머릿속으로 시뮬레이션이나 하고 있을 때가 아니지.

구멍으로 밖을 보니 천이 완전히 내려와 있었다.

란도는 뚜껑을 밀어 올리려고 했다.

그런데 꿈쩍도 하지 않았다.

잠금장치 푸는 걸 까먹었나?

란도는 다시 잠금장치를 확인했다. 분명히 풀려있었다.

기구가 고장 났나? 그러나 고장 날 정도로 복잡한 구조가 아니었다. 아마도 뭔가에 걸린 듯했다.

란도는 온몸의 힘을 다해 뚜껑을 밀어 올리려 했다.

꿈쩍도 하지 않았다.

란도는 공포에 휩싸였다. 폐가 줄어들려고 하고 입에서 부글부글 거품이 나왔다. 란도는 서둘러 입을 다물었다.

침착해. 침착해야 해. 나는 3분간 숨을 멈출 수 있어. 아직 1

분 이상 여유가 있다고.

어쨌든 긴급 사태임을 알려야 해.

란도는 쿵쿵 관 안에서 뚜껑을 두드렸으나 물의 저항으로 제대로 두드려지지 않았다.

이미 아야미는 옷을 벗고 수영복 차림으로 풀 옆에서 대기하고 있을 터였다. 그렇다면 곧 이변을 깨달을 것이다. 그때까지 얼마나 걸릴까? 1분일까? 30초일까? 아야미는 30초에 생사가 갈린다는 사실을 알고 있겠지. 뚜껑이 30초나 열리지 않아 아야미가 이변을 느낀 다음 구출까지 얼마나 걸릴까?

다시 줄을 관에 연결하고 끌어 올리면 안의 물은 구멍으로 빠진다. 하지만 그렇게 결정하기까지 얼마나 걸릴까? 무엇보다 누가 결정할까?

피에로가 결정할 때까지 기다린다면 1시간은 걸릴 것이다.

눈앞이 캄캄해졌다. 그게 절망 때문인지, 산소 부족 때문인지는 분명치 않았다.

너무 안일했어. 아무래도 큰 실수를 저지른 것 같다. 쿠와이의 말에 귀 기울였어야 했는데.

소리가 들렸다.

무슨 소린지, 좀처럼 기억나질 않았다.

좋은 소린지, 나쁜 소린지.

지금, 과감하게 숨을 내뱉고 물을 들이켜면 편안해질 듯했다.

아니면 앞으로 1분, 고통을 참을까.

내 탓에 서커스단은 위기를 겪겠구나. 아야미는 고통스러워하겠지. 책임감이 강한 아야미는 틀림없이 자신이 바로 깨닫지 못한 탓이라고 생각할 거야. 모든 건 내 탓이지 그녀에게 잘못은 없어. 하지만 그런 마음을 전할 방법이 없었다.

눈물이 나오는지 아닌지조차 모르겠다.

마지막으로 발버둥이라도 쳐볼까? 괜한 일이겠지만, 뚜껑 안쪽을 할퀴어나 볼까?

그만하자. 발버둥 쳐봤자 고통스러울 뿐이야.

공기를 내뱉었다.

그리고 물을 들이켰다.

괴롭다.

격렬하게 후회했다.

나는 죽는구나.

소리가 들렸다.

이번에는 뭔지 분명히 알았다.

쿠와이의 오토바이 소리였다.

쿠와이, 네 충고를 듣지 않아 미안해.

란도의 의식이 사라지는 것과 오토바이가 관의 뚜껑을 부순 것은 거의 동시였다.

12

"아가씨, 미안한데 일본 사람이야?" 지팡이를 짚은 노인이 말을 걸어왔다. 일본어였다. "아아, 집 근처에 아주 비슷하게 생긴 일가족이 있어서."

흡혈귀의 습격이 있기 일주일 전, 텐트 설치 장소 결정 등이 일단락되자, 아야미는 광장 구석에서 멍하니 해바라기를 하고 있었다.

원래 먼저 현지에 들어와 지역에서의 절차나 기반 시설, 인부 확보 같은 작업을 하는 사람은 단원이 아니라 사무직원이어야 했지만, 지금의 서커스단 사정으로는 그럴 수가 없었다. 단원들이 서로 역할을 조정해 사전 업무 역할을 분담했다.

"네. 제 어머니가 일본계예요." 아야미가 일본어로 대답했다.

"일본어를 정말 잘하네. 집에서는 일본어로 말했나?"

노인은 머리카락이 거의 없었다. 군데군데 하얀 머리가 조금 남아있을 뿐이었다. 햇볕에 그을린 건지, 술 때문인지 피부색이 일본인치고 짙었다. 온통 주름투성이인 얼굴에 수염을 아무렇게나 기르고 있었다. 티셔츠와 청바지라는 편안한 옷차림이었다. 여행자로는 보이지 않았다.

"얼마 전까지는 그리 잘하지 못했어요. 몇 년 전부터 일본 사람이랑 같이 일하게 되어 자주 일본어로 대화해 조금 늘었어요."

"그렇군. 그 일본인은 아무래도 남자겠지." 노인은 의미심장한 표정으로 웃었다. "금방 늘었을 거야."

"아니에요. 그런 건⋯⋯." 아야미는 서둘러 손과 고개를 흔들어가며 부정했다.

"그 태도를 보니 남자가 확실하네." 노인은 앞니 빠진 입을 벌리고 헤실헤실 웃었다.

"할아버지는 일본 분이세요?" 아야미가 살짝 부루퉁하게 물었다.

"나는 오카자키 도쿠자부로라고 해. 도쿠라고 불러. 일본에서 왔는데 배낭여행 중이야."

"배낭여행이요?"

"저예산으로 국외를 혼자 여행하는 사람을 그렇게 불러."

"그건 아는데 주로 젊은 사람들이 하는 이미지라⋯⋯."

"나는 보기보다 꽤 젊어. 아직 은퇴하고 30년밖에 안 됐어."

"네?"

"지금은 저기 살아." 도쿠 씨는 지팡이로 숲 쪽을 가리켰다.

"노숙하세요?"

"설마, 그건 아니지. 통나무 오두막을 빌려 살아. 이 주변은 밤에 소란스럽던데."

"이 주변에서 범죄가 일어날 것 같진 않은데요."

"사람이 아닌 듯해."

"곰이나 늑대인가요?" 아야미는 살짝 불안해졌다.

단원들은 텐트에서 생활한다. 만약 맹수가 있다면 대책을 세워야 한다.

"아니야. 동물도 아니야."

"인간도 동물도 아니라니……."

"요괴야." 도쿠 씨가 진지하게 말했다.

아야미는 웃음을 터뜨렸다.

도쿠 씨도 웃었다.

정말 잘 웃는 할아버지네. 첫인상은 그리 좋지 않았는데 그렇게 나쁜 사람은 아닌 것 같다. 농담도 잘하고.

"자, 그럼 어때? 우리 집, 보러 오지 않을래? 내가 직접 일본의 옛 가옥처럼 바꿨는데 자랑할 사람이 아무도 없어서 안타까웠거든." 도쿠 씨가 말했다.

어떻게 할까?

아야미는 조금 망설였다.

처음 도착한 땅에서 생판 모르는 사람을 따라가도 될까.

사실, 노인이라고 해서 믿어도 된다는 법은 없다. 하지만 노인이니 쉽게 당하진 않을 것이다. 만약 동료가 숨어있을 만한 곳으로 가면 전속력으로 도망치면 되지.

"그럼 좀 봐도 될까요? 다만 밖에서 안을 보기만 할게요."

도쿠 씨는 물끄러미 아야미의 얼굴을 봤다. "오호. 조심스러운 사람이네. 그래, 괜찮아. 집은 이쪽이야." 도쿠 씨는 곧장 숲속으로 들어갔다.

아야미는 조심스럽게 뒤를 따랐다.

도쿠 씨는 울창한 숲속을 마치 조깅이라도 하듯 성큼성큼 나아갔다. 게다가 진로 변경을 최소한으로 하고 몸을 좌우로 살짝살짝 움직여 나무 사이를 스치듯 지나가서, 마치 직진하는 듯 보였다.

뒤를 쫓는 아야미는 도저히 그 속도로 걸을 수가 없었다. 자꾸만 나무에 부딪히며 옷이나 머리카락이 나뭇가지에 걸렸다.

이 도쿠라는 노인은 숲속 길을 숙지하고 있나? 아니면 신체 능력과 동체 시력이 크게 발달했나?

"아가씨, 몸을 아주 잘 쓰네." 도쿠 씨가 말했다.

"제가 몸을 잘 쓴다고요? 이렇게 헐떡이고 있는데요?"

"아가씨는 좀 천천히 걸으라거나 잠깐 서라는 말도 없이 같은 속도로 따라오고 있어. 자신의 움직임에 상당한 자신이 있다는 소리지. 자네, 무슨 일을 하나?"

"……서커스 단원이에요." 아야미는 조금 망설인 후 대답했다.

"서커스? 근처에 서커스는 없었는데."

"다음 주, 아까 그 광장에 와요."

"그렇군. 그거 아주 기대되네……라고 말하고 싶지만, 소란스러워질 것 같아."

"지금은 너무 조용하니 딱 좋지 않나요?"

"너무 조용해? 말도 안 돼. 나는 좀 더 사람들에게서 떨어져 지낼까 생각 중이었는데."

그러고 보니 점점 깊은 숲으로 들어가는 듯했다.

숲속을 5분 정도 나아갔다. 이제 1분쯤 더 갔는데도 아무것도 없으면 돌아가야지, 라고 결심한 순간 앞장 서던 도쿠 씨가 멈췄다.

"저기야." 도쿠 씨가 숲속의 한 곳을 가리켰다.

처음, 아야미에게는 그냥 숲속 나무들을 가리키는 것처럼 보였다. 그런데 그 언저리를 가만히 응시하자 흐릿하게 안개처럼 우거진 나뭇잎 너머로 조그만 통나무 오두막 같은 게 보였다.

도쿠 씨는 나무 사이를 스치듯 지나가 오두막 앞에서 멈추더니 재빨리 문을 열었다. 문은 오두막 크기와 비교해 상당히 커서 한눈에 오두막 안을 구석구석 볼 수 있었다.

"어때. 여기에는 아무도 숨어있지 않아." 도쿠 씨가 말했다.

아야미는 속내를 들킨 것 같아 살짝 부끄러워졌다. 하지만 낯선 땅에서 처음 보는 사람을 경계하는 일은 그리 부끄러운 게 아니라고 마음을 고쳐먹었다.

"죄송해요. 기분 상하셨어요?"

"아니야." 도쿠 씨는 기분 좋게 말했다. "오히려 자네의 행동력에 놀랐지. 깊은 숲속까지 나를 따라올 신체 능력을 지녔으면서 오두막에 대한 경계도 게을리 하지 않았어. 자네 종목은 도대체 뭐야?"

"저는 마술사 보조예요."

"그렇군. 마술사라! 늘 겉이 아니라 속을 알려 하겠군."

"마술사는 제가 아니에요."

"서커스에서 공연한다니, 테이블 마술 같은 건 아니겠지. 대단한 장치가 있는 탈출 마술이나 사라지는 마술 종류일 게야. 그렇다면 자네한테도 마술사와 다름없는 운동 능력과 재치가 요구되겠지."

아야미는 깜짝 놀랐다. 순간 도쿠 씨의 눈빛이 예리하게 빛나는 듯했다.

이 할아버지, 보통 사람이 아니야.

"배낭여행이라고 하셨으니까 계속 여기 사는 건 아니죠?"

"그렇지. 여기 온 지 2, 3주 됐나? 마음이 언제 바뀔지 모르겠지만, 이 동네가 살기 편해서 여름 동안에는 여기서 살려고."

"어떻게 사세요?"

"낚시하거나 산나물을 캐기도 하지."

정말로 오두막 앞에는 계곡에 사는 물고기가 걸려있었다. 아마 말리고 있는 것이리라.

오두막 안의 바닥 한가운데에는 네모나게 공간이 파여있고 거기에 재가 깔려있었다. 천장에는 직접 만든 가마솥 같은 게 매달려있었다.

"어머, 일본식 화로네요." 아야미가 말했다.

"아아. 이거 아주 편리해. 조리만이 아니라 밤에는 조명 대신 이용할 수도 있고 겨울에는 난방도 돼."

"직접 만드셨어요?"

"뭐 그렇지."

"솥을 설치하는 것도요?"

"대들보 위에 올라가 설치한 거니까 어렵지 않아."

"서커스단에 스카우트하고 싶네요." 아야미는 칭찬했다.

"아니, 아니야. 그건 무리지. 나는 자유인이니까. 게다가 여행하다 질리면 일본으로 돌아갈 생각이고."

상당히 자신만만한 사람이네.

"그래서, 자네 고민은 뭐지?"

"고민?! 저요?!" 아야미는 갑작스러운 말에 당황했다. "무슨 소리죠?!"

"아까 그 모습은 고민하는 사람의 모습이었거든."

"고민하는 모습이라는 게 뭔데요? 게다가 누구나 고민 한둘쯤은 있잖아요."

"역시 고민이 있구나."

"유도 신문에는 걸리지 않을 거예요."

"일본 남자인가? ……자네, 마술사 조수라고 했지. 그 말은 그 일본인이 마술사?"

아야미는 앗 하고 소리를 낼 뻔했다. 하지만 단원 중 파트너들이 연인이나 부부가 되는 일은 드물지 않았다. 도쿠 씨가 미끼를 던져 반응을 보고 있음을 깨달았다.

"입을 다문 걸 보니 맞혔네."

"비겁해요. 심리적인 트릭을 이용해 말을 끌어내다니."

"마술사라면 심리 마술을 아는 게 당연하지. 이제 솔직해지면 어때?"

"왜 생판 남인 당신에게 말해야 하는데요?"

"생판 모르는 남이니까. 가까운 사람에게 약한 속내를 털어놓기는 힘들지. 특히 그 남자는 말이야. 새로운 마술에 도전 중이지 않나?"

"그는……."

아야미는 순간 망설였다.

이 노인에게 말한다고 어떻게 될 건 아니다. 하지만 얘기하면 자신의 마음은 정리될지 모른다. 생판 모르는 노인이니까 오히려 말할 수 있지.

아야미는 결심했다.

"한 번 실패했어요."

"한 번도 실패한 적 없는 마술사는 없어. 내로라하는 마술사인 후디니도 탈출 마술에 실패해 목숨을 잃었잖아."

"그건 영화에서 만들어낸 얘기죠. 사실 후디니는 술 취한 학생에게 배를 맞아 죽었어요."

"어느 시대나 멍청한 학생은 있지."

"고타로는 자신감을 잃었어요."

"단 한 번의 실패로 자신감을 잃었다는 말은, 그러니까 그 이전이 자신감 과잉이었다는 거 아닌가."

"제가 잘못했어요. 조수인데 문제가 생긴 걸, 알아차리지 못했어요."

"트릭을 생각해낸 사람이 자네야?"

"……아뇨. 그의 아이디어예요."

"그렇다면 문제는 고타로인가 하는 남자에게 있지."

"왜요?"

"그 남자는 자신은 절대 실패하지 않는다고 생각했겠지. 그러나 사실은 반대였어. 인간은 반드시 실패하지. 실패를 생각하지 않는 인간은 어리석은 법이야."

"하지만 실패를 두려워해선 한 걸음도 나아갈 수 없어요."

"물론 실패를 너무 두려워하면 아무것도 할 수 없지. 하지만 실패를 두려워하는 일과 실패할 때의 대책을 만들어두는 일은 별개 문제야. 화재보험은 만일의 경우, 화재가 일어났을 때를 대비해 들지. 하지만 불조심을 게을리 하진 않아. 반대로 불조심하고 있다고 화재보험에 들지 않는 사람도 어리석어. 아무리 주의해도 화재는 일어나려면 일어나지. 그 남자는 자신을 과신했어. 자신은 실패하지 않는다고 생각했지. 그건 교만에 불과해. 인간은 모든 걸 예상할 수 없어. 그러므로 모든 최악의 사태를 상정하고 그에 대비할 필요가 있지. 그래도 실패해. 하지만 현명한 자는 실패의 위험 부담을 최소한으로 할 수 있지."

"그는 다시 일어서려고 필사적으로 노력하고 있어요."

"그렇다면 지금 자네가 할 수 있는 일은 하나도 없어. 스스로 깨닫지 않으면 진짜로 깨닫지 못할 테니까."

맞아. 나는 괜한 일로 고민했네. 그를 도울 수 있는 사람은 그 사람뿐이야. 지금, 내가 할 수 있는 일은 그저 그를 믿는 것뿐이구나.

13

캐터피라는 거대한 박쥐 모습으로 변했다. 다만 완전한 박쥐는 아니었다. 인간의 면모를 남기고 있었다. 그건 추악한 괴물 그 자체라 할 수 있는 악몽 같은 모습이었다.

말도 안 돼.

진은 생각했다.

박쥐와 인간은 같은 포유류라고 해도 전혀 다른 계통으로 진화해왔다. 가까운 종도 아닌데 인간과 박쥐가 교잡종을 만들 리 없다. 만약 그런 일이 있었다면 신을 모독하는 비인도적인 유전자 실험의 결과일 것이다. 이 괴물이 그런 실험의 결과인지, 스스로 그걸 바란 광신도인지는 모르겠으나 상식이 통하지 않는 괴물이라는 점은 틀림없었다.

그렇다면 어떻게 이 여성을 쓰러뜨리면 좋을까? 약점이 뭐지?

캐터피라는 날개를 펄럭였다. 그의 몸이 공중으로 떠올랐다.

진은 리지의 몸을 놓치지 않으려고 다리에 힘을 주었다. 캐터피라도 리지의 다리를 잡은 채여서 그의 몸은 부자연스러운 자세로 비틀린 채 공중으로 올라갔다. 오른팔 절단면에서는 폭포처럼 피가 나왔다.

그때 어떤 엔진 소리가 크게 울려 퍼졌다.

쿠와이가 공연 텐트 입구에서 오토바이를 타고 있었다.

"뭐야, 냄새가 지독하다 싶었는데 이런 거지 같은 박쥐가 있었어?" 쿠와이가 크게 소리쳤다.

캐터피라는 가볍게 날개를 움직여 몸의 방향을 바꿨다.

리지는 몸통이 더 비틀려 신음했다.

"오토바이 여자, 거기서 기다려." 캐터피라의 목소리는 야수가 억지로 인간의 말을 하는 것만 같았다. 듣는 것만으로 혐오감에 구역질이 올라왔다. "이 둘을 죽인 다음에 너도 고통스럽게 죽여줄게."

"싫은데? 죽이고 싶으면 그 둘과 상관없이 당장 나부터 죽여. 그러지 않으면 그냥 도망칠 거야!"

캐터피라에게서 짐승의 웃음소리가 터져 나왔다. "자기희생인가? 그건 안 돼. 너에게는 절망을 안겨주지. 우선은 너의 소중한 둘을 죽이고."

"그만해!!" 쿠와이가 절규하며 원형 무대를 향해 오토바이를 발진시켰다.

박쥐는 날개를 펄럭이면서 다시 진 쪽으로 몸을 돌리기 시작했다.

"고마워…… 딱 좋은 자세야……." 리지는 주머니에 숨기고 있던 칼을 꺼냈다.

캐터피라는 리지의 움직임을 알아차리고 순간적으로 그의 발목을 잡고 있던 손을 뗐다.

하지만 리지는 그 행동을 이미 예측했던 듯했다.

칼이 번뜩였다.

발목이 자유로워지자 리지의 몸은 균형을 잃고 일어나 앉듯 회전하기 시작했다. 그리고 그 회전을 이용해 칼로 박쥐의 날개 끝에서 날개 부리까지를 잘라냈다.

박쥐의 날개는 깃털의 집합체인 새와는 달리 피막으로 이루어졌다. 찢어져 구멍이 나면 그 기능을 단숨에 잃는다. 물론 흡혈귀는 날개의 힘을 빌리지 않고도 특수한 능력으로 부유할 수 있었다. 하지만 날개를 이용하던 상태에서 초능력을 이용한 부유 상태로 바꾸기 위해서는 나름의 준비가 필요했다. 캐터피라는 칼날에 날개가 찢긴 첫 번째 순간, 한쪽 날개의 부력이 현격히 떨어짐과 동시에 진이 다리로 최대한 붙잡고 있던 리지의 발목에서 손을 뗌으로써 낙하할 수밖에 없었다.

물론 캐터피라는 그런 상황을 심각하게 여기지 않았다.

진짜 박쥐라면 피막이 찢어지는 사태는 심각할 것이다. 그러나 흡혈귀에게 그 정도 손상은 별일 아니었다. 치유에 1분도 걸리지 않는다. 그리고 낙하하더라도 곧장 자세를 바로잡을 수 있다. 손실 시간은 불과 몇 초였다. 마지막 발버둥으로는 다소 의미가 있을지 모르나 캐터피라에게는 전혀 치명상이 될 수 없었다.

다른 때 같았으면 이 생각이 맞아떨어졌을 것이다. 그런데 리지는 바로 그 타이밍에 두 번째 칼날을 휘둘렀다. 10초 전이나 10초 후가 아닌, 바로 그 타이밍에 캐터피라의 날개를 찢은 것이다. 잠자코 기다리다가 마침내 거머쥔 순간이었다.

캐터피라는 몇 번이나 리지와 진을 죽일 기회가 있었다. 그런데도 죽이지 않은 것은 캐터피라 자신의 오만함이 원인이지만, 서커스 단원들의 행동이 그녀의 허를 찔렀기 때문이기도 했다. 예상 밖의 행동을 볼 때마다 캐터피라는 한 걸음 물러섰다. 그 지연은 몇 초 만에 해소되었으나 그 순간 뜻밖의 행동이 이어졌다. 물론 이런 일이 영원히 계속될 건 아니었다. 한정된 시간 안에서 그런 돌발 행동을 계속할 순 없었다. 하지만 한심한 속임수에 일일이 방해를 받았다는 생각에 캐터피라는 화가 나고 말았다.

저 둘의 몸을 세로로 찢어버려야겠어. 그것도 두 다리를 찢어버릴 테다. 단숨에 죽이지 않을 거야. 배꼽 위쪽까지 찢은 다음에 일단 중단해야지. 그렇게 자신의 몸이 천천히 찢어지는 걸 실감하게 만들 테야.

자세를 바로 세우는 그 순간, 캐터피라는 위를 올려다보며 둘을 노려봤다.

시야의 끝에 위화감을 느꼈다. 있을 리 없는 게 거기에 있었다.

낙하하기 시작했다고는 해도 캐터피라의 고도는 아직 2.5미터쯤이었다. 그런데 바로 앞쪽에 오토바이가 있었다.

"그만해!!"
쿠와이는 일단 원형 무대로 돌입하기로 했다.
마침 작업 중이라 그냥 내버려뒀던 판자가 원형 무대에 세워져 있어서 점프대로 이용할 수 있음을 깨달았다. 2, 3미터는 날아오를 수 있을 것이다.
잘만 하면 녀석을 내게 오게 할 수 있을지 몰라. 하지만 오게 한 다음에 어쩌지? 녀석은 순식간에 나를 죽이고 또 진 일행에게 갈 텐데. 그래선 아무런 의미가 없다. 어떻게 해서든 녀석의 발목을 잡아야 한다. 가능하면 전투 불능으로 만들고 싶다.
쿠와이는 그를 위한 준비를 시작했다.
리지가 슬쩍 이쪽을 봤다.
어떤 신호 같았다.
쿠와이는 원형 무대를 향해 오토바이를 달렸다.
리지는 박쥐 괴물을 칼로 벴다.
흡혈귀는 선혈을 흘리며 푸드덕 날개를 펄럭이면서 균형을 무너뜨리며 떨어졌다.
쿠와이는 리지의 작전을 이해했다. 논리로 이해한 게 아니다. 직감적으로 그림을 그린 것이다. 오랫동안 서커스단에서 함께 일한 동료이기에 알 수 있는 감각이었다.
아마 그 정도로는 저 괴물을 죽일 수 없을 것이다. 추락해도 아무렇지 않으리라. 고도가 떨어지는 것도 순간일지 모른다.

하지만 그 순간이 중요했다.

본래 오토바이는 공중을 나는 물건이 아니다. 하지만 점프 대만 있으면 쿠와이는 오토바이를 공중으로 띄울 수 있다. 그것도 정확하게 궤도를 계산해 원하는 장소에 도달할 수 있다.

이 순간에 리지가 그 박쥐의 날개를 잘라낸 것은 내게 보내는 신호인 것이다.

박쥐는 날개를 펄럭이면서 비틀거렸다.

대강 목표를 정하고 돌진하는 수밖에 없다. 공중에서의 궤도 수정은 어려우나 쿠와이의 기술이라면 조금은 가능하다.

액셀을 최대한 밟아 전속력으로 널빤지 위를 타고 올라 공중으로 날아올랐다.

다행히 박쥐는 위를 올려다보느라 쿠와이를 보지 못했다.

이대로 가면 격돌할 수 있겠어.

만약 저 괴물이 격돌에 견딘다 해도 어느 정도 타격은 받을 것이다. 그 기회를 최대한 활용하자. 의자든 뭐든 좋으니까 두들겨 패서 움직이지 못하게 하자.

괴물은 갑자기 얼굴을 정면으로 돌렸다.

쿠와이와 눈이 마주쳤다.

이제는 늦었어. 더는 도망칠 수 없다고!

박쥐는 한쪽 날개만 고속으로 펄럭이면서 오토바이의 궤도에서 멀어지려 했다.

쿠와이는 몸을 내밀어 중심을 이동해 괴물에 명중하도록 오토바이 궤도를 수정했다.

하지만 흡혈귀의 이동 속도는 상상보다 빨랐다. 이대로 가면 바로 옆을 스칠 뿐이었다. 일단 땅에 착지해 자세를 고치는 동안에 괴물은 다시 상승할 것이다.

이 기회를 놓쳐선 안 돼.

쿠와이는 한 번도 해본 적 없는 기술에 도전하기로 했다. 실패한다면 다음은 없다. 하지만 하지 않아도 어차피 다음은 없다.

박쥐는 더 이동해 오토바이의 궤도에서 완전히 멀어지고 말았다.

더는 망설일 상황이 아니었다.

쿠와이는 오토바이의 본체를 차면서 공중으로 튀어나갔다. 작용과 반작용의 법칙으로 오토바이의 궤도가 완전히 휘었다.

쿠와이의 몸도 낙하면서도 여러 번 회전했다.

오토바이의 앞바퀴는 괴물의 명치 부근에 닿았다.

흡혈귀에게 어느 정도의 힘이 있는지는 모르겠으나 질량은 오토바이 쪽이 훨씬 크다. 그대로 공중을 돌진한 후 낙하해 박쥐 여자를 원형 무대 위에서 내리꽂았다.

흡혈귀와 오토바이는 그대로 일단 튀어 올랐다가 다시 떨어졌다.

쿠와이도 원형 무대 위로 떨어졌지만 몸을 계속 굴려 충격을 분산했다.

흡혈귀는 어떤 방어 태세도 취하지 않고 불안정한 자세 그대로 원형 무대에 부딪혔다가 몇 미터 미끄러졌다. 오토바이는 한 번 더 튀어 올라 괴물 여자 위로 떨어졌다. 차축이 뒤틀렸는지 무시무시한 마찰음을 낸 후 시동이 꺼졌다.

쿠와이는 일어났다. 온몸이 세게 부딪쳤으나 뼈가 부러진 것 같진 않았다. 손발이 저렸으나 걸을 수는 있었다.

"쿠와이, 저 녀석이 움직이지 못할 때 도망쳐!" 진이 절규했다.

고마워, 진. 하지만 녀석에게 결정타를 먹여야 해.

쿠와이는 다리를 질질 끌면서 오토바이 쪽으로 향했다.

박쥐 여자도 다시 일어나려 하고 있었다.

몸 위의 오토바이 차체를 움켜쥐고 공중으로 내던졌다.

오토바이는 몇 미터 공중을 날아 바닥과 충돌했다.

쿠와이는 오토바이 쪽을 보지 않고 똑바로 흡혈귀의 얼굴을 노려봤다.

"너, 왜 도망치지 않지?!" 사람 같지 않은 목소리가 울렸다.

"아직, 너를 죽이지 못했으니까." 쿠와이는 주머니를 뒤졌다.

박쥐 여자는 쿵쿵 냄새를 맡았다. 그리고 자기 손을 얼굴 앞에 들어 올렸다.

뚝뚝 물방울 같은 게 떨어졌다. 액체가 그녀를 중심으로 바닥에 넓게 퍼져 있었다.

흡혈귀는 쓰러진 오토바이를 봤다.

"휘발유 뚜껑을 열고 돌진했어?"

쿠와이는 대답하지 않았다. 상의와 바지 주머니를 뒤졌다.

"처음부터 녀석들과 연계할 계획이었나? 아니면 어떤 방법으로 순식간에 연락을 취했나?"

둘 다 아니었다. 쿠와이는 오토바이 옆으로 오게 해 어떻게든 휘발유를 뿌리겠다는 조잡한 계획을 세웠을 뿐이고, 오토바이로 돌진할 생각은 아니었다. 그리고 리지는 쿠와이가 오는 걸 보고 공중에서 오토바이를 충돌시킨다는 작전을 생각해냈을 뿐, 휘발유를 뿌린다는 건 생각지도 못했을 것이다. 오토바이를 충돌시키면서 휘발유를 뿌린 것은, 완벽한 우연의 산물이었다. 하지만 그게 효과를 발휘한 듯했다.

빨리 불을 붙여야지. 지금, 할 수 있는 일은 그것뿐이야.

쿠와이는 계속 주머니를 뒤졌다.

그런데, 없다.

"못 찾았나 봐." 흡혈귀가 말했다.

쿠와이는 초조해지기 시작했다.

왜 없지?

"네가 찾는 게 이건가?" 괴물은 다리로 바닥에 떨어진 라이터를 가리켰다.

쿠와이는 전율했다.

왜 저게 저기 있지?

"네가 오토바이에서 날아갈 때 네 옷에서 떨어졌어. 정말 한심한 얘기야. 애써 세운 작전이 이런 사소한 실수로 날아가다니."

틀렸어. 이길 수 없어. 어쩌지? 도망칠까? 진 일행을 놔두고? 하지만 여기 있어봤자 셋 다 죽을 뿐이야. 혼자 도망쳐? 그런 짓을 하고 앞으로 잘 살 수 있을까? 그보다 이 괴물에게서 도망치는 게 가능이나 할까?

쿠와이는 공포와 의무감에 사로잡혀 한 걸음도 움직일 수 없었다.

"너희들은 괜한 발버둥을 쳤어." 흡혈귀는 라이터를 주웠다. "온갖 방법을 동원해 살아남으려고 했네. 하지만 결과는 어떻지? 결국 연장한 시간은 1분 남짓이야. 그 대신 내 육체를 손상시키고 옷을 더럽혀서 나를 더 화나게 했지. 너희들에게는 어떤 득도 없었어. 아무 짓도 안 했으면 곱게 죽었을 텐데 나를 화나게 했으니까 쉽게 끝나지는 않을 거야." 그렇게 말하고 라이터를 움켜쥐어 부수어 버렸다.

라이터 기름이 바닥에 떨어져 휘발유와 섞였다.

"어떻게 죽여줄까? 오토바이 여자야?" 흡혈귀가 말했다.

그 말은 나부터 죽이겠다는 건가? 그렇다면 저 둘은 도망칠 기회가 있을 거다. 지금 도망쳐.

"너희들도 죽일 거니까 거기 가만히 있어." 박쥐는 그네에 매달려 있는 둘에게도 말했다.

"쿠와이…… 들……려?" 리지가 힘없이 말했다.

"말하지 마. 체력을 소모할 뿐이야." 쿠와이가 말했다.

"내 오른팔 말인데…… 주워주지…… 않을래?" 리지는 후, 하고 연기를 내뱉었다. 어느샌가 담배를 피우고 있었던 모양이다.

"무슨 소리야?"

"아주 깔끔하게 잘려서 빨리 병원에 가면 붙일 수 있을 것 같아서."

"리지, 지금 팔에 집착할 때가 아니야. 우선 목숨을 지킬 생각을 해야지."

"물론 생각해…… 그러니까 부탁해…… 가능하면 말이야."

리지는 괜찮은 걸까? 팔이 잘린 충격에 정신이 나간 걸까?

"리지, 지금 무슨 말을 하는지 알아?"

"알아. 아아. 너는 모르겠구나. 그리고 거기 있는 캐터피라라는 거지 같은 흡혈귀도."

캐터피라는 이를 드러내고 분노의 표정을 지어 보였다.

"당장 너를 죽여줄게."

"하지만 신경 쓰지 않아도 돼. 이제 1, 2초면 알 테니까." 리지의 입이 홀쩍 벌어졌다.

피우던 담배가 툭 떨어졌다.

캐터피라보다 쿠와이가 먼저 그 뜻을 알아차렸을지 모른다. 하지만 그녀는 순간 꼼짝하지도 못하고 떨어지는 담배를 보고 있었다.

그리고 마침내 담배가 바닥에 도달했다.

"아!" 쿠와이는 기어이 소리를 내고 말았다.

그 소리를 들은 캐터피라가 쿠와이의 시선 끝에 있는 걸 확인했다. 하지만 그때는 이미 늦었다.

아마 리지는 휘발유가 퍼져 자기 바로 아래까지 올 때까지를 기다렸을 것이다. 휘발유에 닿는 순간, 불은 휘발유가 퍼진

범위 전체를 덮쳤다.

캐터피라는 날아올라 피하려 했으나 불의 추격 속도가 더 빨랐다.

날개의 바람 압력으로 불꽃이 성대하게 일어나 캐터피라의 온몸을 덮었다.

"꺄아아아아악!!" 그 절규는 쿠와이가 평생 한 번도 들은 적 없는 소리였다. 마치 바늘을 엮어 만든 천을 찢는 듯한, 무수한 금속들의 마찰음이 섞인, 이 세상의 소리라고는 생각할 수 없는 불쾌한 소리였다.

캐터피라는 화염에 휩싸인 채, 마치 쏘아 올린 불꽃놀이처럼 수직으로 급상승했다.

쿠와이는 흡혈귀가 그대로 상공에서 폭발하길 기대했지만 물론 그런 일은 일어나지 않았다.

캐터피라는 수백 미터 고도까지 상승한 후 살충제를 뒤집어쓴 파리처럼 공중을 빙빙 날아다니다가 낙하하기 시작했다.

쿠와이는 서둘러 무기가 될 만한 걸 찾았다.

하지만 고도 50미터 근처까지 낙하했을 때 캐터피라는 갑자기 수평으로 진로를 바꿔 숲 쪽으로 돌진했다. 숲속에 들어간 순간, 높이 100미터는 될 듯한 거대한 불기둥이 일어나더니 천둥 같은 소리가 울렸다. 나무 몇 그루가 넘어졌을지 모르겠다. 몇 초 후 커다란 화염은 잦아들었으나 깊은 숲속에서는 여전히 설핏 붉은 불빛이 보였다.

이대로 가면 삼림 화재로 번질 수 있겠어. 하지만 우선은 여기 불부터 꺼야지.

쿠와이는 소화기를 찾았다. 마술이나 맹수 사육 쇼에서 불을 이용할 때가 많아 소화기는 회장 여기저기에 반드시 비치해둔다.

수화기를 찾고 있는데 원형 무대 끝에 피 칠갑한 물체를 발견했다. 활활 타오르는 불꽃까지 불과 20센티미터쯤 남은 거리였다. 그게 리지의 절단된 팔임을 깨달은 쿠와이는 미끄러지듯 달려가 타기 직전에 간신히 주웠다. 팔을 의자 위에 놓고 소화기를 들어 화염을 향해 분사했다.

바로 진화되기 시작했다.

"쿠와이, 혹시 손이 비면 우리도 좀 도와줄래?" 진의 힘없는 목소리가 들렸다.

쿠와이가 소리 나는 쪽으로 고개를 돌리니 둘은 여전히 그네에 매달려 있었다.

진은 완전히 피로에 지친 모습으로 리지의 몸통을 다리에 끼고 있었다. 리지는 의식이 있는지 없는지 고개를 축 늘어뜨리고 있었다.

쿠와이는 서둘러 바닥에 떨어진 부러진 막대기를 주워 기둥으로 올라가 그네를 끌어당겼다.

진은 간신히 혼자 내렸다. 리지는 밧줄로 몸을 고정하고 쿠와이가 업어 내렸다.

진은 땅에 내려서자마자 바닥에 나뒹굴렀다.

쿠와이는 리지를 내려놓자마자 상처 상태를 확인했다.

"상처가 심하네. 바로 지혈해야겠어." 쿠와이는 자기 옷을 찢어 붕대 대신 감았다. "게다가 몸 여기저기에 꽤 심한 화상을 입었어."

"그 괴물 여자만큼은 아니겠지만, 우리도 꽤 불에 노출되었으니까." 진은 고통에 얼굴을 찡그렸다.

"너도 화상이 심해. 다른 상처는?"

"몰라. 갈비뼈가 몇 개 부러진 것 같아. 몸속이 아주 아파. 어쩌면 내장이 다쳤을 수도 있어."

"어쨌든 구급차를 불러야겠어." 쿠와이는 리지의 절단된 팔을 진에게 건넸다. "구급차가 오면 이것도 건네. 사실은 얼음물 같은 데 담가놓는 게 좋은데 지금 여기에는 없으니까."

"너, 어디 가려고?"

"숲 쪽."

"왜?"

"삼림 화재로 번지지 않았는지 확인해야 해. 게다가 그 흡혈귀…… 뭐라고 했지?"

"캐터피라."

"캐터피라가 정말 죽었는지 확인할 필요도 있어."

"위험해."

"만약 그 녀석이 살아있으면 더 위험해. 게다가 너희들은 이제 싸우지도 못할 것 같고."

"나는…… 아직…… 할 수 있다고." 리지가 신음하듯 말했다.

"그럼 내가 당하면 그때 부탁할게." 쿠와이가 서둘러 일어났다. "구급차가 오면 나를 기다리지 말고 가." 쿠와이가 자리를 떠났다.

"쿠와이는…… 휴대전화가 연결되지 않는다는 걸…… 모르나 봐."

"그러네." 진은 바닥에 앉아 리지의 머리를 자기 무릎에 올렸다. "말해봤자 걱정할 것 같아 말하지 않았지."

"진, 꼭 말해야…… 하는 게 있어."

"나중에 천천히 들을게."

"그 여자…… 말이야. 장이 객석에 있었다고 했던…….'

"그거라면 이제 신경 쓰지 않아도 돼. …아니면 그 여자와 살고 싶다는 거야? 그럼 내가 떠날게."

"아니야. ……걔는 사촌이야. 우연히 근처에서 만났어. 그래서 보러 왔고."

"어머, 그랬어?" 진은 미소지었다.

"정말이야. 변명처럼 들릴 것 같아서 지금까지 그냥 있었어. 녀석은 여동생……같은 사이야."

"그렇구나. 하지만 상대는 오빠로 여기지 않을 수도 있지."

"녀석이 어떻게 생각하든 나와는 관계없어." 리지는 왼손으로 진의 손을 꼭 잡았다. "저기…… 팔 말이야…… 시간이 많이 지나도…… 붙을까?"

"붙지 않을까?"

"공중그네…… 할 수 있을 정도로…… 될까?"

"물론이지. 만에 하나 붙지 않더라도 너라면 한 팔로도 할 수 있을 거야."

리지는 딱딱한 웃음을 지었다.

진은 리지의 이마에 입을 맞췄다.

리지는 눈을 감고 더는 말하지 않았다.

14

탈출 마술에 실패해 관 속에서 의식을 잃은 후, 란도는 조용한 방에 누운 상태로 의식을 찾았다.

아야미와 피에로, 다른 단원들이 란도를 둘러싸고 걱정스럽게 바라보고 있었다.

아아. 나, 죽었구나. 곧 장례식이 시작되겠네. 지금, 관 속에 있구나. 그 관을 그대로 쓰면 될 텐데 다들 기분 나쁘다고 하겠지.

"잠깐, 랜디가 눈을 떴어!!" 쿠와이가 소리쳤다.

사체인데 눈을 뜨고 있으면 이상한가.

란도는 눈을 깜빡였다.

사체가 눈을 깜빡이면 다들 놀라겠네. 소동이 날 수도 있겠어.

"어이. 정신이 들었으면 뭐라고 말 좀 하는 게 어때?" 비스트리가 어깨를 흔들었다.

기침이 나왔다.

"고타로, 대답해!!" 아야미가 소리쳤다.

란도는 좌우를 봤다.

관은 아니네. 여긴 병실 침대야.

"나 살았어?" 란도가 소리 내어 말했다.

아야미는 안심한 듯 울음을 터뜨렸다.

"쿠와이가 오토바이로 관 위에 올라타 뚜껑을 깼어. 그 후 슈티가 물에 뛰어들어 너를 끌어냈어." 피에로가 말했다. "관을 끌어 올린 다음 뚜껑을 부수려면 몇 분이나 걸렸을 거야."

"왜 뚜껑이 열리지 않았지?"

"그야 못으로 박았으니까 그렇지." 슈티가 대답했다.

"아니야. 못은 제구실하지 못했을 텐데. 뚜껑이 두꺼워서 못이 다 박히지 않아."

"그건 네 생각이지. 못은 뚜껑을 관통했어."

"그럴 리가……."

"뚜껑 두께가 부족했어." 피에로가 말했다. "뚜껑은 일단 사용하면 못 구멍이 생겨서 매번 새 걸 사용하잖아. 대량 주문한 것 중에 불량이 끼어있었던 거야."

"말도 안 돼. 내가 설계도까지 다 넘겼는데……."

"네 설계는 틀리지 않았어. 하지만 설계를 과신해서 완성품을 검사하지 않았지." 슈티가 말했다.

란도는 경악했다.

자신은 완벽한 계획을 세울 수 있는 사람이라고 생각했다. 장치 설계도 작업 일정도 완벽했다. 1초의 어긋남도 없이 연출할 자신이 있었다.

그런데 그것만으로는 안 되는 거였어.

모든 게 예상대로 진행되기는 어렵다. 아무리 완벽한 계획을 세우더라도 반드시 뜻밖의 요소가 섞이게 마련인데, 란도처럼 자신의 계획에 절대적인 자신을 가진 인간이야말로 뜻밖의 사건에 약한 법이다. 너무나 치밀하게 계획을 세워서 전혀 빈틈이 없기에 조금의 변경도 불가능한 것이다.

"업자에게 손해 배상을 청구해야겠어." 란도는 신음하듯 말했다.

"그건 네 자유지만, 업자가 들어줄 리 만무하지. 뚜껑 두께에서 실수한 것뿐이니까."

"하지만 그 실수 때문에 내 목숨이 위험해졌잖아."

"업자에게 생명과 관련된 부품이라고 했어?"

"그건…… 마술 아이디어와 관련된 부분이라……."

"그렇다면 그 요구는 부당해. 그저 일반적인 널빤지라고 생각해 납품했는데 사실은 인명과 관련된 일이었다고 배상하라고 하는 건."

맞는 소리다. 슈티는 정론을 말하고 있다. 분명히 납품업자는 실수를 저질렀고 그건 당연히 비판받아야 한다. 하지만 인명과 관련된 일이라고 생각하지 못한 점을 뭐라 할 순 없다.

인명과 관련된 일이란 걸 알았던 사람은 란도였다. 그런데도 란도는 인명과 관련된 도구의 점검을 게을리 했다.

이번에는 자신의 목숨을 위험에 빠뜨렸으나 자칫 잘못했으면 타인의 생명을 빼앗을 수도 있었다. 설계를 제대로 했다고 해도 죄를 면할 수는 없다.

"뭐, 이제 됐잖아?" 피에로가 말했다. "이번에는 무사했으니, 앞으로 조심하면 되지."

"아아, 그렇지." 란도도 자신을 타일렀다. "이제부터 조심해야지."

조심하면 돼.

"또 재?" 아야미는 어이없다는 듯 말했다.

"최종 확인이야." 란도는 아들자(vernier, 길이나 각도를 정밀하게 잴 때 쓰는 자)로 널빤지의 두께를 재고 있었다.

깊은 밤, 서커스단의 공연 텐트에서 란도는 장치를 전부 내놓고 각 부분을 다시 살피는 중이었다.

"벌써 열 번째 최종 확인인데?"

"조금 마음에 걸려."

"이제 조립하지 않으면 내일 공연에 시간이 안 맞아."

"내일은 사고 후 첫 공연이야. 다들 주목하고 있다고. 절대로 실패할 수 없어."

란도는 못을 늘어놓고 그 길이도 쟀다. 그리고 한동안 널빤지와 못을 비교했다.

"이제 성이 차?"

"아니. 좀 마음에 걸려."

"아무리 봐도 못이 널빤지 두께보다 짧아."

"착각일 수도 있어." 란도는 그렇게 말하고 갑자기 널빤지에 못을 박기 시작했다.

못을 완전히 다 박았는데도 널빤지를 관통하지는 않았다.

"이 널빤지는 괜찮은 것 같네."

"그런데 못을 박아버렸으니까 마술에는 사용할 순 없어."

"이 널빤지와 같은 두께의 널빤지가 있으니까 괜찮아……
잠깐만. 정말 같은 두께일까?"

"그렇게 의심하다가 결국에는 못을 박아버리잖아? 벌써 열
장째야. 본 공연에서 쓸 널빤지가 없어져. 적당히 좀 해."

"아아. 그렇지. 그럼 못은 박지 말고 대신 각 부분을 다시 측
정해야겠다. 모양도 다시 확인해야지."

"확인도 중요한데 잠을 자두지 않으면 숨도 제대로 못 쉬
겠다."

"맞다! 숨이 있지? 숨을 멈추는 연습도 해야지."

"됐어. 너는 충분히 숨을 멈출 수 있어. 오늘 낮에도 시험했
잖아."

"지금은 안 될 수도 있어."

란도는 바닥에 설치된 풀 속에 머리를 집어넣었다.

아야미는 서둘러 끌어냈다.

"너, 뭐 하는 거야?"

"확인이야. 숨을 멈출 수 있는 시간을 다시 재는 거야."

"그러니까 벌써 몇 번이나 쟀잖아?"

"나는 지금의 상황을 이해하고 싶어." 란도는 다시 고개를
들이밀었다.

아야미는 다시 끌어내려 했으나 본인이 받아들이지 않으면 같은 일을 되풀이하리라는 사실을 깨닫고, 그냥 지켜보기로 했다.

2분 반 후, 란도는 물속에서 고개를 들고 시계를 확인했다. 헉헉거리며 고통스러운 듯 숨을 쉬었다.

"봐. 괜찮잖아?"

"괜찮지 않아. 전에는 3분 이상 숨을 참을 수 있었다고."

"그야 몸 상태가 좋을 때지. 2분 반이나 참았으니까 충분하지. 달랑 30초 적은 거야."

"얼마 전, 만약 쿠와이와 슈티가 도와주는 게 30초 늦었으면 나는 죽었을 거야."

"그야 모르는 일이지."

"다시 연습해야지." 란도는 다시 머리를 풀에 넣었다.

이번에는 2분 만에 참을 수 없었다.

"점점 짧아져……." 란도의 얼굴이 창백해졌다.

"연달아 숨을 참으니 그게 당연하지."

"그래선 안 돼. 완벽해야만 해." 란도는 다시 풀에 고개를 처박았다.

아야미는 서둘러 란도의 몸을 잡아당겼는데 란도는 아야미를 뿌리치고 또 물속에 고개를 넣었다. 그리고 1분 30초 만에 얼굴을 내밀고 콜록콜록 격렬하게 기침하기 시작했다.

"봐. 계속하니까 기관지에 물이 들어오잖아."

"아니야. 네가 방해했잖아!"

"뭐?"

"내가 연습하고 있는데 왜 방해해?!"

"나는 너를……."

"랜디, 적당히 좀 해!" 언제부터 보고 있었는지, 슈티가 다가왔다. "언제까지 아야미에게 응석을 부릴 참이야!"

"나는 내가 할 일을 할 뿐이야!" 란도는 반론했다. "나는 저번에 실패했어. 두 번 다시 실패할 수 없어."

"네 마음은 알아. 무대에서 실패하면 누구나 자신감을 잃고 예민해지지. 하지만 너는 상식을 벗어났어. 일단 진정하고 다시 생각해."

"내 아이디어는 완벽해. 하지만 이상대로 실현할 수 없었어. 얼마 전의 실패는 그게 원인이었던 거야. 내 정신은 괜찮아. 완벽을 추구하지 않았던 내가 잘못인 거지."

"랜디, 그런 생각은 위험해. 아무리 노력해도 절대로 완벽해질 순 없어."

"자, 봐." 란도는 풀로 뛰어들었다.

아야미는 란도를 끌어내기 위해 곧장 풀로 들어가려고 했는데 슈티가 제지했다.

"녀석은 수없이 계속할 거야. 실컷 하라고 해."

1분, 2분…….

"아까보다 길어."

"슬슬 준비하는 게 좋아."

3분이 지났다. 그런데도 란도는 움직이지 않았다.

아야미는 도우러 뛰어들려 했다.

슈티가 또 말렸다.

"아직이야."

란도는 물속에서 부글부글 거품을 물었다. 여전히 움직이지 않았다. 몸이 경직되는 듯 보였다.

다음 순간, 아야미가 움직이는 것보다 먼저 슈티가 뛰어들더니, 란도를 들어 올려 바닥에 내던졌다.

란도는 움직이지 않았다.

"고타로!" 아야미가 달려왔다.

물속에서 뛰어나온 슈티는 란도의 명치 언저리를 눌렀다.

란도의 입과 코에서 물이 뿜어져 나왔다.

그대로 몸을 웅크리고 콜록콜록 기침해댔다.

"너, 도대체 뭐 하는 짓이야?" 슈티가 경멸하는 표정으로 말했다. "몇 번이나 물에 빠져야 성이 차겠냐? 늘 내가 도와줄 수는 없잖아!"

"전부 계획대로 해야만 해. 나는 절대 실패할 수 없어. 그러니까 뭐든 완벽해야 해!" 란도는 바닥에 쓰러진 채 콧물을 흘리면서 말했다. 그리고 훌쩍훌쩍 울기 시작했다.

"네가 실패했던 이유를 알려줄까?"

란도는 계속 울었다.

"과신이야. 너는 자신을 너무 믿었어." 슈티는 그대로 텐트에서 나가버렸다.

아야미는 내내 우두커니 서있었다.

15

숲속이 확 밝아졌다.

비스트리와 기프티는 빛이 나는 쪽을 바라봤다.

벌겋게 빛나고 있었다. 공연 텐트 주변이다.

"불이 났나?" 기프티가 불안하게 말했다.

"몰라." 비스트리는 고개를 저었다.

아까부터 온통 모르는 것뿐이었다.

빛 속에서 불덩어리가 솟아올라 상승하면서 공중을 붕붕 날아다니는가 싶더니 이번에는 고도를 낮춘 후 기프티와 비스트리가 있는 숲속과는 다른 곳을 향해 날아갔다. 착지점으로여겨지는 언저리에서 몇 초 정도 요란한 소리와 함께 커다란불꽃이 타올랐다.

"지금 뭐야?"

"모르겠는데 가까이 가지 않는 게 낫겠어." 비스트리는 대답했다.

"다가가지 않는 게 좋다고 해도 어디로? 불 난 데? 숲속의 불덩이?"

"둘 다. 그 괴물과 관련 있으면 우리는 어쩔 도리가 없잖아."

"정말 그럴까? 만약 저기서 단원 중 누가 흡혈귀와 싸우고 있다면? 도와주러 가야 하지 않나?"

"봤잖아. 그 괴물은 화살을 맞고도 죽지 않았어. 그리고 맨손으로 던진 화살이 나무를 쓰러뜨렸어. 서커스 단원이 어떻게 할 수 있는 게 아니라고."

"그럼, 누구라면 어떻게 할 수 있는데?"

"아마도 경찰이나 군대겠지."

기프티는 스마트폰을 꺼냈다. "역시 신호가 안 떠."

"흡혈귀가 무슨 짓을 했을지 몰라. 어쨌든 지금은 도망치는 일만 생각하자." 비스트리는 숲 위쪽을 둘러보면서 말했다.

"도망친다고 해도 녀석들은 날아다닌다고. 게다가 다리도 빠른 것 같던데…… 뭘 봐?"

"이 숲이지."

"계속 숲이었는데."

"숲의 존재는 알고 있었지만, 도피처로는 생각하지 못했어."

"도피처?"

"흡혈귀는 우리가 땅을 걷거나 달려서 도망치리라 생각하지 않을까?"

"그야 당연하지. 실제로 지금 땅에 있잖아."

"만약 우리가 나무를 타면 나뭇잎에 가려 발견하기 힘들지 않을까?"

"확실히 그럴 수도……. 아니야. 안 돼. 녀석들은 날아다녀. 나무 위에 있다가 발견되면 도망갈 방법이 없어."

"다른 사람이라면 그렇지. 하지만 우리는 달라."

"무슨 소리야? 우리라고 날아다닐 수는 없어. 리지와 진이라면 공중을 날 수 있을지 몰라. 하지만 그것도 그네가 있을 때 얘기지."

"우리도 날아. 그물에서 그물로 옮겨 다니는 기술을 쓴 적이 있잖아?"

"전에는 그랬지. 하지만 최근에는 의자를 쌓는 기술이 중심이잖아."

비스트리는 나뭇가지를 올려다봤다.

"우리라면 나뭇가지 위를 달려서 옆의 나무로 옮겨갈 수 있어."

"그거 제정신으로 말하는 거야? 그런 기술은 해본 적 없어."

"가능해. 기본적으로는 서커스 기술과 같아."

"서커스 장비는 늘 같은 크기야. 간격도 일정하지. 하지만 자연 속 나무는 나뭇가지 굵기도 길이도 저마다 달라."

"그거야 오랫동안 닦아온 감으로 보충해야지."

"그거 너무 말도 안 되는 소리란 거 알아? 게다가 오래라고 해도 네 경력은 그리 길지 않아."

"말도 안 되는 상대에게는 말도 안 되는 방법을 사용하지 않으면 이길 수 없어. 기프티 누나 정도는 아니라도 나도 그럭저럭 베테랑이야." 비스트리는 숲속으로 더 나아갔다. "여기는 원시림이 아니라 사람이 꽤 손질해놨어."

"어떻게 알아?"

"봐. 여기서부터는 그다지 큰 나무가 없잖아."

"그러고 보니 그러네."

울창한 숲속에 갑자기 광장 같은 장소가 존재했다. 거기에는 키가 2, 3미터인 비교적 낮은 나무가 줄지어 서있었다.

"키 높이가 일정한 것은 같은 시기에 일제히 심었다는 소리야."

"그게 왜?"

"여기를 잘만 이용하면 어떨까. 주위가 훤히 보이니까 이리로 흡혈귀를 끌어내면 어때? 우리가 키 큰 나무가 있는 숲속에 있으면 상대에게는 보이지 않아."

"그렇게 잘 될까? 뭐 좋다고 흡혈귀가 이런 데 가만히 있겠어?"

"그건 지금 생각 중이야. 일단 나무를 타자." 비스트리는 재빨리 근처에 있는 나무를 오르기 시작했다.

"잠깐. 내가 먼저 오를게. 네가 먼저 타면 위험하니까." 기프티는 비스트리를 추월해 먼저 나무를 오르기 시작했다.

나무 위까지 오르자 달빛에 의존해서 숲 전체를 어렴풋하게나마 둘러볼 수 있었다. 눈에 보이는 것은 나무뿐으로, 서커스단원의 모습도 흡혈귀의 모습도 보이지 않았다. 불꽃 같은 것도 사라진 듯했다.

"좋아. 옆의 나무로 옮겨보자. 가능한 소리를 내지 않도록 조용히."

비스트리는 나뭇가지 끝을 향해 아주 능숙하면서도 잽싸게 이동했다.

나뭇가지가 얇아지자 살짝 휘기 시작했다.

비스트리는 일단 멈춰 숨을 들이쉬고 도움닫기 없이 도약했다. 살짝 부스럭 소리가 났으나 옆에 있던 나뭇가지를 잡을 수 있었다. 그대로 기프티에게 손짓했다.

기프티는 한숨을 내쉬고 비스트리의 뒤를 쫓아 나뭇가지에서 도약해 같은 나무의 다른 가지에 안착했다. 기프티의 도약은 너무나 훌륭해 소리가 거의 나지 않았다.

"음. 아주 잘될 것 같아." 비스트리는 만족스럽게 말했다.

"무슨 소리야? 이거 전혀 잘되지 않았어." 기프티는 짜증을 내며 말했다. "걷는 게 무조건 빨라. 나무에서 나무로 옮겨 다니려면, 어떤 가지에서 어디로 옮겨야 할지, 어떻게 하면 소리를 내지 않을지, 생각할 게 너무 많아."

"좀 더 연습하면 빨리 이동할 수 있을 거야."

"우리가 새 연기를 완전히 익히는 데 몇 개월이 걸리는지 알아? 이 숲속에서 몇 개월씩 연습할 생각이야?"

"아니. 손님에게 보여주려는 게 아니니까 멋지게 완성할 필요는 없어. 그저 잽싸게 날아다니는 것뿐이야. 그러니까 자세를 신경 쓸 필요는 없으니까 하룻밤이면……."

"하룻밤? 하룻밤 내내 여기서 다람쥐처럼 나무 타는 연습을 하자고?"

비스트리는 대답하지 않았다.

"잠깐, 내 말 듣고 있어?"

"쉿!" 비스트리는 입술에 검지를 댔다. "저걸 봐."

비스트리가 가리킨 쪽을 보니, 조금 전 키 작은 나무들이 있는 광장 너머 부근을 걷는 사람이 보였다. 거리로 따지면 5, 60 미터쯤일까. 소녀처럼 보였다.

"저렇게 작은 아이 혼자는 위험해. 같이 데리러 가자." 기프티는 나무에서 내려가려 했다.

"잠깐만." 비스트리가 기프티의 손을 잡았다.

"왜?"

"여자아이 혼자 숲속을 걸어 다니다니 이상하지 않아?"

"이상하다고 하면 이상하지. 하지만 우리도 심야의 숲에 와서 나무를 탔잖아."

"대장과 랜디는 여자아이 흡혈귀를 봤다고 했어."

"설마, 저 여자아이가 흡혈귀라고?"

"절대 아니라는 법도 없잖아."

"하지만 저 아이가 평범한 인간이라면 흡혈귀의 먹이가 될 수도 있어."

비스트리는 잠시 생각했다.

"알았어. 그럼 나 혼자 저 아이를 도우러 갈게."

"왜 혼자 가? 나도 갈게."

"만약 저 아이가 흡혈귀면 둘 다 죽어. 혼자 가면 한 명만 희생되고 끝나."

"그럼 내가 갈게. 너는 여기 있어."

"잘 들어. 나보다 누나가 아크로바틱 실력이 좋아."

"그게 왜 지금?"

"만약 우리가 흡혈귀를 상대할 방법이 있다면 그건 아크로 바틱 기술을 이용하는 걸 거야."

"그래도 상대가 될 것 같진 않은데."

"나는 가능성을 얘기하는 거야. 괴물을 상대하려면 우리 장 기를 쓰는 수밖에 없어. 물론 그래도 상대가 되지 않을 수도 있겠지. 하지만 그건 어쩔 수 없는 거잖아."

"알았어. 그건 알겠어."

"만약 저 아이가 평범한 인간이라면 이리로 데려올게. 그리 고 셋이 도망치자. 저 아이는 나뭇가지에서 가지로 옮겨 다닐 수 없으니까 걸어서 도망쳐야 할지 모르겠지만."

"거기에 불만은 없어."

"그리고 만약 저 아이가 흡혈귀라면 나는 죽임을 당할 수 있 어. 잡힐지도 모르고. 그때는 혼자 도망쳐."

"도우러 와달라는 게 아니고?"

"당연하지. 뛰어난 아크로바틱 능력이 있는 누나니까 혼자 도망칠 가능성이 있는 거야. 누나가 저 여자아이에게 갔다가 당하면 나 혼자는 도망치지 못해."

"칭찬으로 나를 막겠다고? 네 실력도 만만치 않아."

"그렇게 생각하면서 왜 서커스단 나가는 문제는 내게 상의 하지 않았어?"

"아직도 그것 때문에 꽁해있니?"

"그게 아니야. 나는 아직 실력이 부족해. 누나의 상대로는 부족하지."

"상대? 물론 안 되지만."

"그런 의미의 상대가 아니라……." 비스트리는 우물거렸다.

기프티는 비스트리의 말뜻을 이해했는지 얼굴을 살짝 붉혔다.

"어쩐지 한껏 추켜세워진 것 같네. 뭐, 됐다. 너 혼자 가겠다는 건 동의해."

"그럼 됐어."

"하지만 만약 네가 잡히면 도우러 갈 거고 살해되면 원수를 갚을 거야."

"무슨 소리야? 그런 짓을 하면 둘 다 개죽음이야."

"그게 싫으면 꼭 무사히 돌아와." 기프티는 마치 노려보듯 비스트리를 응시했다. "나는 네 목숨을 여러 번 구했어. 15단이나 쌓인 의자에서 떨어졌을 때도, 와이어가 목을 감아 절단될 뻔했을 때도. 그러니까 절대로 죽게 둘 순 없어. 네 목숨은 내 거라고."

비스트리는 말없이 그녀의 눈을 응시한 후 낮은 목소리로 대답했다. "꼭 돌아올게. 누나가 살려준 목숨을 절대로 헛되이 만들지 않을게." 그렇게 말하고 훌쩍 다른 나무로 뛰어 건넜다. 그리고 다시 다른 나무로 도약해 기프티의 시야에서 사라졌다. 살짝 나뭇가지가 흔들린 기척만이 남았다.

비스트리는 키 작은 나무들이 늘어선 광장을 빙 돌면서 나아갔다. 소녀가 있는 곳까지 10미터쯤 남은 지점에서 나무에서 내려와 만일을 대비해 무기가 될 법한 길이 1미터 정도의 나뭇가지를 주웠다.

물론 이런 것으로 흡혈귀를 쓰러뜨릴 수 있다고 믿지는 않았다. 순간적이라도 정신을 다른 데로 돌려 도망칠 기회를 만들어야겠다고 생각했을 뿐이다.

나무 사이를 조용히 빠져나갔다.

갑자기 눈앞에 나타나면 비명을 지를지 모른다. 조금 떨어진 곳에서 작은 목소리로 부르자.

비스트리는 호흡을 가다듬었다.

아가씨, 나는 이상한 사람이 아니야. 믿기지 않을 수도 있겠지. 하지만 숲속에 어떤 괴물이 배회하고 있단다. 일단 같이 가자.

이러면 될까. 아무래도 따라나설 만한 말은 아닌가. 뭐, 수상하게 여기면 그때 가서 생각하자. 인간임이 분명하면 기프티에게 오라고 해야지. 자, 가자.

"아가씨, 나는……."

소녀의 모습이 없었다.

무슨 일이지? 그건 환상이었나? 아니, 그녀의 존재는 기프티도 확인했다. 그렇다면 무슨 일이지? 설마 흡혈귀에 당했나? 그러나 아무런 기척도 느끼지 못했다. 녀석들은 그렇게 빠른가?

"설마, 이걸로? 진심이야?" 뒤에서 소녀의 목소리가 났다.

비스트리는 공포와 싸우면서 간신히 돌아봤다.

눈앞, 20센티미터쯤 떨어진 곳에 거꾸로 매달린 소녀의 얼굴이 있었다.

비스트리는 너무 무서워 절규를 멈출 수 없었다.

아아. 이게 뭐지. 진짜 괴물이네.

소녀는 거꾸로 매달린 채 공중에 있었다. 그 아름다운 머리카락은 축 늘어져 있었다. 불가사의한 힘이 머리카락에는 미치지 못하는지, 아니면 일부러 그랬는지는 모르겠다. 얼굴은 창백한데 눈에는 광기의 기쁨이 가득했다.

"누나, 도망쳐!! 이 녀석은……." 더는 소리칠 수 없었다.

소녀는 비스트리의 얼굴을 움켜쥐어 입을 벌리지 못하게 만들었다.

"내 이름은 키리피시야." 소녀는 주위에 다 들리도록 일부러 크게 말하는 듯했다. "근처에 아직 누가 있네. 나와."

안 돼. 오면 안 돼.

하지만 비스트리는 낑낑 신음하는 것 외에는 할 수 있는 일이 달리 없었다.

"저기 말이야. 나, 이대로 오빠의 얼굴을 짓이기는 수가 있는데." 키리피시의 손이 마치 바이스처럼 비스트리의 얼굴을 조여왔다.

두개골이 소리를 내며 삐걱거렸다.

키리피시는 슬슬 자세를 바꿔 몸을 회전하더니 직립의 정상적인 상태가 되어, 비스트리와 대면하는 형태를 취했다.

"그런데 말이야, 바로 죽이진 않을 거야." 키리피시가 유쾌하게 말했다. "나, 늘 얘길 듣거든. 생각이 부족하다고. 생각 없이 행동해서 실패한다고. 그래서 이번에는 좀 생각해봤지. 지금, 오빠를 죽이면 숨어있는 녀석이 도망칠지도 모르잖아? 정말 기척을 잘도 숨기고 있네. 기척 살피는 게 내 특기야. 하지만 뛰어난 상대가 의식적으로 기척을 숨기면 어려워. 아니, 오빠를 죽인 다음에 천천히 숲을 뒤지면 되겠지. 하지만 난, 성질이 정말 급하거든. 빨리 찾아내 죽이고 싶어. 그래서 작전을 생각했지."

비스트리는 자신의 머리가 잡아 당겨지고 있음을 느꼈다. 몇 초 후, 다리가 땅에서 떨어졌다. 손가락 틈으로 보니, 키리피시는 그의 얼굴을 잡은 채 상승을 시작한 듯했다.

몸을 움직여 저항하려 했는데 다리가 땅에서 떨어진 순간 너무 고통스러워 도저히 움직일 수 없었다. 전체 몸무게가 목에 실린 것이다. 목 아랫부분과 어깨뼈가 우두둑 소리를 냈다. 당장이라도 부러지거나 빠질 것만 같았다.

비스트리는 자신의 얼굴을 움켜쥔 키리피시의 손을 떼어내려 했다.

아무리 괴물이라도 여자아이였다. 성인의 힘으로 어떻게든 할 수 있겠지.

하지만 그런 생각은 너무 안일했다. 비스트리가 양손으로 키리피시의 손가락을 잡았지만 꿈쩍도 하지 않았다.

지상에서 10미터나 올라갔을 때 갑자기 충격을 받았다.

픽!!

나무 기둥에 냅다 꽂혔다.

구역질이 나왔으나 입이 막혀 토할 수도 없었다.

기회야.

비스트리는 생각했다.

아마도 처음이자 마지막 기회일 거야. 지금, 이 괴물은 이겼다는 생각에 방심하고 있겠지.

비스트리는 간신히 놓치지 않고 있던 나뭇가지를 꼭 쥐었다. 그리고 전력을 다해 키리피시에게 휘둘렀다.

하지만 키리피시는 눈에 보이지 않을 정도의 민첩함으로 나뭇가지를 한 손으로 잡았다.

비스트리는 빼내려고 했으나 꿈쩍도 하지 않았다.

"그건 무리야. 인간은 우리에게 상대가 안 된다고. 물론 엄청난 무기를 들고 집단으로 덮치면 모르겠지만 말이야." 키리피시는 무시무시한 힘으로 비스트리의 나뭇가지를 빼앗았다. "그런데 오빠들, 컨소시엄이 아닌가 봐. 죽을 지경인데 무기가 없다니 이상하잖아? 내가 잘못 봤나 보네. 미안해. ……거짓말이야. 미안하다는 생각은 조금도 없어. 오빠도 자신의 피를 빨든 안 빨든 모기를 보면 죽이잖아. 그런 느낌이라고. 뭐, 굳이 말하자면 피를 빠는 게 우리니까 우리가 모기인가?"

어쩔 셈이지? 여기서 떨어뜨릴 건가? 할 테면 얼른 해.

"그럼 이제부터 내가 하려는 일은 모기 때려잡기가 아니라

낚시인가? 물론 미끼는 오빠야. 오빠 동료를 낚으려고. 맞다. 미끼를 바늘에 끼워야지." 키리피시는 나뭇가지를 휙 돌려 방향을 바꿨다. "따끔할 거야."

그녀는 나뭇가지 끝을 비스트리의 어깨에 쑤셔 넣었다. 지름이 5센티미터는 될 법한 그 가지가 비스트리의 어깨를 관통해 나무 기둥에 깊이 박혔다.

비스트리는 말로 형용할 수 없는 고통을 느꼈다.

키리피시가 비스트리의 얼굴에서 손을 뗐다.

비스트리의 몸이 슬쩍 기울어졌다.

그는 눈을 부릅뜨고 입을 반쯤 벌리고 있었다. 입에서 침이 질질 흘러나오기 시작했다. 너무 고통스러운 나머지 소리조차 낼 수 없었다. 아니, 호흡조차 제대로 할 수 없었다.

"나 정말 냉정하지? 보통은 찌르기 쉽게 몸통 한가운데 박는데 그럼 피가 너무 많이 나와 금방 죽거든. 산 미끼니까 최대한 오래 살아야 해서."

"……도망쳐. ……오지 마……." 비스트리는 잠꼬대하듯 말했다. 고통으로 의식이 몽롱해졌다. 시야도 흐려졌다.

그 흐려진 시야 끝에 움직이는 그림자가 보였다.

비스트리는 그것이 기프티임을 알았다. 아마도 그를 도우려는 거겠지.

안 돼. 이 녀석에게 다가오지 마. 당장 도움을 요청하러 가.

하지만 비스트리는 이제 소리를 낼 수 없었다. 만약 소리를 낼 수 있었더라도 키리피시 앞에서 부를 수는 없었다.

기프티는 나무에서 나무로 옮겨 다니면서 다가왔다.

키리피시가 알아차렸는지 아닌지는 알 수 없었다. 하지만 알아차리지 못했더라도 기프티가 키리피시를 쓰러뜨릴 수는 없었다. 그녀가 지금 해야 할 일은 도움을 요청하러 가는 거였다. 그러나 그녀는 도망칠 생각을 하지 않을 것이다. 눈앞에서 나무에 못 박힌 비스트리를 도와야 한다는 생각뿐일 것이다. 아마도 이 상태가 계속되면, 비스트리는 고통과 출혈로 1시간도 못 되어 숨을 거둘 텐데도. 도움을 요청하러 간 사이에 돌이킬 수 없는 일이 벌어질까 봐 두려운 것이다.

나는 어찌 되든 괜찮아. 누나는 도망쳐.

하지만 비스트리의 생각은 닿지 않았고 기프티는 점점 다가왔다.

"이제 곧 오겠네." 키리피시가 비스트리의 귓가에 속삭였다. "오빠도 보이는 것 같은데? 이제 10초면 이리로 오겠어."

오지 마.

비스트리는 기프티 쪽으로 얼굴을 돌리고 필사적으로 고개를 저었다.

하지만 기프티는 알았는지 몰랐는지 그대로 돌진했다. 이대로 키리피시에게 달려들 작정인 듯했다.

기프티는 그를 돕겠다는 생각에 사로잡혀 완전히 제정신을 잃고 있었다.

어떻게 하면 좋을까.

심각한 고통으로 몽롱한 와중에 비스트리는 기프티를 도울 방법을 열심히 생각했다.

아마도 키리피시는 기프티가 달려들 순간을 파악하고 있을 것이다. 그러므로 그녀의 공격은 효과를 보지 못한 채 키리피시의 반격을 그대로 받게 되리라. 하지만 기프티의 공격과 동시에 나도 키리피시를 공격하면 어떨까? 지금, 이 순간, 키리피시는 내가 공격하리라고는 전혀 생각하지 못할 것이다. 앞과 뒤에서 동시에 공격을 당하면 조금이라도 동요해 틈이 생기리라. 내게는 그 틈을 이용해 키리피시를 넘어뜨릴 만한 힘이 남아있지 않았다. 하지만 기프티라면 할 수 있을지 모른다. 가능성은 아주 낮으나 거기에 모든 걸 거는 수밖에 없었다.

하지만 그 순간은 찾아오지 않았다. 기프티는 숲속에서 갑자기 정지했다.

부스럭부스럭 나뭇잎이 흔들렸다.

"흠. 아줌마는 무슨 꿍꿍이가 있나 봐." 키리피시가 비스트리를 보며 씩 웃었다. "하지만 나는 이제 속지 않아. 조금 전에도 랜더라는 녀석에게 완전히 속아서, 도망칠 필요도 없었는데 도망쳤다고. 저 아줌마는 한심한 작전을 세웠을 텐데 어차피 대단한 것도 아닐 거야. 오빠는 어떻게 생각해?"

비스트리는 대답할 수 없었다. 고통 때문만이 아니었다. 기프티가 이 무자비한 키리피시에게 당한다는 생각에 너무나 두려워 견딜 수 없었다.

키리피시가 비스트리를 나무에 때려 박았을 때, 기프티는 이미 구출을 위해 나무들 사이를 이동하기 시작했다.

그 괴물에게 다가가선 안 되는 거였다. 한 손으로 성인 남자를 들어 올리고 공중으로 떠올라 나무 기둥에 때려 박다니 상상을 초월하는 능력이다. 인간이 이길 수 있는 상대가 아니다. 게다가 그녀는 비스트리를 기프티를 끌어낼 미끼로 생각하고 있다. 기프티가 나타나지 않으면 이용 가치가 없다고 판단하겠지. 무슨 수를 쓰지 않으면 곧 키리피시는 비스트리를 죽일 것이다.

그 전에 내가 저 괴물을 쓰러뜨려야 해.

기프티는 이를 악물었다.

기프티는 남들보다 월등한 자신의 기술을 끝없는 연습의 산물이라고 믿고 있었다. 기프티의 아크로바틱은 관객이 보기에 너무나 무모해 보였다. 하지만 사실은 전혀 달랐다. 그녀는 절대 도박을 벌이지 않았다. 그녀는 하나의 기술이 완전히 자기 것이 될 때까지 끊임없이 연습을 되풀이했고, 눈을 감아도 몸이 저절로 움직일 정도가 되어야 비로소 관객에게 선보였다. 그녀는 스스로 대담하다는 생각은 하지 않았다. 오히려 지극히 겁 많은 사람이라고 여겼다. 그렇기에 본 무대에서 무턱대고 새로운 기술을 시험하는 일 따위는 절대 있을 수 없었다.

하지만 오늘은 예외가 되겠네.

기프티는 큰 결심을 했다.

그녀는 옷을 벗어 찢은 다음 끈으로 만들어 올가미 형태의 덫을 만들었다. 그것과 벨트를 연결해 자신의 몸에서 떨어지지 않도록 했다.

이걸 바지 안에 숨기면 아무것도 없는 듯 보이리라. 이런 게 괴물에게 먹힐 것 같지는 않았다. 기회가 있더라도 한순간일 것이다. 그 소녀는 비스트리를 움켜쥔 채 상승했다. 즉 2인분의 부력을 낼 수 있다는 소리이다. 절대 얕잡아 봐선 안 돼.

기프티는 최대한 소리를 내지 않고 나무 사이를 건너뛰며 나아갔으나 그래도 키리피시는 알아차렸을 것이다. 그녀에게 들키는 것 자체가 작전이었다.

비스트리는 기프티 쪽을 보며 고개를 흔들었다.

만약 내 작전이 잘 먹힌다고 해도 비스트리는 저 상태 그대로 있게 될 것이다. 부디 서커스 단원 중 누군가가 발견해주길 비는 수밖에 없다. 하지만 만약 여러 시간이 흐른 후에도 아무도 발견하지 못하면…….

그건 생각하지 말자.

준비는 끝났다. 자, 언제든 와도 돼. 귀여운 아가씨.

"아줌마 의상이 그렇게 섹시했나?" 갑자기 뒤에서 소리가 났다.

전혀 인기척을 느끼지 못했다. 갑자기 공격하지 않은 게 불행 중 다행이었다. 아마도 키리피시는 자기 과시욕이 상당히 강할 것이다. 바로 죽이지 않는 걸 보면 상대에게 자기 실력을 보여주고 싶은 것이다.

기프티가 돌아봤다.

키리피시는 공중에 떠있는 게 아니라 옆 나뭇가지 위에 올라와 있었다.

안성맞춤이네. 그러나 키리피시가 기프티를 죽이려고 마음만 먹으면 1초 안에 목적을 달성할 것이다. 일각도 지체할 수 없다.

기프티는 둘의 위치 관계를 계산해 몇 걸음 물러났다.

키리피시는 가볍게 도약해 기프티가 있는 나무로 옮겨왔다.

기프티는 슬쩍 아래를 봤다. 마침 키 작은 나무들이 있는 광장의 끝이었다.

머릿속으로 시뮬레이션한다.

기프티가 새로운 기술을 갑자기 하는 일은 이제까지 없었다.

아니야. 나는 할 수 있어.

이 괴물은 한 사람의 목숨과 맞바꾸지 않으면 도저히 죽일 수 없을 거야. 그리고 만약 이대로 비스트리가 죽어버리면 어차피 나는 살 수 없어.

자, 각오는 끝냈어. 네 숨통을 내가 끊어주지.

"어떻게 죽일 거야?" 기프티가 키리피시에게 물었다.

"살해 방법이 궁금해? 어떤 게 좋아? 아픈 것과 고통스러운 것 중에?"

"뭐가 다른데?"

"글쎄." 키리피시는 기프티의 팔을 움켜쥐고 힘을 주기 시작했다.

아아, 부러지겠네. 기프티는 그렇게 생각했다.

하지만 이 아이가 팔에 정신이 팔려 다행이네.

자신의 팔뼈가 부러지는 소리를 들으면서 기프티는 키리피시의 목에 올가미를 씌웠다.

오른손은 기프티의 팔을 잡고 있었기 때문에 오른쪽 어깨부터 왼쪽 옆구리에 걸쳐 띠를 두른 형태가 되었는데 그걸로 충분했다.

기프티는 올가미를 조이기 시작했다.

"바보야? 이렇게 해선 하나도 안 아파." 키리피시가 웃었다.

"말도 안 되는 상대에게는 말도 안 되는 방법을 쓰지 않으면 이길 수 없어." 기프티가 말했다.

"지금 뭐라고 했어?"

"내 말이 아니야." 기프티는 키리피시에게 덤벼들었다.

인간은 하늘을 날 수 없다. 나무 위에서 전력으로 덤벼들면 자신도 떨어진다. 그러니까 내게 덤벼드는 일은 있을 수 없다.

키리피시는 그렇게 추측했다.

하지만 둘은 한 몸이 되어 나뭇가지에서 낙하하기 시작했다. 키리피시는 똑바로 누운, 기프티는 엎드린 자세였다.

조금 아까 키리피시가 공중으로 비스트리를 들어 올린 모습을 보건대, 부유 능력을 발동하는 데는 몇 초쯤 걸릴 것이다. 그러니까 당장은 떠오르지 못하겠지.

기프티는 승리를 확신했다.

키리피시는 조금도 초조하지 않았다.

같이 추락해도 타격을 받는 쪽은 기프티뿐이다. 자신은 아무런 상처 없이 지상에 내릴 수 있다.

키리피시는 자세를 바로잡기 위해 기프티를 밀치려고 했다. 그런데 짧은 올가미 상태의 덫이 둘을 연결하고 있어서 둘은 얽힌 상태 그대로였다.

그렇구나. 이러려고 한 거였구나.

이 시점에 와서야 비로소 키리피시는 뭔가 이상하다고 느꼈다.

키리피시의 완력이라면 이 정도 끈은 쉽게 찢어버릴 수 있다. 하지만 그럴 시간이 없었다. 그녀가 끈에 시간을 들이는 찰나의 시간—그것만으로 충분했다.

키 작은 나무의 끝이 키리피시의 등을 찔렀다. 고통을 느끼기 전에 나무 기둥이 그녀의 몸통을 관통해 배를 찢었다.

이 여자, 일부러 나무 위에서 나를 밀어 떨어뜨렸어.

키리피시는 분노에 제정신을 잃었다.

이건 엄청난 부상이야. 너무 아프기도 하고 복원을 위해선 체력을 써야 한다. 저 여자도 같은 고통을 맛보게 해주지.

하지만 그럴 필요는 없었다.

키 작은 나무의 끝부분이 키리피시와 함께 기프티의 몸통도 관통한 것이다.

아아, 그야 당연하네.

둘은 키 작은 나무의 나뭇가지를 툭툭 부러뜨리면서 계속 낙하해 지상 수십 센티미터 부근에서 간신히 멈췄다.

"봐. ……말도 안 되는 짓을 하니까…… 이기잖아…….″기프티는 비스트리 쪽을 봤다. 그리고 입을 움직였다. 더는 소리가 나오지 않는 듯했다.

밤인 데다 상당히 떨어져 있는데도 비스트리는 왠지 기프티의 입 모양이 또렷하게 보였다.

사, 랑, 해.

그 순간, 비스트리는 고통을 느끼지 못했다.

기프티는 대량의 피를 키리피시에게 토해낸 후 더는 움직이지 않았다.

"젠장!!" 키리피시는 힘껏 기프티의 육체를 두들겨 팼다.

나무는 그대로 기프티의 옆구리를 찢었고 기프티는 튕겨져 나갔다. 기프티는 몸통이 반쯤 잘린 상태로 땅바닥을 굴렀다.

비스트리는 절규했다. 온몸을 마구 움직여 어깨에 박힌 나뭇가지를 빼내려고 했다.

키리피시 역시 피를 토하면서 절규했다.

키리피시는 끈을 잡아당겨 기프티의 육체를 끌어와 그 목덜미를 물어뜯었다. 목이 반쯤 떨어져 나갈 정도의 힘이었다.

몸통에서 대량의 출혈이 일어나고 있음에도 기프티의 육체에는 아직 많은 피가 남아있는 듯 키리피시는 그 피를 꿀꺽꿀꺽 마셔댔다. 곧 그 육체는 검은 야수의 모습으로 변모하기 시작했다.

"그만해!!!!!" 비스트리는 계속 소리쳤다.

키리피시는 끈을 끊어내고 기프티를 내던진 후 키 작은 나무의 기둥을 잡고 쓱쓱 자기 몸을 끌어올렸다.

나무가 아까와는 반대로 몸을 통과했다.

키리피시는 고통에 신음하고 쿨럭쿨럭 피를 토하면서도 나무 끝까지 올라왔다. 그리고 자기 등 뒤로 손을 돌려 마지막 힘을 주어 몸을 밀어 올렸다.

나무 끝이 키리피시의 몸통에서 쓱 빠졌다.

키리피시는 그대로 낙하해 땅과 충돌했다.

10초 정도 움직이지 않더니 곧 흠칫흠칫 움직이기 시작해 천천히 일어났다. 배와 허리 상처가 서서히 아물었다.

짐승 인간이 된 키리피시는 욕을 퍼부어대는 비스트리를 올려다보고 양손을 펼쳤다. 점차 피막이 생겼다. 그대로 날갯짓하며 상승해 비스트리와 같은 높이까지 도달했다.

"죽여주지!!" 비스트리가 소리쳤다. "너를 갈가리 찢어 더러운 장을 똥통에 처넣을 거야!!"

"나는 지금 화났어." 키리피시는 이 세상의 것이 아닌 목소리로 말했다. "저, 할망구가 나를 꼬치로 만들었어. 하지만 죽어버렸으니 앙갚음할 수가 없네. 이런 한심한 일이 있나. 원래는 여러 시간에 걸쳐 조금씩 신체를 잘라낼 건데."

"우와와와와!!!" 비스트리는 어깨의 나뭇가지를 빼려고 발버둥질했다. 하지만 나뭇가지는 꿈쩍도 하지 않았다.

키리피시가 살짝 비스트리에게 다가왔다.

비스트리가 키리피시를 차려고 하는 바람에 여러 번 몸이 흔들려 나무 기둥에 부딪혔다. 어깨 상처가 심각한 상태가 되었고 출혈도 더 늘었다.

"저 여자에게 앙갚음할 수 없으니 네게 해야겠네. 이대로 그냥 둬야겠어. 곧 죽을지도 모르겠지만, 그것도 괜찮겠네. 잘만 하면 이대로 며칠씩 살아남아 상처에 구더기가 끓을 수도 있겠어." 키리피시는 짐승 같은 목소리로 웃었다.

비스트리는 계속 몸부림쳤다.

키리피시는 유유히 숲속을 날아 사라졌다.

어두운 숲속에 비스트리의 절규가 한없이 울려 퍼졌다.

16

란도의 복귀 공연은 중지되었다.

자신의 취침 천막에 틀어박혀 며칠씩 모습을 드러내지 않는 상태가 이어졌다. 식사만은 아야미가 가져다줄 수 있었는데 그 이외의 사람은 누구든 다가오는 걸 거부했다.

몇몇 단원은 그저 밥이나 축내는 사람을 서커스단에 그냥 둘 여유는 없다, 바로 란도에게 해고 통보해라, 라고 따졌으나 피에로는 받아들이지 않았다.

3주가 지났을 때 란도가 느닷없이 피에로의 취침 천막에 나타났다.

"어, 이게 무슨 일이래?" 피에로는 얼굴을 찌푸렸다. "목욕을 며칠이나 안 한 거야? 정말 냄새가 지독해."

란도는 수염을 아무렇게나 기르고 있었고 머리도 산발이었다.

"이걸 좀 봐." 란도는 피에로의 말을 듣지도 않고 눈앞에 설계도를 펼쳤다.

"이게 뭔데?"

"새로운 '관'이야."

"틀어박혀 있는 동안 이걸 그렸어?"

란도를 고개를 끄덕였다.

"전과 뭐가 다른데?"

"여길 보라고. 뚜껑을 볼트로 닫는 구조로 했어."

"못과 뭐가 달라?"

"볼트 구멍은 형태가 일정해서 잘못 관통할 일이 없어."

"그야 그럴지도 모르지. 하지만 나무 널빤지에 처음부터 나사 구멍이 있으면 부자연스럽지 않을까?"

"나무가 아니야. 금속으로 만들 거야. 관의 재질이 금속이 되면 튼튼하게 보일 테니까 탈출이 더 힘든 것처럼 여겨지겠지. 그리고 금속이라면 여러 번 써도, 처음부터 나사 구멍이 있어도, 부자연스럽지 않아."

"잠깐만. 이 도면대로 하려면 두께가 3센티미터나 돼."

"그 정도 두께가 아니면 볼트가 너무 짧아."

"가로 2미터, 폭 60센티미터면 체적은 3만 8천 제곱센티미터나 돼. 알루미늄으로 만들어도 100킬로그램 가까이야. 안에서 열 때는 잭 같은 도구를 사용해야 하고 관객이 다루기에는 어려워."

"알루미늄은커녕 철이라도 괜찮아. 관객이 운반하는 게 아니라 마룻바닥 밑에서 나를 감싸서 관을 일으키는 거야. 그 상태로는 앞면만 열려있고 다음에 뚜껑이 올라와. 관객은 관을 확인하고 볼트를 조일 뿐이야. 그다음, 바닥이 기울어져 관이 풀 안으로 미끄러져 떨어지는 구조야. 물이 마구 튀고 충돌하는 격렬한 소리가 나면 관의 튼튼함을 더 어필할 수 있지."

"재미있군." 피에로는 흥미진진하게 도면을 봤다. "하지만 실패할 때는 어떻게 해? 금속이면 전처럼 쿠와이의 오토바이로도 못 깨."

"풀에 장치가 있어. 바닥에 밸브가 설치되어 있어서 이걸 열면 원형 무대 밑으로 물이 다 빠져나가. 풀의 물이 없어지면 자동으로 관 속의 물도 구멍으로 빠지지. 관객석도 물에 잠기겠지만, 그건 긴급 상황이니까 어쩔 수 없지. 밸브는 전부 여섯 개이고 관이 풀의 어느 위치에 있더라도 구멍으로 손을 뻗을 수 있어. 또 내가 정신을 잃어 대응할 수 없으면 다른 사람이 무선으로 밸브를 열 수도 있어. 그리고 무선이 고장 나더라도 원형 무대 밑으로 내려가면 풀 밖에서 수동으로 밸브를 열 수 있어."

"이제 실패하지 않는 완벽한 무대는 안 만들어?"

"물론 완벽한 무대를 목표로 하지. 하지만 실패했을 때도 생각해야지."

"흠." 피에로는 도면을 다시 봤다. "이 도면은 문제가 없는 것 같네. 하지만 나는 마술 전문가가 아니니까 아직 판단하기……."

"전문가 감수도 받을 생각이야."

"네 아이디어가 새나가도 괜찮아?"

"물론 비밀 유지 계약을 해야지. 하지만 애당초 내 아이디어는 기존 마술 아이디어의 축적에서 나왔어. 만에 하나 새나가도 앞으로의 마술에 기초가 되겠지. 마술은 그런 거야."

"흠." 피에로는 팔짱을 꼈다.

"이렇게 끔찍한 건 본 적 없어." 란도는 숲속에서 흡혈귀로 보이는 사체를 보며 넋을 놓았다. "도대체 누가 이런 식으로 죽일 수 있을까?"

"그 흡혈귀는 자기 동료를 우리가 죽였다고 했어." 아야미는 구역질을 참으며 말했다. "하지만 사람이 이렇게 할 수 있을까?"

"그렇다면 녀석들도 모르는 괴물이 있단 소리야."

"흡혈귀를 죽여준다면 우리 편 아닐까?"

"그건 기대하지 않는 게 좋겠어. 더 흉악한 놈일 수도 있고 흡혈귀 정도의 지성조차 없는 괴수일 수도 있으니까."

쿵 하는 소음이 들렸다.

둘은 소리가 난 쪽을 봤다.

그 소리는 약 1분마다 들렸다. 아마 위젤이 1분 동안 슈티를 놔주고 1분 후에 순식간에 슈티를 공격했다가 다시 놔주기를 되풀이하고 있을 것이다. 물론 일부러 슈티에게 명중되지 않도록 공격하겠지. 녀석은 슈티가 더는 움직이지 못할 때까지 계속할 작정이다. 이 절망적인 술래잡기가 시작된 지 벌써 1시간이 지났다.

일단 위젤 무리에서 벗어난 란도와 아야미는 소리를 따라 계속 위젤과 슈티를 뒤쫓았다.

슈티는 지그재그로 도망치는 듯 둘은 전력을 다해 달리지 않아도 추적할 수 있었다. 그런데 너무 오랫동안 모레이라는 흡혈귀 사체에 매달려 있으면 뒤쫓지 못할 정도로 거리가 벌어질지 모른다.

"일단, 이 사체 건은 나중에 생각하자. 우선은 슈티의 뒤를 쫓아야 해."

"슈티를 도울 계획은 있어?"

"키리피시도 위젤도 처음에는 인간과 비슷한 모습이었어."

"괴물이 인간화했었던 건지도 모르지."

"그럴 수도 있겠지. 하지만 적어도 인간의 모습이 된다는 사실은 흡혈귀도 인간과 그리 다르지 않은 생물일 수도 있단 얘기야."

"생물? 화살을 던져 커다란 나무를 쪼개는 괴물이 생물이라고?"

"그럼 너는 녀석들이 뭔 거 같아? 고대 악령?"

"영혼처럼 보이진 않더라. 적어도 피를 흘리고 상처를 입으니까. ……그러네. 네 말대로 저것들은 생물일지도 모르겠다."

"생물이라면 녀석들은 자연법칙을 따르겠지."

"그럴지도 몰라. 하지만 녀석들의 능력은 차원이 달라."

"그래도 생물이라면 반드시 약점이 있을 거야. 인간 하나를 상대하면 드러나지 않을 수 있겠지. 하지만 둘이 협공하면 어딘가 반드시 틈이 생겨."

"너하고 슈티가 위젤을 협공할 생각이야?"

"가능성이라면 그 정도야."

"그럼 셋이 협공하면 가능성은 더 커지겠지."

"아니야. 둘이면 충분해."

"왜? 하나보다 둘이 낫다며? 그럼 둘보다는 셋이 당연히 낫지. 말의 앞뒤가 안 맞아."

"아니. 너는 우리가 실패했을 때 녀석들의 존재를 세상에 알리는 역할을 해야 하니까……."

"그게 무슨 말이야?"

아야미가 반론하려고 했을 때 공연 텐트 쪽에서 붉은빛이 보였다.

"불인가?" 아야미가 중얼거렸다.

빛 속에서 날아오른 불덩어리가 일단 낙하하더니 갑자기 이쪽을 향해 무서운 속도로 날아왔다.

"위험해!"

란도와 아야미는 서로를 감싸면서 땅에 엎드렸다.

불덩어리는 둘의 머리 위를 지나쳐 깊은 숲으로 날아갔다. 사라져버렸다고 생각한 순간 불기둥이 치솟더니 서서히 작아졌다. 그런데도 숲은 아직 희미하나마 벌건 빛을 내고 있었다.

"지금 지나간 게 뭐지?" 아야미가 물었다.

"알 리 있겠어? 어쨌든 위험해 보였어."

아야미는 한동안 붉은빛 쪽을 보다가 퍼뜩 정신을 차리고 말했다.

"도쿠 씨의 오두막 쪽이야!"

"누구?"

"숲속에 사는 할아버지야."

"옛날이야기야?"

"일본인 배낭 여행자가 숲속 통나무집에 살아."

"금방 할아버지라고 했잖아."

"할아버지 배낭 여행자."

"……뭐, 요즘 세상에는 있다고 해도 그리 이상할 것도 없겠다만."

"알려주러 가야 해……."

쿵 하는 소음이 들렸다.

"더는 슈티에게서 멀어질 수 없어." 란도는 고뇌하는 표정을 지었다.

아야미의 망설임은 순간이었다.

"그럼, 도쿠 씨에게는 나 혼자 알리러 갈게. 너는 슈티를 쫓아가."

"너 혼자는 위험해."

"위젤이라는 흡혈귀를 뒤쫓는 일과 숲속의 할아버지에게 위험을 알리러 가는 일 중 어느 게 더 위험해?"

란도는 목을 움츠렸다.

"맞네. 어느 게 더 위험하다고 판단할 수 없네."

"도쿠 씨에게 위험을 알리고 바로 슈티를 뒤쫓을 거야. 그럼 바로 합류할 수 있어. 조금만 기다려." 아야미는 달려 나가려고 했다.

"잠깐만." 란도는 아야미의 손을 잡았다. "만약 흡혈귀가 있으면 다가가지 말고 전력을 다해 도망쳐." 그리고 아야미를 꼭 안았다.

"알았어. 도망칠게. 절대로 맞서지 않을게." 아야미는 천천히 란도에게서 몸을 떼고 미소 지은 후 달리기 시작했다.

18

불덩어리가 꽂혔을 때 주위의 나무 몇 그루가 쓰러지며 순식간에 100미터 정도 불기둥이 치솟았다. 그리고 쓰러진 나무에 옮겨 붙은 불은 훨훨 타오르기 시작했다.

쌓인 나무들이 무너지고 안에서 시커먼 그림자가 일어났다. 그림자는 양팔을 펼치고 하늘을 향해 포효했다. 온몸에서 연기가 일었다.

"캐터피라, 정말 엉망이네." 쉰 목소리가 났다. 나무 사이로 노인인 듯 허리가 굽은 그림자가 다가왔다.

"토……타……스." 캐터피라는 말을 제대로 잇지 못했다.

"왜? 말 못 해?" 나이 든 검은 옷의 흡혈귀가 물었다.

"혀와 입술이…… 타……버렸어." 캐터피라는 입안을 복원하기 시작했는지 조금씩 발음이 좋아졌다. "너, 지금까지 어디 있었어?"

"숲속을 정찰했지. 그런데 컨소시엄과 관련이 있어 보이는 건 찾지 못했어. 그저 근처에 오두막 같은 게 있어서 지금부터 조사하러 가려던 참이야. 너는 컨소시엄과 교전했어?"

"컨소시엄 같은 게 아니었어." 캐터피라의 입에서 툭툭 탄화된 조직이 떨어져 나왔다. "녀석들은 그냥 서커스 단원이야."

토타스는 송곳니만 남은 입을 벌리고 껄껄대고 웃었다.

"그럼, 뭐야? 너는 서커스 단원에게 이렇게 지독하게 당했다는 소리야? 그거, 웃기네."

"방심했을 뿐이야." 캐터피라는 화상으로 벌겋게 된 얼굴을 찡그렸다.

토타스는 캐터피라의 육체를 빤히 바라봤다.

"온몸의 피부가 탔어. 옷도 녹아서 피부에 달라붙었고. 왜 복원하지 않아?"

"몸 안부터 복원해야지. 체표의 복원에 쓸 체력이 아까워. 녀석들을 죽일 때까지는 체력을 유지해야지. 체표의 복원은 녀석들의 피를 마셔 체력을 회복한 다음에 할 거야."

토타스는 캐터피라에게 다가가 그 몸을 발로 차 날려버렸다.

캐터피라는 나무 기둥에 부딪혀 검은 액체를 토해 여기저기 뿌렸다.

"이 거지 같은 노인네! 무슨 짓이야!" 캐터피라가 이빨을 드러냈다.

"거지는 너야! 이 한심한 녀석! 고작 인간에게 덜미를 잡히다니, 어떻게 된 거야?!"

"말했잖아! 방심했다고……."

토타스는 캐터피라의 오른팔을 잡아 뽑아 그걸로 캐터피라의 머리를 후려쳤다.

캐터피라는 지면 위를 굴렀고 주변은 피바다가 되었다.

캐터피라는 짐승으로 변하기 시작했다. 벌어진 입에서 침이 뚝뚝 떨어졌다.

토타스는 인간의 모습 그대로 캐터피라와 대치했다.

"어쩔 셈이지, 토타스?" 캐터피라가 이빨을 드러냈다.

"방심했다고? 내게는 있을 수 없는 일이지. 게다가 운을 평계로 삼는 녀석은 살 가치가 없는 쓰레기야. 자신의 힘과 운을 과신하지 말고 항상 대비했다면 자기보다 열등한 존재에게 질 리가 없지."

"너도 그 자리에 있었으면……."

"그 화상으로 추측하자니, 석유나 어떤 액체 연료를 뒤집어쓴 채 불붙여졌겠지. 액체 연료를 뒤집어쓴 순간 불붙여질 줄 예상했어야지. 바로 공중으로 피난해 고속 비행하면 연료는 바람의 압력으로 모두 날아갔을 텐데."

"녀석들은 라이터를 떨어뜨렸다고. 그래서 불붙을 가능성은……."

"상대가 라이터를 하나만 가지고 있다고 단정한 건 너야. 왜 두 번째 라이터의 존재는 예상하지 못했지?"

"아니야. 그 녀석이 두 번째 라이터를 가지고 있었던 게 아니라……."

"누가 몇 개의 라이터를 가지고 있었냐 하는 사소한 얘기는 됐어. 핵심은 네가 바보라는 거지. 연료를 뒤집어쓰질 않나 불붙여지질 않나, 인간에게 실컷 당한 이유가 뭐야? 한심한 고집과 허영심을 채우기 위한 괜한 언동 탓 아니었을까?"

"아니, 그런 건……."

"인간과 얘기했어?"

"뭐, 조금……."

토타스는 찢어낸 캐터피라의 팔을 내던졌다.

캐터피라는 간신히 피할 수 있었다.

팔은 땅에 부딪혀 뭉개졌다.

"왜 얘기 같은 걸 해야 했지? 모습을 보여준 순간 바로 죽였으면 됐잖아. 한심하게 수다나 떠니까 그런 꼴이 되지."

캐터피라는 자기 팔을 주워서 절단면을 잇기 시작했다.

"알았어. 내가 다 잘못했어. 하지만 앞으로 그런 실수는 없어. 그러니까 나를 더 괴롭히지 마." 캐터피라는 다시 전투태세에 들어갔다.

"네 도전은 나중에 받지. 지금은 서커스 단원을 우선 섬멸해야겠어." 토타스는 놀리듯 말했다. "뭐, 자신의 외모보다는 체력의 보존을 선택한 건 정답이야. 그것만은 칭찬해주지."

"계속 잘난 척하면 당장……."

"잠깐." 토타스는 캐터피라를 제지했다. "인간 둘이 다가오고 있어."

"죽여주지!!" 캐터피라가 뛰어나갔다.

하지만 다음 순간, 토타스에게 목이 잡혀 땅에 쓰러졌다.

목뼈가 우두둑 소리를 내며 부러졌다.

"무슨 짓이야?!"

"아직 움직이는 건 너무 일러." 토타스가 차분하게 대답했다.

"발견하는 즉시 죽이라고 한 게 너야." 캐터피라의 목이 꿈틀꿈틀 움직이며 자기 복원을 시작했다.

"우리 모습을 보여줬을 때지. 우리 오감은 인간보다 훨씬 예민해. 싸우기 전에 최대한 정보를 모아야지. 어떤 장소인가? 상대 나이는? 가지고 있는 무기는? 어떤 능력이 있나? 그런 것들을 정확히 파악하면 우리는 더 안전해지고 노력도 줄지." 토타스는 완전히 복원되기 전의 캐터피라의 머리카락을 움켜쥐었다. "이제 1분쯤 지나면 녀석들은 여기를 지나가. 우리는 상공에서 가만히 지켜보자고."

토타스는 캐터피라의 머리카락을 움켜쥔 채 상승했다.

19

눈앞에 갑자기, 앞길을 막듯 사람 그림자가 튀어나왔다.

달리던 아야미는 피하지 못하고 상대와 충돌한 후 그 자리에 굴렀다.

상대도 역시 쓰러졌다.

아야미는 순간적으로 무기가 될 만한 걸 찾았다.

일단 눈앞에 있던 나뭇가지를 꺾어 쥐었다.

눈을 노리자. 눈을 다치면 한동안 움직일 수 없겠지. 그 사이에 조금이라도 도망치자.

아야미와 상대는 거의 동시에 일어났다.

아야미는 나뭇가지를 휘둘렀는데 상대가 던진 돌에 부딪혔다.

그제야 상대의 얼굴이 보였다.

"쿠와이!" 아야미가 소리쳤다.

"뭐야? 아야미야? 나는 완전히 놈들인 줄 알았잖아." 쿠와이는 안심했는지 그 자리에 털썩 주저앉고 말았다.

"다른 사람들은?"

"진과 리지는 무사해. 부상이 심하지만. ……너, 랜디와 같이 있지 않았어?"

"랜디는 슈티를 뒤쫓고 있어. 나는 조금 전 불덩어리가 마음에 걸려서……."

"그 불덩어리는 캐터피라라는 흡혈귀야."

"흡혈귀가 불덩이가 된다는 말이야?"

"설명하자면 긴데 녀석의 능력이 아니야. 우리 셋이 불을 붙였어."

"불붙어서 도망친 거야? 아직 살아있을까?"

"몰라. 평범한 사람이라면 죽었겠지. 하지만 녀석들은 평범하지 않으니까. 나는 그 괴물이 죽었는지 아닌지 확인하러 왔어. 만약 살아있으면 승부를 내야지. 너는 왜?"

"요 앞에 있는 통나무집에 할아버지가 살아."

"갑자기 무슨 소리야?"

"얼마 전에 우연히 알게 됐어. 선발대로 왔을 때."

"할아버지가 데이트 신청이라도 했어?"

"그런 거 아니야. ……어쨌든 할아버지에게 흡혈귀에 관해 알려주려고."

"그럼 일단 같이 그 할아버지 오두막으로 가자. 할아버지가 무사하면 피하라고 하고 흡혈귀를 찾자."

"알았어. 만약 캐터피라가 살아있으면 나도 쓰러뜨리는 걸 도울게."

"네가 할 수 있겠어?"

"혼자 싸우는 것보다 낫겠지. 자, 얼른 도쿠 씨에게 가자. 이쪽이야." 아야미가 달리기 시작했다.

몇 미터쯤 달렸을 때 갑자기 쿠와이가 몸을 날려 아야미를 바닥에 넘어뜨렸다.

"왜 그래?" 아야미가 조금 성을 냈다.

두 사람의 몇 센티미터 위를 캐터피라가 스치듯 활공했다. 그리고 두둥실 1미터쯤 높이의 공중에 멈췄다.

"이 녀석의 기운을 느꼈어. 이 살기는 잊을 수 없지." 쿠와이가 밉살스럽다는 듯 말했다.

"진과 리지를 다치게 한 게 이 녀석이야?" 아야미가 쿠와이에게 물었다.

"피부 상태가 지독해서 확신할 수 없어. 하지만 느낌으로는 그래. 아직 살아있다니 놀랍네."

"너…… 잘도…… 여기까지 왔……구나." 캐터피라는 뿌옇게 흐린 눈동자로 쿠와이를 노려봤다. "너희들은…… 평범한 인간이야! 일격에 죽일 수 있지! 아니. 아니 일격에…… 죽일 순 없지. 몇 시간씩…… 아니지, 며칠에 걸쳐 괴롭힌 후…… 죽여주지!!" 입안이 완치되지 못했는지, 캐터피라는 제대로 발음하지 못했고 침을 질질 흘렸다.

"뭐라고 좀 해봐." 아야미가 말했다. "이 녀석과 어떻게 승부를 내겠다는 거야?"

"생각해보지 않았어." 쿠와이가 자백했다. "이렇게 건강할 줄 몰랐거든. 이제는 걸을 힘도 없을 줄 알았는데 설마 날아 다닐 줄은."

"하지만 무슨 수를 쓰지 않으면 우리 둘 다 죽어."

"잠깐만. 무슨 수를 생각해낼 테니까."

캐터피라는 쓱 공중을 미끄러지듯 다가왔다.

"그럴 시간은 없겠다. 내가 몸을 녀석에게 날릴 테니까 그사 이에 도망쳐!" 쿠와이는 캐터피라를 향해 달려 나갔다.

아야미는 도망치지 않고 쿠와이의 뒤를 쫓았다.

캐터피라는 아야미에게는 눈길조차 주지 않고 쿠와이를 덮 치려고 했다.

하지만 그 순간, 캐터피라는 반쯤 박쥐로 변한 다른 흡혈귀 에게 잡혀 그대로 급상승했다.

"뭐야? 동료끼리 싸우나?" 아야미가 하늘을 올려다봤다.

"도쿠 씨의 오두막까지는 얼마나 걸려?" 쿠와이가 물었다.

"맞다, 여기서 100미터도 안 될 거야."

"그럼 달리자. 거기서 버티는 수밖에 없겠어."

"하지만 그랬다가는 도쿠 씨까지 휘말리게 돼."

"그럴지도 모르지. 하지만 이렇게 흡혈귀들이 날뛰는 숲속 에 노인 혼자 있는 게 더 위험해. 우리가 지키는 편이 안전하 지 않을까?"

"아, 그게……."

"생각할 틈이 있으면 달려!" 쿠와이는 아야미의 엉덩이를 발로 찰 듯했다.

흡혈귀들은 상공에서 드잡이 중이었다.

이대로 오두막으로 들어가면 녀석들에게 그대로 들키고 만다. 하지만 어차피 오두막은 바로 근처라 모두를 죽이겠다고 작정한 흡혈귀들은 도쿠 씨도 덮칠 것이다.

아야미는 마음을 정하고 달리기 시작했다.

쿠와이는 한순간 늦게 출발했으나 몇 초 후에는 나란히 달렸다.

아야미는 전력이었는데 쿠와이는 아직 여유가 있는 듯했다.

오두막에 도착하자 아야미는 문을 열었다. 다행히 잠겨있지는 않았다.

도쿠 씨는 가마솥이 걸린 화로 앞에 앉아, 생선 몇 마리를 꼬치에 꿰어 굽고 있었다.

"도쿠 씨, 당장 숨어요! 괴물이 와요."

"뭐?" 도쿠 씨는 얼빠진 듯한 목소리를 내고 이가 다 빠진 입을 반쯤 벌렸다.

"저기에…… 괴물이 있어요." 아야미는 숨을 헐떡이면서 말했다.

"일단 침착해." 도쿠 씨는 씩 웃으며 말했다. "그쪽 아가씨도 서커스 단원인가?"

"할아버지, 침착하고 들어요." 쿠와이가 말했다. "우리는 흡혈귀의 습격을 받았어요. 그것도 하나가 아니에요. 지금 이곳은 아주 위험해요. 하지만 밖에 나가는 게 더 위험하니까 우리와 같이 여기서 버텨요."

"아니, 이 나라에도 몰래카메라가 있어? 조금 아까 불기둥이 치솟는 것 같았는데 그것도 관련이 있나?" 도쿠 씨는 도무지 지금 상황이 와닿지 않는 듯했다.

하지만 무리일 것도 없다. 누구나, 그런 얘기, 바로 믿을 리 없다.

"그 이야기가 진짜라고 해도, 버텨서 어쩌려고?" 도쿠 씨는 지팡이를 짚고 천천히 일어났다.

"도움이 올 때까지 기다려야죠."

"안으로 쳐들어오지 않을까?"

"그게 문제예요. 문을 잠글 수 있나요?"

"자물쇠는 없어. 뭐, 문에 걸 막대기라면 없는 것도 아니지만……."

"그럼 당장 그 막대기라도!"

"그 흡혈귀 녀석들을 그런 막대기로 막을 수 있어?"

"음. 아마 안 될 텐데 없는 것보다는 나으니까요."

"그래서 안으로 들어오면 어쩔 건데?"

"그때는 어쩔 수 없죠. 여기에 있는 걸 이용해 같이 싸워야죠."

"나는?"

"할아버지는 숨어있으면 돼요."

"아니, 눈앞에서 싸움이 벌어지는데 못 본 척하라고?"

"뭘 모르시네요. 상대는 인간이 아니고 흡혈귀라고요."

"쿠와이, 그런 말을 도쿠 씨에게 해봤자 이해할 리 없잖아."

아야미가 말했다. "도쿠 씨는 아무것도 보지 못했으니까."

"하지만 흡혈귀를 보면 그때는 이미 늦는다고." 쿠와이가 말했다.

"도쿠 씨. 여기서 일어나는 일은 전부 제가 책임질게요. 그러니까 조용히 숨어있어요."

"나보고 증거도 없이 자네들 말을 믿으란 건가?"

"도쿠 씨, 제발."

"믿고 싶은 마음은 태산 같지만." 도쿠 씨는 팔짱을 끼고 숙고를 시작했다.

"아야미, 안 되겠어. 일단 제압해 묶어서 재갈을 물려 마룻바닥 밑에 넣어놓자." 쿠와이는 안달이 난 듯했다.

"이 오두막에 마룻바닥 밑 같은 건 없어. 달리 숨을 데도 없고." 도쿠 씨가 말했다.

"그럼, 우리 뒤에라도 숨고 창문에서 떨어져요. 절대 안전하다는 말은 할 수 없지만, 그밖에 달리 방법이 없어요."

"음." 도쿠 씨는 팔짱을 끼면서 천장을 올려다봤다.

캐터피라는 여전히 미쳐 날뛰었다.

"침착해. 우선은 상대를 관찰하는 게 중요하다고 가르쳐줬건만, 느닷없이 날아가다니. 이래선 기습하긴 틀렸네." 토타스는 한심하다는 듯 말했다. "일격에 죽이겠다고? 그런 방심이 너를 그 꼴로 만들었잖아. 대놓고 죽일 수 없으니 신중하게 행동하라고. 우선은 녀석들의 장비와 능력을 관찰하고 어떤 위험이 있는지 확인해야지."

온몸이 불타 체력을 소모한 캐터피라는 토타스를 함부로 거스르지 못했다. 그렇다고는 해도 토타스는 캐터피라가 정말 처치 곤란이었다. 이대로 잡아둘 수도 있겠으나 계속 몸부림을 치면 자신 역시 움직이기 어려웠다.

자, 어떻게 할까.

문득 캐터피라를 놔준다고 해서 특별히 문제가 될 게 없다는 사실을 깨달았다.

저 여자들은 위험해 보이지 않는다. 토타스는 겉모습에 속진 않는다. 어디까지나 신중하게 적의 실력을 파악하는 타입이다. 하지만 이러고 내내 캐터피라만 제압하고 있다가는 영영 적의 실력을 파악할 수 없다.

그렇다면 캐터피라를 자유롭게 놔두는 것도 방법이겠다. 만약 저 여자들이 해를 끼치는 존재가 아니라면 캐터피라의 바람대로 바로 고깃덩어리로 변할 것이다. 그리고 어떤 무기를 숨기고 있더라도 그걸로 해를 입는 것은 캐터피라이다. 토타스는 캐터피라가 당하는 공격을 관찰함으로써 적의 실력을 헤아릴 수 있다. 토타스에게는 어떤 손해도 없다.

토타스는 그 생각을 다시 검증했다.

그럴 일은 일단 없겠으나 상대가 말도 안 되게 강하더라도 토타스는 캐터피라가 죽는 걸 놔두고 도망치면 그만이다. 역시 해를 입는 것은 캐터피라뿐이다.

좋았어. 그렇게 하자.

토타스는 캐터피라를 잡은 채 급강하해 그녀를 땅에 냅다 던졌다.

뼈 부서지는 소리가 울리며 캐터피라의 온몸에서 피가 뿜어 나왔다.

"이제 조금 진정했겠지. 지금부터 하는 말 잘 들어."

캐터피라는 짐승이 울부짖는 듯한 소리를 냈다.

"지금부터 너를 놔줄게. 여자들은 저 오두막으로 도망쳤어. 아무래도 대단치 않은 듯해. 네 먹잇감으로 해. 실컷 녀석들의 피를 빨아 네 육체를 회복해." 토타스는 캐터피라를 발로 차 공중으로 날려버렸다.

캐터피라는 뛰는 토끼처럼 날쌔게 달리고 나무를 박차고 날아 오두막을 향해 곧장 돌진했다.

토타스는 일단 공중에서 몸을 한 바퀴 돌린 후 흥미진진하게 캐터피라의 동향을 살폈다.

캐터피라는 애당초 문을 열겠다는 생각이 전혀 없었다.

전속력으로 몸을 날렸다. 문은 오두막 안쪽으로 날아갔다.

캐터피라는 일단 멈췄다.

집안에는 두 여자가 있었다.

문은 빙글빙글 회전하면서 두 사람 사이를 살짝 스치더니 방 안쪽 벽에 쾅 부딪혔다. 문은 산산조각이 났고 벽에는 지름 1미터 정도의 구멍이 났다.

두 여자는 벽 쪽을 보지 않고 캐터피라를 노려봤다. 아까까지 오토바이를 탔던 여자는 장작 같은 굵은 나무를, 다른 여자는 도끼 같은 걸 들고 전투태세를 취하고 있었다.

캐터피라는 둘을 잠시 관찰했다. 온몸에 지독한 화상을 입으며 조금은 학습했다. 무지한 채 덤벼들면 적의 덫에 걸릴 뿐이다. 자세를 보니 둘 다 전투에는 익숙지 않은 듯했다. 그리고 무기에도 별다른 속임수는 없는 듯했다.

한심하군.

캐터피라는 생각했다.

이 정도면 날카로운 손톱 한 번만 휘둘러도 둘 다 몸통을 가를 수 있을 테니 싸움은 1초 안에 끝나겠다. 원래는 실컷 괴롭히고 죽이고 싶었다. 특히 오토바이 여자는 더욱.

그러나 조금 전, 상대를 깔보는 바람에 크게 다쳤다. 같은 실수를 되풀이하고 싶지 않다.

우선 치명상을 입히자. 그리고 천천히 괴롭히며 죽이자.

"시간을 들여 천천히 죽여주지! 각오해!!" 캐터피라는 둘을 향해 덤벼들려는 자세를 취했다.

바닥을 찬 순간, 캐터피라는 두 여자의 장기를 오두막 바닥에 뿌릴 셈이었다.

그런데 등에 쿵 하는 충격을 느낀 다음 순간, 캐터피라에게는 불가사의한 광경이 보였다. 그것은 액체 안에 뜬 희미하나마 다양한 물체였다.

안면이 타는 듯 뜨거워졌다.

캐터피라는 얼굴을 솥에 처박고 있었다.

도대체 무슨 일이 일어났는지 모르겠네. 뭔가에 걸려 넘어
졌나?

캐터피라는 일어나려고 했다. 그런데 몸이 꿈쩍도 하지 않
았다. 숨도 제대로 쉴 수 없었다. 마치 어떤 막대기 같은 게 등
에서 가슴까지 관통해 척추를 분쇄한 듯했다.

캐터피라가 집안으로 날아들었을 때, 도쿠 씨는 대들보 위
에 올라가 있었다. 위치는 화로 바로 위.

그는 캐터피라가 둘을 향해 달리기 시작하자마자, 지팡이
를 그녀의 등을 향해 아래로 던졌다. 지팡이의 끝이 앞으로 몸
을 숙인 그녀의 등을 찔러 그대로 몸을 관통해 명치 부근으
로 튀어나왔다.

곧이어 도쿠 씨가 그녀의 등으로 뛰어내리자 캐터피라는 그
대로 쓰러져 얼굴부터 솥에 처박혔다.

흠칫흠칫 움직이는 것은 불수의 반응일까?

"아아. 전골은 못 먹겠네." 도쿠 씨는 유감스럽다는 듯 말했
다. "한 번 더 끓여서 먹을까?"

"어떻게 했어요?" 아야미가 눈을 커다랗게 뜨고 말했다.

"아니. 낙하의 힘을 썼을 뿐이야. 자유 낙하하면 큰 힘 안 들
여도 이 정도는 할 수 있어. 지팡이 끝은 얇아서 힘이 집중되
어 상당한 압력이 되거든."

"그게 아니라 저렇게 빨리 움직이는데 어떻게 명중시켰어
요?"

"아니야. 원래는 두개골을 분쇄하려 했는데 꽤 빗나간 거야."

"그게 아니라 어떻게 그 움직임을 잡아냈냐고요. 내게는 거의 보이지도 않았는데."

"실제로 본 건 아니지. 내 나이가 되면 여러모로 경험이 쌓이니까. 근육의 긴장 정도로 튀어나가는 타이밍을 대략 알 수 있어. 다만, 생각보다 순발력이 좋아서 명중시키고 싶었던 곳에서 상당히 빗나갔지만."

"처음에는 우리 말을 믿지 않았는데 왜 도와줬어요?" 쿠와이가 물었다.

"물론 믿어야 할지 고민했지. 만약 자네들 말이 진짜라면 흡혈귀 앞에서 망설일 시간은 없지. 바로 반격하지 않으면 우리가 당해. 그러나 만약 진실이 아니라면 엉뚱한 사람을 다치게 하고 말겠지. 그래서 나는 대들보에 올라가 상대를 파악하기로 했지. 그랬는데 상대는 나무문을 날려 오두막 안으로 돌격해왔어. 그 순간 나는 이 녀석은 인간이 아니구나 생각했지. 그리고 이 괴물은 자네들을 죽이겠다고 했고. 그러니까 정당방위가 성립되지."

"도쿠 씨. 그런 것까지 냉정하게 판단했어요?"

"그보다 문제는 문이야."

"문?"

도쿠 씨는 종종걸음으로 문에 다가갔다.

"경첩까지 날아갔어. 수리하려면 힘들겠어."

"수리보다 걱정되는 일이 있어요." 쿠와이가 말했다. "흡혈귀는 이 녀석만 있는 게 아니에요. 적어도 하나가 더 근처에 있어요."

"그럼 더욱 문을 고쳐야지."

"지금 봤잖아요? 이 녀석들에게 문은 전혀 도움이 안 돼요."

하지만 도쿠 씨는 쿠와이의 말이 귀에 들어오지 않는지, 문이 있던 자리에 생긴 구멍 주위를 살피며 돌아다녔다.

토타스의 시력은 인간의 기준으로 치환하면 5.0 이상이었다. 쌍안경 없이도 캐터피라의 무참한 모습이 잘 보였다. 솥에 머리를 처박다니 정말 무리의 수치군. 곧바로 저기 세 사람을 죽여 얘기가 퍼지지 않도록 해야겠어.

하지만 토타스는 나이 든 신중한 흡혈귀였다. 캐터피라처럼 멍청한 짓은 할 수 없었다.

멋진 솜씨로 짐작하건대 저 오두막에는 처음부터 저 노인이 숨어있었고, 여자 둘이 유인했을 것이다. 캐터피라의 패인은 제대로 확인하지도 않고 오두막에 뛰어들었다는 점이다.

자, 살펴보자. 캐터피라가 먼저 공격해 좋은 점이 둘 있다.

첫 번째는 문을 떼어준 것이다. 덕분에 안에서 벌어진 일을 다 관찰할 수 있었다.

두 번째는 인간들에게 진 것이다. 이로써 상대의 전술을 확인할 수 있었다.

다음은 조금 전 전투를 분석해 상대의 허를 찌르기만 하면 된다.

토타스는 만족스러운 듯 혼자 웃었다.

저 노인은 어슬렁대며 오두막 입구를 확인하고 있다. 캐터피라의 파워에 간담이 꽤 서늘해진 듯했다. 내 파워는 그 정도는 아니다. 하지만 나는 힘을 과시하는 일은 하지 않는다. 상대가 인식하기 전에 쓰러뜨릴 생각이다. 나는 그렇게 오랫동안 살아남았다. 고작 최근 몇 세기 정도 산 녀석들과는 차원이 다르다.

적은 셋. 어쩌면 더 숨어있을지 모르나 캐터피라를 쓰러뜨리는 데 힘을 아꼈을 것 같지는 않다. 그러니까 아마 셋이 전부일 것이다.

우선 여자 둘은 근육이 붙은 정도로 보건대, 체력은 그럭저럭 될 듯한데 자세를 보니 전투 능력은 대단하지 않다. 다른 인간보다 체력은 있으나 흡혈귀를 대적할 만한 정도는 아니다.

다음은 노인이다. 이 녀석은 조금 알 수 없는 존재다. 어쩌다 용케 캐터피라의 등을 관통시킨 듯한데 나는 그런 낙관주의가 아니다. 저 노인은 캐터피라의 등을 노렸다. 체력은 대단하지 않으나 전투 능력은 상당히 높다. 노인의 경험을 무시해선 안 된다.

하지만…….

토타스는 생각했다.

캐터피라는 지팡이로 관통당했다. 녀석들에게 캐터피라는

압도적인 괴물이다. 그런데 왜 총이나 수류탄 같은 무기가 아니라 지팡이를 썼을까? 대답은 간단하다. 지팡이밖에 없었기 때문이다. 도끼가 더 강력하겠지만 낙하의 위력을 이용하려면 그 정도의 거리가 필요하다. 짧으면 자세가 불안정해진다. 즉 지팡이보다 사정거리가 긴 무기는 존재하지 않는다는 소리다.

사정거리가 긴 무기를 숨기려고 일부러 없는 척할 가능성은? 그건 있을 수 없다. 동료가 숨어있을 가능성이 없는 것과 같은 이치다. 캐터피라를 쓰러뜨리는 데 힘을 아낄 이유가 없다.

즉 지금 저 오두막 안에는 표준보다 약간 체력이 좋은 여자 둘과 체력은 평범하나 전투 능력이 높은 노인 하나가 있다는 얘기다.

주의해야 할 상대는 노인 하나다.

캐터피라가 패배한 이유는 딱 하나였다. 그녀는 저 노인 앞에서 움직임을 멈추고 말았다. 인간은 흡혈귀의 움직임을 도저히 파악할 수 없다. 하지만 캐터피라가 움직임을 멈추는 바람에 노인은 행동을 예견할 수 있었다.

그러나 거꾸로 생각하면 움직임만 멈추지 않는다면, 저 노인이 노릴 틈을 주지 않을 수 있다. 그러니까 전속력으로 저 오두막에 들어가 1초 안에 셋을 죽이면 문제없다는 거다. 물론 즉사시킨다. 미적미적 즐기며 죽이는 일은 없다. 인도적인 배려가 아니라 내 몸을 지키기 위해서다. 인간은 죽지 않는 한 반격하려 할 것이다. 대체로 무력한 공격이겠으나 나는 절대 방심하지 않는다. 그게 장생한 비결이다.

좋았어. 작전은 세웠고.

토타스는 오두막 안을 봤다.

셋은 서로 마주보며 오두막 가운데 부근에서 이야기를 나누고 있었다. 게다가 기막히게도 가장 강한 상대인 노인이 등을 돌리고 있었다.

지금이야.

토타스는 하반신만 들개 모습으로 바꾸어 마치 초저공을 비행하듯 질주했다.

오두막까지는 4, 5초이다.

여자들이 알아차린 듯했지만 그들이 할 수 있는 일은 아무것도 없다.

"도쿠 씨, 뒤⋯⋯!" 여자 하나가 토타스를 가리키려고 했다.

노인은 돌아보려고 했다.

하지만 그 어떤 행동도 완결되지 못할 것이다. 토타스는 그렇게 생각했다.

왜냐면 1초 후면 모든 게 끝날 테니까.

토타스는 멈추지 않고 오두막 안으로 들어가, 속도를 그대로 유지한 채 노인의 목덜미를 잘라버리려 했다.

그런데 왠지 토타스의 손톱은 노인의 목덜미를 아슬아슬하게 스쳤다.

왜지?

토타스는 깊이 생각하지 않고 여자들을 먼저 죽이기로 했다.

그런데 방향을 바꿀 수 없었다.

구멍 난 벽의 남은 부분에 부딪혔다.

바닥에 굴렀다.

한쪽 여자가 비명을 질렀다.

다른 하나는 노려봤다.

노인은 흥미롭게 쳐다보고 있었다.

토타스는 일어서려고 했다. 그런데 전혀 몸을 움직일 수 없었다.

몸이 벽에 부딪힌 것뿐인데 왜 몸이 안 움직이지?

토타스는 원인을 찾으려고 주위를 둘러봤다.

방안에 누군가의 팔다리가 흩어져 있었다. 몸통 일부도 절단된 상태로 구르고 있었고 내장이 죄다 쏟아져 나왔다. 아무래도 절단된 지 몇 초 지나지 않은 듯했다.

도대체 누구 육체지? 캐터피라인가?

하지만 캐터피라는 여전히 솥에 머리를 처박고 있었다.

아아. 그렇구나. 그런 거구나.

토타스는 그때야 깨달았다.

저건 내 몸이구나.

피와 내장 냄새가 맴돌았다.

토타스의 오른팔은 어깨 부분에서 잘렸다. 왼쪽은 더 심해 갈비뼈 일부까지 파여있었다. 몸통도 명치 바로 아래부터 절단되어 있었다.

토타스는 황급히 근육을 수축시켜 지혈했다.

이미 상당히 피를 많이 흘리고 말았으나 간신히 움직일 수 있었다.

도대체 무슨 일이 일어난 거지?

토타스는 입구 근처를 다시 관찰했다.

공중에 붉은 줄이 매달려있었다. 그리고 거기에서 핏방울이 떨어지고 있었다.

"낚싯줄이야." 노인이 말했다. "문이 없으면 불안하니까 아까 문 앞을 낚싯줄로 여러 번 둘러쳤어. 아무래도 다음 녀석은 전속력으로 돌진해올 것 같아서. 육체 물질로서의 강도 자체는 인간과 그리 다르지 않은 듯해. 다만 머리와 몸통만 있으면 살 수 있나 보군."

토타스는 자신이 큰 실수를 저질렀음을 깨달았다.

이런 상태였다면 사체인 척했어야 했다. 하지만 이미 늦었다. 상대는 이런 상태로도 토타스가 살 수 있음을 알아차리고 말았다.

"너는 뭐냐? 어떻게 살 수 있지?" 노인이 물었다. "보기에는 꽤 나이가 있는 듯한데? 나보다 나이가 많나?"

"죽이지 말아줘." 토타스는 최대한 불쌍하게 들리도록 말했다. "나는 저기 흡혈귀에게 협박을 당했을 뿐이야. 보라고. 나는 이미 나이가 많아 힘이 없어. 게다가 사람을 죽이고 싶다는 생각은 한 번도 한 적 없어. 나는 이 서커스 단원을 하나도 죽이지 않았어. 게다가 조금 전, 너희들의 목숨을 캐터피라에게서 구해줬잖아."

"정말이야?" 노인이 여자들에게 물었다.

"아까 누군가가 캐터피라에게서 구해준 건 사실이에요. 하지만 이 흡혈귀였는지는 몰라요."

"그게 나였다고! 믿어줘." 토타스는 떼를 쓰듯 머리를 획획 돌렸다. 그렇게 해서 조금씩 이동했다. 목적은 비교적 가까운 곳에서 구르고 있는 자신의 왼팔이었다.

저기까지만 가면 한쪽 팔만이라도 회수할 수 있다. 이제 손발을 살릴 만한 체력은 남아있지 않았으나 한쪽 팔이 있으면 여기 있는 셋을 죽일 수는 있었다.

"이런 상태로는 오래 버티지 못해. 적어도 마지막은 조용히 보내게 해줘." 토타스는 간청했다. "이런 상태로 뭐가 되겠어?"

마침 오른쪽 어깨를 왼팔 바로 옆에 가져갈 수 있었다. 좌우가 바뀔 테니까 제대로 쓸 수는 없겠지만, 상황이 상황이니만큼 어쩔 수 없다. 절단면을 맞춰 신경과 혈관과 근섬유를 결합하기 시작했다.

"괴롭다니까 편안하게 해줄까?" 노인은 여자에게서 도끼를 받아들었다.

"그럴 필요는 없어. 고통은 통제할 수 있어. 그저 조용히 마지막을 맞고 싶을 뿐이야."

고통을 제어할 수 있다는 말은 거짓말이다. 토타스는 발광할 듯한 고통을 느끼고 있었다. 하지만 그 사실을 알려줄 마음은 없었다.

"구체적으로 어떻게 하면 되는데?" 여자가 물었다.

"아무것도 하지 말아줘. 그저 이렇게 지켜봐주기만 하면 돼."

"가족에게 전하고 싶은 말은?"

"내게 가족은 없어. 무리에 속해있긴 한데 그저 권력 관계였을 뿐 애정이나 우정은 없어. 전할 말은 없어."

"흡혈귀는 외롭구나."

외로워? 내가?

토타스는 웃음을 터뜨릴 뻔했는데 그것보다 드디어 근육과 신경의 복원이 끝났다는 점이 중요했다.

우선 누굴 쓰러뜨려야 할까? 지금 얘기를 걸고 있는 여자는 그리 대단하지 않은 듯하다. 강력해 보이는 상대는 캐터피라가 증오했던 오토바이 여자와 노인일 것이다. 노인은 생각만큼 힘은 없는 듯하다. 어느 쪽을 먼저 죽이든 그리 차이는 없을 것 같지만, 체력으로 따지면 오토바이 여자를 먼저 죽여야 할까.

팔의 힘으로 뛰어올라 단숨에 제압하고 숨통을 끊자. 그리고 놀란 노인에게 달려든다. 그다음은 남은 여자다.

토타스는 머릿속으로 시뮬레이션했다.

5초면 다 끝난다.

토타스는 괜히 시간을 낭비할 마음이 없었다. 작전을 세운 순간, 공중으로 날아올라 오토바이 여자에게 달려들려고 했다.

그녀는 반사적으로 토타스를 팔로 뿌리쳤다.

토타스는 튕겨 나가 뒤로 날아갔다.

무슨 일이 일어났는지, 알 수 없었다. 인간의 힘으로 나를 이렇게 쉽게 날려버릴 수는 없었다.

아아. 그런가. 나는 지금 아주 가볍구나.

머리와 흉부, 한쪽 팔만 있는 토타스의 몸무게는 원래의 5분의 1이다. 육탄전은 힘만의 문제가 아니다. 몸무게가 핵심이다. 아무리 힘이 세더라도 몸이 가벼우면 운동량이 부족해 튕겨 나간다.

작전 변경이다. 상대를 쓰러뜨리는 게 아니라 일단 상대를 붙잡자. 뼈만 부러뜨리면 움직일 수 없게 된다. 그리고 피를 빨아…….

쿵!

바로 조금 전에 연결한 팔이 잘렸다.

토타스는 절규했다.

"조금 전에 '사람을 죽이고 싶다는 생각은 한 번도 한 적 없어'라고 했지." 팔을 도끼로 절단한 장본인은 노인이었다. "그럼, 지금 처음으로 생각했나?"

"잘랐어. ……간신히 연결한 내 팔을…….." 토타스는 증오에 찬 눈으로 노인을 노려봤다.

"몸 대부분을 잃어도 죽지 않고 너덜너덜해진 육체를 재결합할 수 있네. 너희들은 안 죽어?"

"아, 그래!" 토타스는 독설을 퍼부었다. "우리는 불사신이야! 절대 죽지 않아! 그러니까 그만 포기해. 너희들은 이제 죽었어!!"

"그럼 어쩔 수 없지." 노인은 포기한 표정으로 말했다. "죽일 수 없다면 움직이지 못하게 잘게 조각내야지." 노인은 도끼를 휘둘렀다.

수없이 떨어지는 도끼 소리를 들으면서, 캐터피라는 열심히 생각했다.

토타스의 저 모습은 뭐지? 언제나 나는 바보고 자기는 머리가 아주 좋은 듯 말하지 않았나? 확실히 머리는 좋겠지. 머리 이외의 온몸이 다 잘린 게 문제지.

캐터피라는 자신이 생각해낸 농담에 웃음이 나오려고 했으나 간신히 참았다.

토타스의 최대 실수는 죽은 척하지 않았다는 점이다. 인간은 대체로 하반신이 없거나 지팡이로 몸통이 관통된 모습을 보면 사체로 여긴다. 움직이지만 않으면 그냥 지나칠 테니까 반격할 기회는 얼마든지 생긴다.

캐터피라의 척추는 완전히 분쇄되어 바로는 움직일 수 없었다. 심장이 무사했던 게 그나마 불행 중 다행이었다. 혈액만 공급되면 조직은 복원할 수 있다.

캐터피라는 토타스가 절단되는 동안 척추 복원을 계속했다. 그렇지만 등골 정중앙에 지팡이가 꽂혀 있어서 그걸 우회하며 신경을 재생해야 했다. 불규칙한 형태라 좀처럼 잘 진행되지 않았는데 그래도 간신히 될 듯했다.

시험 삼아 손을 움직여봤다.

흠칫 새끼손가락이 움직였다.

느낌이 좋아. 앞으로 십여 초만 지나면 손발도 움직일 수 있어. 우선은 도쿠 씨라고 불리는 노인부터 쓰러뜨려야지. 저 녀석은 허를 찌르는 짓을 해서 성가시다. 저 녀석만 쓰러뜨리면 나머지 둘은 위협이 못 된다. 원래 예정대로 오래 괴롭히면서 죽여주지.

앞으로 10초만 고생하면 된다. 10초 동안 사체인 척하면…….

"아, 그리고 그쪽 흡혈귀…… 이름이 뭐였지?" 도쿠 씨가 말했다.

"캐터피라야." 쿠와이가 대답했다.

"캐터피라 씨, 살아있지?"

저 녀석은 괜히 짚어보는 중이야. 확신이 있을 리 없어. 당황해 움직여선 안 돼.

"아니지. 다른 녀석이 저런 상태인데도 살아있는데 너만 죽었다는 건 이상하지 않아? 살아있지?"

대답할 필요는 없어. 앞으로 몇 초만 고생하면 돼.

"죽은 척을 계속할 거면 그것도 괜찮은데 일단 잘라줄게."

큰일 났다. 어쩌지? 목숨을 구걸할까? 믿게 할 필요는 없다. 몇 초만 망설이면 그걸로 충분하다.

하지만 인간에게 목숨을 구걸한다는 건, 캐터피라에게는 너무나 큰 굴욕이었다. 그녀는 필사적으로 생각했다.

아니야. 그런 한심한 짓을 하지 않아도 돼. 손발 중 하나를 절단당해도 나는 충분히 이 녀석들을 이길 수 있어. 됐어. 자르고 싶으면 맘대로 잘라.

"손발을 잘라내요?" 여자가 불쾌함을 잔뜩 담은 채 말했다.

"아니야. 하나씩 잘라내려면 시간이 걸려. 그냥 쉽게 머리를 잘라야겠어. 뇌가 없으면 손발을 움직이지 못하니까. 이 괴물들의 동료가 도우러 올지도 모르니까 우물쭈물하고 있을 시간이 없잖아?"

캐터피라는 공포에 사로잡혔다.

아무래도 목숨을 구걸해야겠어.

그녀는 결심했다.

하지만 이미 늦었다.

도쿠 씨는 조금도 주저하지 않았다.

20

슈티는 격렬하게 기침하면서 땅에 푹 고꾸라졌다. 얼굴에서 핏기가 사라졌고 식은땀으로 푹 젖은 온몸이 덜덜 떨렸다.

"어이! 너무 게으른 거 아냐!" 위젤이 바로 위에서 말을 걸었다. "앞으로 5초 남았어. 더 달려!"

"더는…… 안 돼. ………달릴 수……없어." 슈티는 실낱같은 숨을 내뱉었다. "이제 한 걸음도…… 나는…… 아아…… 죽일 테면…… 죽여."

"정말? 벌써 포기야?"

슈티가 간신히 고개를 끄덕였다.

"아, 시시해." 위젤은 하품했다. "조금 더 거친 녀석인 줄 알았는데."

"사람에게는…… 한계가…….."

"그러니까 그 한계를 넘으라고!!" 위젤은 착지해 슈티의 옆구리를 찼다.

슈티는 쿨럭쿨럭 피를 토했다.

"흠. 못 달리는 척 하는 건 아닌 것 같네. 하지만 나는 이쯤에서 봐줄 만큼 착하지 않아." 위젤은 슈티의 얼굴에 대고 말했다. "아저씨, 빨리 달리라고."

"죽……여." 슈티는 눈을 허옇게 떴다.

"내 말 안 들려? 나는 착하지 않다고." 위젤은 슈티의 귓불을 잡았다. "지이이이이이익." 마치 지퍼를 여는 것처럼 귓불을 천천히 찢어냈다.

선혈이 용솟음쳤다.

"아아아아악!" 슈티는 지면에서 마구 뒹굴었다.

"봐. 아직 발버둥 칠 수 있잖아. 굴러도 되니까 얼른 도망쳐."

슈티는 움직이지 못했다.

"너처럼 강인한 녀석이 이 정도에 실신할 리 없잖아! 휴식은 없다고. 얼른 달려, 이 쓰레기야!!" 위젤은 안달을 내며 슈티에게 다가왔다.

바로 앞에 서기까지 2, 3초가 남았을 무렵, 슈티는 몸을 휙 돌렸다.

손에는 두 개의 화살을 시위에 건 소형 활이 쥐어져 있었다.

위젤은 한심하다는 듯 봤다.

"오호. 아직도 그런 걸 숨기고 있었—"

두 개의 화살이 동시에 날아왔다.

하나는 손으로 쳐냈으나 다른 하나가 오른쪽 눈에 명중했다.

"아파! 젠장!!" 위젤은 화살을 뽑았다.

피범벅이 된 안구가 툭 빠졌다.

"나는 말이야." 슈티는 헉헉 어깨로 숨을 몰아쉬었다. "활 하나로…… 두 개를 동시에 쏠 수 있어. ……둘 다 각각의 표적에…… 명중시킬 수 있지."

"오! 그거 대단하네. 서커스 기술이야?" 위젤의 목소리는 분노와 증오로 가득했다. "그런데 둘 다 눈을 맞출 수는 없었네. 그럼, 그다지 의미가 없어. 한쪽 눈만 있으면 너를 볼 수 있고 잃어버린 눈도 1분이면 원래대로 돌아가. 하지만 네 귀는 이제 원래대로 될 수 없지. 너와 나 사이의 결정적인 차이야." 위젤은 손가락으로 집어 든 귓불을 슈티에게 던졌다.

귓불은 슈티의 이마에 닿으며 찰싹 소리를 냈다.

"자, 다음은 다른 귀를 잘라주지. 아니면 코가 좋을까?"

위젤은 슈티에게 다가가려다 갑자기 돌아봤다.

거기에는 나뭇가지를 내민 채 돌진해오는 란도가 있었다.

위젤은 오른손을 뻗어 나뭇가지 끝을 잡은 다음, 그대로 란도와 함께 나뭇가지를 내던졌다.

란도는 두꺼운 나무 기둥에 내리꽂혔다.

"너는 나중에 상대할게. 우선은 이 궁수를 상대하겠다고 했으니까."

"슈팅…… 스타……야." 슈티가 말했다.

"뭐? 뭐라고?" 위젤은 실실 웃어댔다.

"내 이름은…… 슈팅 스타야!!" 슈티는 피가 섞인 침을 내뱉었다. "내가 직접 지은 예명이야. 마음에 드니까 함부로 바꾸지 마!!" 슈티는 온몸을 덜덜 떨면서도 일어났다.

"슈티, 무리하지 마! 이 아귀는 내가 어떻게든 할게!!"란도가 말했다.

위젤은 힐끗 란도를 봤다.

"뭐? 아귀라고 해서 나를 화나게 하려는 작전이야? 유감이네. 나는 침착한 성격이라 그리 쉽게 화내지 않아. 하지만 말이야, 매사에는 예의라는 게 필요해. 아저씨가 그렇게 무례하게 말하면 안 되지, 안 그래?"위젤은 슈티에게 다가가 그의 몸을 찼다.

슈티의 몸은 몇 미터나 날아가 란도에게 명중했다.

둘은 동시에 땅에 쓰러져 굴렀다.

"슈티, 괜찮아?"먼저 일어난 란도가 말했다.

"괜찮냐고? 물론이지. ……다 계획대로 진행되고 있어."

그 말이 단순한 허세인지, 의식이 흐려져 생긴 망상인지, 란도는 판단할 수 없었다.

"너희들은 무슨 관계야? 친구? 형제? 연인? 이쪽 남자를 먼저 죽이는 게 궁수를 더 괴롭히는 건가?"

"나는 네가…… 뒤쫓아 오길…… 기다렸어."슈티가 말했다. "녀석에게는 거의 틈이 없어. ……그래서 네 협력이…… 필요했어."

"다 아니까 말하지 마."

"나는 숲속을 크게 돌았어. ……그리고 알아차리지 못하게 텐트 근처까지 돌아왔어. 그럼 ……네가 찾을 줄 알았지."

"텐트 근처가 아니더라도 뒤쫓아갔을 거야."

"그래? 생각보다…… 늦었는데."

"그건 사체를 발견하고 불덩어리를 보느라 시간이 걸렸어."

"내 신경을 딴 곳으로 돌리려고 거짓말하는 거야?" 위젤은 어느새 바로 옆으로 와 있었다.

"믿고 싶지 않으면…… 안 믿어도 돼." 슈티가 말했다. "하지만 사체가 있었다는 건…… 이 주변에 너희들보다…… 강한 녀석이 있단 소리지."

"뭘 숨기고 있지?"

"슈티, 지금이야." 란도는 뒤를 돌아보며 조그맣게 말했다.

"안 돼. 녀석은 아직…… 방심하지 않았어." 슈티는 비통한 목소리로 말했다.

"나는 숨기는 걸 싫어해. 무슨 꿍꿍이야?" 위젤은 란도의 멱살을 잡고 내던졌다.

란도는 커다란 바위에 부딪혀 숨을 쉴 수 없었다.

그 순간 슈티는 힘껏 뛰어오름과 동시에 왼손으로 주머니에서 꺼낸 칼을 위젤의 목구멍에 꽂았다.

"죽어!!"

위젤은 슈티의 왼손을 후려쳤다.

우두둑 둔탁한 소리가 나더니 슈티의 왼손이 부러지며 칼이 어딘가로 날아갔다.

동시에 위젤의 손날이 슈티의 복부를 깊이 찔렀다.

"앗!" 위젤은 놀란 듯한 소리를 냈다. "깜빡하고 치명상을 입혔네. 이래서는 오래 괴롭힐 수 없겠어. 전혀 재미있지 않아." 위젤은 슈티의 복부에서 손날을 뺐다.

슈티는 눈을 부릅뜬 채 털썩 땅에 쓰러졌다. 입과 배에서 울컥울컥 피가 흘러나왔다.

"슈티!!" 란도는 슈티에게 기어왔다.

"이 칼로 나를 정말 죽일 생각이었어? 아니면 편안하게 죽임을 당하려고 나를 속인 거야? 후자라면 정말 깜빡 속았네. 괘씸하지만 뭐, 실컷 괴롭게 그냥 둬야겠다. 그래, 맞다. 네가 죽으면 이 남자를 최대한 오래 괴롭히다가 죽이겠다고 약속할게. 그럼 죽기 전에 네가 조금은 고통스러운 마음을 가질 테니까."

"슈티!" 란도는 슈티를 덮치듯 꼭 껴안았다. "정신 차려!"

"이제…… 됐어. ……계획……대로야." 슈티는 피를 토하면서 콜록거렸다.

"말하지 마. 가만히 있어."

"지금…… 녀석은…… 방심했어……." 슈티는 란도의 소맷자락을 힘껏 붙잡고 찢었다.

란도는 눈을 감았다.

"지금이야."

란도는 움직이지 않았다.

"뭐…… 하는 거야? 나를…… 개죽음으로…… 만들 셈이야?"

"너희들, 무슨 말을 하는 거지?" 위젤이 미간을 찌푸렸다.

"빨리…… 랜디." 슈티가 말했다.

란도는 절규하며 슈티의 몸에서 성큼 물러났다.

몸을 일으킨 슈티의 입에는 란도의 옷 소맷자락이었던 천이 물려 있었고 손에는 두 개의 화살을 시위에 건 활이 쥐어져 있었다.

"어이, 이봐. 또 해? 그 방법은 아까도 썼잖아. 너무 아파서 머리가 어떻게 된 거 아니야?"

"랜디…… 잘 봐둬. ……내 ……유언이야." 슈티의 입에서 천이 떨어졌다.

"알았어." 위젤은 얌전히 양손을 펼쳤다. "자, 해봐."

천이 슈티의 손가락을 덮었다.

다음 순간에는 위젤의 코 아래와 왼쪽 가슴에 화살이 박혀 있었다.

위젤의 한쪽 눈은 가만히 슈티를 봤으나 그대로 뒤로 쿵 쓰러졌다.

동시에 슈티도 쓰러졌다.

란도는 슈티에게 달려갔다.

"녀석은…… 내 손가락 움직임으로…… 발사 타이밍을 알아차려." 슈티가 말했다. "그래서…… 천으로…… 손가락을 가렸어."

위젤의 몸은 몇 초 동안, 경련하다가 곧 멈췄다.

"이거……야. 내…… 유언…… 약점." 슈티는 울컥울컥 피를 토했다.

"이제 됐어. 좀 쉬어. 지금, 도움을 요청할게."

슈티의 몸에서 힘이 빠졌다. 팔이 툭 떨어졌다. 눈은 여전히 뜨고 있었으나 그 눈에서 이미 빛은 사라지고 없었다.

"슈티, 왜 그래? 네가 죽으면 안 되지! 장난은 그만하고 빨리 일어나." 란도는 떨면서 말했다.

하지만 슈티는 움직이지 않았다.

"안 돼. 나는 널 죽게 놔두지 않을 거야!!"

란도가 서커스에서 안식처를 찾은 것은 슈티 덕분이었다. 어디서 굴러온 녀석인지도 모를 내 요청을 받아들여 단장과 연결해주었다.

내가 마술에 실패해 절망했을 때는 엄격하게 대하면서도 계속 나를 지켜봐주었다.

나는 평생 슈티에게 은혜를 갚아야 한다. 지금, 죽게 할 것 같아!

란도는 슈티에게 심장 마사지를 했다. 그리고 큰 소리로 수없이 슈티의 이름을 불러댔다.

30분쯤 그러고 있다가, 란도는 그제야 제정신을 차렸다.

심장이 멈추고 10분이나 지났으니 소생은 거의 절망적이겠지.

정신을 차렸을 때 란도는 울고 있었다.

스스로 마음을 다스리며 간신히 심장 마사지를 중단했다.

오랫동안 힘을 쓴 탓에 빵빵하게 부푼 팔을 억지로 움직여 상처 상태를 살폈다.

란도는 슈티의 상처가 몸통을 관통하고 있음을 발견했다.

수십 초라도 살아있던 게 기적이다. 즉사했어도 이상할 게 없었다.

란도는 절규했다. 지금까지 느껴본 적 없는 분노에 온몸의 떨림이 멈추지 않았다.

죽여버리겠어. 녀석을 전부 죽일 테야!

란도는 일어났다.

"으아아아아악!" 란도는 짐승처럼 울부짖고 빵빵해진 팔로 숲의 나무들을 마구 후려쳤다. 주먹이 찢어지며 피가 튀었다. 하지만 고통은 느껴지지 않았다.

랜디, 침착해.

슈티의 목소리가 들리는 것만 같았다.

란도는 슈티의 시신을 내려다봤다.

뭐지?

란도는 위화감을 느끼고 생각에 잠겼다.

도대체 뭐지?

슈티의 팔은 땅 위에 떨어져 있었는데 그 손가락 끝은 여전히 위젤을 가리키고 있었다.

"도대체 무슨 말을 하고 싶은 거야?"

란도는 조심스럽게 위젤에게 다가갔다.

이제 꿈쩍도 하지 않았다.

부글부글 격렬한 분노가 솟아올라, 충동적으로 근처에 있던 돌로 위젤의 얼굴을 후려쳤다.

도중에 화살이 부러지며 얼굴 뼈가 푹 들어갔는데도 반응은 없었다.

아무래도 정말 죽은 것 같았다.

위젤이 슈티에게 한 짓을 떠올리며 얼굴을 알아보지 못할 정도로 짓이길까 생각했는데 거기에서 생각을 멈췄다.

냉정함을 잃으면 할 수 있는 일도 할 수 없게 된다. 이 사체는 귀중한 샘플이다. 함부로 훼손해선 안 된다.

란도는 위젤의 사체를 다시 관찰했다.

안면 중앙이 함몰된 것은 란도가 돌로 때려서이니까, 아무래도 슈티가 전하려던 뜻과는 관계가 없을 것이다.

달리 특징적인 점이라면 얼굴과 가슴에 박힌 화살이었다. 아마도 이 화살이 치명상이 되었으리라.

이때 란도는 드디어 위화감의 정체를 깨달았다.

위젤은 이미 슈티의 화살을 맞은 적이 있다. 그때는 죽지 않고 바로 회복했다. 그런데 왜 이번에는 죽었을까? 화살에 특별한 장치를 한 것 같진 않다. 그렇다면 효과가 없었던 이전 공격과 이번이 뭐가 다르지?

큰 차이는 꽂힌 위치이다. 이번에는 코 밑과 왼쪽 가슴이었다. 정확히 급소를 명중시킨 건데, 처음에 노렸던 경동맥 역시 훌륭한 급소다.

그렇다면 단순히 인간의 급소를 노린다고 될 일이 아닌 듯하네.

가슴에 박힌 화살은 심장을 관통한 것 같았다. 아마도 심장의 움직임에 방해가 되었으리라. 어쩌면 파열되었을지도 모른다. 심장이 멈추면 혈액 순환도 중단되어 온몸의 산소 공급이 불가능해진다. 이 괴물의 심장이 인간과 같은 기능을 하고 있다면, 이 녀석들을 죽이려면 심장을 파괴하는 게 가장 효과적이라는 소리다.

코 아래에서 위쪽으로 꽂힌 화살은 뇌의 핵심 부분에 명중한 듯했다. 뇌 핵심 부위에 화살이 도달하면 호흡과 혈액 순환을 포함한 다양한 생명 유지 활동에 필요한 중추가 파괴된다. 이 또한 온몸으로의 산소 공급을 방해한다.

그렇구나. 그런 거였구나. 다른 데도 더 있을지 모르겠으나 적어도 이 두 군데를 공격하면 흡혈귀를 쓰러뜨릴 수 있다.

슈티는 그 사실을 알리고 싶은 거였다.

우선 이 사실을 모두에게 전해야 한다. 그리고 혹시 이 녀석들과 맞닥뜨릴 상황에 대비해 무기가 필요하다.

슈티의 손에서 소형 활을 빼서 들었다.

위력은 약하고 슈티처럼 두 개의 화살을 동시에 조준할 순 없으나 용케 가까이 다가가 근접 거리에서 발사할 수만 있다면 효과가 있을 것이다. 이걸 가져가자. 그런데 화살이 없다.

란도는 위젤의 몸에서 화살을 뺐다. 피로 더러워져 있고 축이 살짝 구부러졌다. 없는 것보다는 낫겠으나 똑바로 날아가게 할 자신은 없었다.

멀쩡한 화살이 있으면 좋겠는데 화살은 텐트까지 가지러 가야만 했다. 그리고 텐트 근처일수록 위험이 커진다는 사실은 쉽게 상상할 수 있었다.

하지만 애써 슈티가 알려준 흡혈귀 처치 방법이다. 이 정보를 그냥 버릴 수는 없다.

란도는 텐트로 돌아가기로 마음먹고 슈티의 시신을 근처 나무 밑까지 옮겨 그곳에 안치했다. 비교적 나뭇잎이 많이 남은 나뭇가지를 덮어 슈티를 가렸다.

그저 마음의 위안일지 모르겠으나 슈티를 그냥 놓고 갈 수는 없었다.

란도는 슈티에게 묵례하고 텐트 쪽을 향해 달리기 시작했다.

21

맹수 사육사 레이라는 몸을 웅크린 채 숲속을 속보로 걸었다. 수십 걸음 걷고는 멈춰서 주위를 두리번거리고 다시 나아가기 시작했다.

공연 텐트 쪽 불은 꺼진 듯했으나 아무래도 걱정이다. 이렇게 걸어가야 한다는 게 조바심이 나지만, 그 괴물에게 발견되면 큰일이다. 이렇게 조심스럽게 나아가는 수밖에 없다.

레이라는 한숨을 토했다.

그때, 누가 레이라의 어깨를 잡았다.

"왜 공연 텐트 쪽으로 가지?"

레이라는 비명을 지르며 그 자리에 주저앉았다.

"제발, 잡아먹지 말아줘."

"나는 종종 사람 잡아먹는 녀석이라는 말을 듣지만, 실제로 먹진 않으니까 안심해."

익숙한 목소리였다.

레이라는 조심스레 고개를 들었다.

거기에는 피에로가 있었다.

"단장!" 레이라는 너무 기뻐 목소리를 높였다.

"쉿! 큰 소리는 내지 마."

"앗. 나, 비명 질렀네."

"해버린 건 어쩔 수 없지. 게다가 놀라게 한 나도 잘못이니까. 놀라게 할 생각은 없었지만."

"언제부터 따라왔어? 인기척을 최대한 죽이고 숲속을 걸어왔는데."

"2, 3분 전부터였나. 숲속에서 바스락 소리가 나서 혹시 싶어 봤더니 허리를 잔뜩 숙이고 네가 숲속을 지나가고 있더라. 혼자 가게 두면 위험할 것만 같아 2, 3미터쯤 거리를 두고 따라왔는데 아무래도 텐트 쪽으로 가는 듯해 말을 걸었지."

"나, 소리가 났어?"

"응. 완전! 게다가 바로 뒤의 내 기척도 모르던데. 나는 별로 기척을 없애려고 하지도 않았는데도."

"공격과 수비 모두에서 불합격이네." 레이라는 어깨를 툭 떨어뜨렸다.

"그래서 아까 한 질문인데 왜 텐트로 가고 있었어?" 피에로가 다시 물었다.

"아까 공연 텐트 쪽에 불이 난 거 봤어?"

"그래. 그리고 불덩어리가 숲 위를 날아갔지."

"불덩어리? 그건 몰라. 큰 소리는 들었지만."

"고개를 숙이고 다니니까 그렇지. 녀석들은 하늘에서 공격

266

해 올지도 모르니까 위를 보지 않으면 위험해."

"가끔 멈춰서 하늘을 봤다고."

"가끔 보면 소용없어. 녀석들은 빠르니까. ……그래서, 왜 텐트로 간다고 했지?"

"불이 난 걸 보니까 생각이 나더라. 엘사와 아이들을 두고 도망친 게."

"녀석들, 맹수의 피도 마실까?"

"그야 모르지. 하지만 혹시 먹는다면 풀어줘야지."

"맹수를 풀어주는 건 범죄야."

"무슨 소리야? 여기는 맹수보다 무서운 괴물이 어슬렁대고 있어. 지금 와서 맹수 몇 마리가 우리에서 나온다고 문제가 될 건 없어."

"어떤 괴물이 어슬렁대고 있든, 맹수를 풀어주는 건 범죄야." 피에로는 머리를 긁적였다. "하지만 지금은 긴급 사태지. 풀어주자."

"고마워. 그럼 나는 동물 우리로 갈 테니까 단장은 조심해서 도망쳐." 레이라는 다시 몸을 굽히고 걷기 시작했다.

"잠깐만." 피에로는 레이라의 손을 잡았다.

"왜?"

"나도 같이 가."

"왜?"

"여자 혼자 위험하게 둘 순 없잖아."

레이라는 웃었다.

"구닥다리 같은 소리. 아무리 생각해도 내가 단장보다 체력이 세. 게다가 둘이라고 해서 그런 녀석들에게 이길 수 있을리 없고. 혼자 가는 게 나아. 그럼 녀석들에게 들켰을 때 희생도 한 사람으로 끝나지."

"아니, 녀석들과 싸우겠다는 소리는 아니야. 눈 두 개보다는 네 개가 훨씬 멀리 감시할 수 있다는 거지. 특히 우리를 열 때는 주위를 살필 수 없잖아?"

레이라는 생각에 잠겼다.

"그러네. 혼자보다 둘이 살아남을 가능성이 클지 몰라. 하지만 그렇게 말하자면 단장은 나랑 같이 가지 않는 쪽이 훨씬 안전해."

"너도 굳이 공연 텐트로 가지 말고 도망치는 게 제일 안전해."

"내게는 그 아이들이 필요해. 버리고 갈 순 없어."

"그건 나도 마찬가지야."

레이라는 깜짝 놀라 피에로의 눈을 봤다.

"……그러네. 그랬지. 여기서 언쟁해봤자 소용없겠어. 빨리 그 아이들을 도와주자."

"그렇게 정해졌으면 서두르는 게 더 좋겠어."

둘은 나란히 숲속을 나아가기 시작했다.

곧 숲속 출구에 도달했다.

텐트촌까지는 작은 광장이 있었다. 거리로는 50미터쯤 되었다.

"여기가 제일 위험해."

"응. 훤히 보일 테니까."

"내가 혼자 갈 테니까 단장은 여기서 기다려."

"또 같은 얘기를 해야 해? 나도 가."

"같이 가면 같이 살해당할 수도 있어."

"같이 가겠다는 말이 아니야. 일단 나 혼자 광장을 가로질러 갈 거야. 동물 우리와는 다른 방향으로. 그다음 네가 동물 우리 쪽으로 가. 누구든 흡혈귀를 발견하면 큰 소리를 지르며 도망치는 거야. 둘 다 상대는 생각하지 말고 자기 목숨만 생각하고 도망쳐."

"그 작전으로 되겠어?"

"그건 모르지. 하지만 다른 방법이 생각나질 않아."

"알았어. 그래도 내가 앞장설 거야."그렇게 말하고 레이라는 피에로가 말리는데도 광장으로 들어가 공연 텐트를 향해 달리기 시작했다.

원했던 바는 아니었으나 어쩔 수 없었던 피에로는 바로 따라 나가지 않고 레이라가 멀어지기를 기다렸다.

광장은 텐트의 조명으로 희미하게나마 밝기가 있어서 잘 보였다. 괴물의 모습은 찾을 수 없었다.

레이라는 우선 작은 동물을 모아놓은 동물 우리 천막으로 뛰어들었다. 천막 안은 불이 없어서 밖의 불빛에 의지해 철창을 여는 수밖에 없었다. 게다가 최대한 소리를 내지 않고.

안에 있는 맹수는 두 마리였다. 사자인 엘사와 호랑이인 나오토.

원래는 열 마리 이상이었는데 서커스 경영이 어려워져 차례차례 다른 곳으로 보내고 말았다.

이런 일이 있을 줄 알았다면 이 아이들도 보냈으면 좋았을 텐데.

레이라는 후회하면서 열쇠를 꺼내 두 우리를 열었다.

"자, 둘 다 밖으로 나와. 숲속으로 도망쳐."

하지만 두 마리 모두 경계하는 듯 열린 우리 속에서 꼼짝도 하지 않았다.

"왜 그래? 서둘러!"

어쩌면 밖이 무서울지도 모른다.

레이라는 맹수들이 밖에 나가본 적이 없다는 사실을 깨달았다.

천막 밖은 이 아이들에게는 미지의 세계구나. 어떻게 하면 밖에 나가게 할 수 있을까? 밖은 안전하다고 할까? 아니야. 지금은 전혀 안전하지 않아.

레이라는 벽에 걸린 채찍을 들었다.

일단 채찍으로 위협해 밖으로 나가게 해야 해. 하지만 다음은? 광장에서 어슬렁거리다가는 녀석들에게 들킬지도 몰라.

어쩔 수 없지. 이 아이들의 생존 본능을 믿고 숲속으로 도망치길 기도하는 수밖에 없어.

레이라는 채찍을 휘둘렀다.

"레이라! 도망쳐!!" 피에로의 절규가 들렸다.

천막에서 얼굴을 내밀자 피범벅이 된 소녀가 공중을 날아 피에로의 뒤를 쫓는 게 보였다.

소녀는 고개를 돌리며 주위를 살폈다.

아마 피에로가 소리친 상대를 찾는 것이리라.

피에로는 필사적으로 달리느라 숨이 끊어질 듯 보였는데 소녀는 아주 여유만만했다. 이대로 가면 바로 잡힐 것이다.

레이라는 천막에서 튀어나왔다.

"아가씨, 여기야! 나는 여기 있다고!!" 동물 우리에서 떨어지면서 레이라는 목소리를 쥐어짜내 소리쳤다.

"뭐 하는 거야?! 빨리 도망치라고 했잖아!" 피에로는 창백해져 말했다. "상대는 생각하지 말고 자기 목숨만 생각하고 도망치기로 약속했잖아!!"

"미안해. 약속은 못 지키겠네."

소녀는 잠시 피에로와 레이라를 비교한 후 획 공중을 날아 레이라 쪽으로 다가왔다.

"당신, 레이라라고 하나? 나는 키리피시야. 잘 부탁해."

"피범벅이네." 레이라는 얼굴을 찡그렸다. "너, 더러워."

키리피시의 얼굴이 단박에 험악하게 일그러지기 시작했다.

"네 동료 탓에 내가 더러워졌잖아!"

"어머! 내 동료가 상당하구나." 레이라는 가슴이 소란스러워졌다. "누구한테 당했어?"

"이름을 들었는지 아닌지는 기억나지 않아. 나무타기가 특기인 아줌마."

높은 곳이 특기라면 진이나 기프티일 것이다. 실제로 잽싸게 나무를 올랐다면 아마 기프티이겠지. 하지만 키리피시에게 상처를 입힌 후 어떻게 되었을까? 이 흡혈귀가 살아있다는 사실은 기프티가 도망쳤거나 이 흡혈귀가 도망쳤거나, 아니면……

기프티가 당했을 가능성은 생각하고 싶지 않았다. 그녀는 신중한 성격이야. 그리 쉽게 당하다니, 믿을 수 없어.

"말해두겠는데 그 아줌마는 내가 제대로 죽였어. 하지만 나이가 있어서 그런지 피가 별로 맛이 없네." 키리피시는 심드렁하게 말했다.

"이 녀석의 말에 휘말리지 마!" 피에로가 소리쳤다. "네가 화내는 걸 즐기려는 거야."

맞아. 이런 흡혈귀 말 따위 믿을 필요 없어. 분노의 감정을 조절하자.

레이라는 주먹을 꼭 움켜쥐었다.

"그래, 맞아. 그 아줌마와 같이 있던 남자를 나뭇가지로 꽂아놓고 왔는데 무척 화를 내더라. 아주 재미있었어."

그 말을 듣는 순간, 레이라의 머릿속은 하얘졌다. 채찍을 움켜쥐고 키리피시를 향해 달리기 시작했다.

"아하, 이제 마음이 생겼나 보네." 키리피시가 천천히 하강했다. "사실 말이야, 나는 지금 화나 나 견딜 수가 없어. 분풀이로 너를 산 채로 표본으로 삼을까 해. 괜찮겠어?"

레이라의 귀에는 이제 키리피시의 말이 들리지 않았다. 단숨에 광장을 달려 채찍을 들어 올려 키리피시를 향해 후려쳤다.

키리피시는 도망치려 하지도 않고 채찍을 잡으려고 손을 내밀었다.

피에로가 키리피시에게 몸을 날렸다. 그는 그대로 그 자리에 굴렀다.

아주 살짝 키리피시의 손이 흔들렸다.

채찍 끝이 손바닥을 스쳐 키리피시의 뺨에 명중했다. 채찍은 뺨의 피부를 벗겨내고는 크게 원을 그리며 레이라의 뒤로 돌아왔다.

키리피시는 손가락으로 자기 뺨을 만져 확인했다. 피를 본 그녀의 눈이 커다랗게 벌어지더니 격렬한 분노의 형상이 되었다.

"나는…… 나는 말이야, 다치는 게 제일 싫어."

"어머, 그래? 그럼, 우리도 해치치 말아줘." 레이라는 시선을 피하지 않고 말했다.

"저기 말이야, 착각한 것 같은데 우리와 너희는 대등하지 않아. 인간과 바퀴벌레는 친구가 될 수 없어. 네 친구가 바퀴벌레를 짓밟으면 '너도 짓밟히면 싫잖아. 그러니까 바퀴벌레를 죽이지 마'라고 하냐? 안 하지?"

"우리는 바퀴벌레가 아니야."

"그건 착각일 뿐이야. 너희들은 바퀴벌레야. ……거기, 빌어먹을 영감탱이, 너도 마찬가지야!" 키리피시는 아직 일어나지도 못하고 있는 피에로에게 호통쳤다.

"단장! 도망쳐!" 레이라가 소리쳤다.

"어?" 피에로는 키리피시의 노려보는 눈초리에 겁을 먹었는지 주저앉은 채 멀거니 레이라 쪽을 바라봤다.

키리피시는 피에로에게로 몸을 돌렸다.

"도망쳐!!" 레이라는 소리침과 동시에 다시 채찍을 휘둘러 키리피시의 목덜미를 때렸다.

"으아아악!!" 키리피시는 갑자기 입을 찢어 무수한 이빨을 드러내 레이라를 위협했다.

"허어어어억!!" 피에로는 마침내 일어나 도망치기 시작했다.

레이라는 한숨을 내쉬었다.

이제 한동안 키리피시의 관심을 내게 돌리면 단장은 도망칠 수 있다. 조금이라도 시간을 벌어야 해.

한번 포효한 후, 키리피시의 얼굴은 서서히 천진난만한 소녀의 모습으로 돌아왔다.

"이게, 작전이야?"

레이라는 대답 없이 채찍을 겨눴다.

"두 번이나 나를 쳤네. 첫 번째는 저놈의 영감탱이가 부딪쳐서 그랬고, 두 번째는 저놈의 영감탱이에게 정신이 팔려서 그랬지. 너는 실력으로 나를 다치게 한 게 아니야."

레이라는 채찍을 겨눈 채 조금씩 자세를 바꿨다.

"이제, 저 영감탱이가 도망쳐버렸네. 그러니까 이번에는 절대로 맞출 수 없어. 자, 쳐봐."

레이라는 도전에 응하지 않았다.

"나 말이야, 오늘 아주 기분이 더러워. 처음에는 그 녀석이었어. 랜디라는 아저씨에게 속아 동료들에게 완전히 놀림을 당했거든. 다음에는 이상한 아줌마 탓에 꼬치가 됐어. 게다가너 같은 한심한 녀석에게 두 번이나 채찍을 맞았네. 정말 짜증난다고. 알겠어?"

아직이야. 이 녀석을 더 화나게 해야 해.

레이라는 가볍게 채찍을 휘둘렀다.

키리피시는 채찍을 잡으려고 손을 내밀었으나 채찍은 바로앞에서 공회전했다.

레이라가 씩 웃었다.

"나를 놀려서 화나게 하려는 거구나. 하지만 말이야, 나를 화나게 하는 짓은 멍청한 일이야. 1분 후, 너는 이렇게 생각할 거야. 이렇게 참혹한 상태로 살아있느니 차라리 죽었으면 좋겠다. 아아. 저 귀여운 키리피시 아가씨를 화나게 하다니. 정말잘못했네." 키리피시는 윙크했다.

피에로의 모습은 어느새 보이지 않았다.

자, 이제 해볼까.

레이라는 충분히 타이밍을 계산해 채찍을 휘둘렀다.

키리피시의 뒤에서 거대란 사자─엘사가 포효하면서 달려들었다.

가능하면 울부짖지 않고 달려들길 바랐으나 동물에게는 무리한 요구겠지.

레이라는 생각했다.

엘사는 우리 밖의 이변을 알아차리고 키리피시에게 소리 없이 접근한 것이다. 키리피시는 레이라에게 정신이 팔려있었던 데다 적은 인간뿐이라고 착각해 엘사의 존재를 깨닫는 데한 발 늦었다.

키리피시는 당황하는 표정을 지었다. 그녀는 일단 채찍 끝을 잡은 다음 몸을 돌리려 했다.

왜 채찍을 먼저 잡으려고 했는지는 모른다. 세 번이나 채찍에 맞는 건 자존심이 허락하지 않았기 때문일지 모른다. 어쨌든 순간의 망설임이 엘사에게 유리하게 작용했다.

엘사는 뒤에서 키리피시의 목덜미를 물었다.

레이라가 있는 곳에서도 우두둑 뼈 부러지는 소리가 들렸다.

키리피시의 상반신이 늑대와 박쥐의 중간쯤 되는 짐승의 모습으로 변했다.

그녀는 절규하면서 잡고 있던 채찍을 잡아당겼다.

레이라는 채찍을 놓치지 않으려고 두 손으로 꼭 붙잡았다.

놀랍게도 키리피시는 채찍과 함께 레이라까지 휘둘렀다.

레이라는 공중을 날아 땅에 뚝 떨어졌다. 고통과 충격으로 머리가 어지러웠고 숨이 제대로 쉬어지지 않았다.

일어나야 해.

레이라는 다리에 힘을 줬으나 도무지 일어날 수 없었다.

키리피시는 채찍을 놓자 양손을 등 뒤로 돌려 엘사의 머리를 잡았다.

엘사와 키리피시, 두 마리 짐승의 포효가 겹쳐졌다.

키리피시는 힘껏 엘사의 머리를 자신의 목덜미에서 떼어내려 했다.

하지만 엘사는 이빨을 놓으려 하지 않았다.

찌지직 근육과 피부가 찢어지는 소리가 들렸다.

그런데도 키리피시는 겁 먹지 않았다. 엄청난 피와 살점, 뼛조각을 뿌리면서도 100킬로그램이 넘는 엘사를 떼어내 들어 올렸다.

엘사는 고통스러워하며 포효했다. 입에서 키리피시의 피부 조직이 땅에 툭 소리를 내며 떨어졌다.

키리피시는 엘사를 자기 바로 앞 땅에 내리꽂았다.

엘사의 머리가 이상한 방향으로 뒤틀리며 흠칫흠칫 경련을 일으켰다.

"엘사!!" 레이라는 그제야 일어날 수 있었다. 간신히 숨도 쉴 수 있었다.

키리피시가 엘사를 보고 뭐라고 외쳤지만 짐승의 울부짖는 소리로밖에 들리지 않았다. 어차피 증오에 가득 찬 말이나 밉살스러운 소리일 테니 알아듣지 못해도 문제는 없지 않을까.

키리피시는 힐끗 엘사를 봤다. 하지만 더는 싸울 마음이 없는지 레이라 쪽으로 향해왔다.

레이라는 기적적으로 놓치지 않았던 채찍을 휘둘렀다.

키리피시는 순간 움직임을 멈췄다.

하지만 채찍은 키리피시를 노린 게 아니라 땅을 쳤다.

키리피시는 채찍 끝을 주목하고 있었다.

물론 이건 직접적인 공격이 아니다.

나오토에게 보내는 신호였다.

체중 300킬로그램에 가까운 호랑이가 키리피시에게 달려들었다. 게다가 울부짖지도 않고.

나오토, 나이스!

나오토의 발톱은 키리피시의 옆구리에 꽂히더니 그대로 피부를 찢어냈다.

키리피시의 몸은 그 탄력에 팽이처럼 회전했다.

부러진 갈비뼈가 드러났고 장기가 흘러나왔다.

키리피시는 상처 입구를 막고 나오토와 대치했다.

키리피시는 같은 실수를 되풀이했다. 맹수가 한 마리밖에 없으리라 생각한 것이다.

자, 문제는 지금부터야. 엘사의 공격도 나오토의 공격도 예상 밖이었다. 그래서 키리피시에게 타격을 줄 수 있었다. 그러나 정면 공격일 때는 어떨까.

조금 전 채찍과 함께 내동댕이쳐진 느낌으로는, 이 흡혈귀에게는 중장비와 같은 힘이 있는 듯하다. 나오토가 전력으로 대결한다 하더라도 이길 수 있을까.

다른 포효가 들려왔다.

엘사가 일어났다.

조금 전 당한 척한 건가, 아니면 단시간에 회복했나. 어쨌든 엘사, 굉장해. 이로써 3대 1의 대치가 되었네.

물론 두 마리에게 전략을 전할 순 없다. 야성의 감으로, 적절하게 움직여주길 바라는 수밖에.

키리피시는 두 마리에게 눈길을 주면서도 레이라를 노려봤다.

아아. 이거 큰일이네. 그야 그렇지. 내가 제일 약해 보이니까 나를 노리겠지. 하지만 나를 노리려고 하면 반드시 틈이 생겨. 엘사와 나오토는 그 틈을 절대 놓치지 않을 거야.

레이라는 채찍으로 땅을 쳤다.

두 마리에게는 전해지지 않을 수도 있겠으나 키리피시에게 틈이 있다면 바로 공격하라는 신호였다.

"또 옷이 더러워졌네." 레이라는 키리피시에게 다정하게 말을 걸었다. "엄마한테 혼나겠어."

키리피시는 신음했다. 뭐라고 대답했을지도 모르겠으나 물론 무슨 말인지는 알 수 없었다.

"아, 미안한데 무슨 소린지 잘 모르겠어."

키리피시의 눈은 분노로 불타올랐다.

느낌이 좋아. 하지만 시간이 좀 더 있으면 좋겠네.

레이라는 맹수 쪽을 보지 않으려고 노력했다. 키리피시는 레이라만 보고 있는데 레이라의 시선으로 녀석들의 위치가 드러날 수도 있기 때문이다. 키리피시의 육체는 상당히 심하게 손상했다. 미묘한 기운을 느끼지 못하길 바랄 뿐이었다.

레이라는 맹수들의 위치 관계를 파악하고 작전을 세웠다. 물론 그들이 레이라의 생각대로 움직여주리란 확실한 보장은 없다. 하지만 지금은 거기에 거는 수밖에 없다.

좋아. 지금이야.

레이라는 키리피시 쪽으로 나섬과 동시에 채찍을 휘둘렀다.

키리피시는 채찍 끝을 잡으려고 했다.

그런데 그때는 이미 레이라가 채찍을 회수한 후였다.

키리피시는 허공을 잡는 상태가 되어 살짝 균형을 잃었다.

엘사와 나오토는 그 틈을 놓치지 않았다. 저마다 공중을 가르며 키리피시를 노렸다.

키리피시는 일단 한번 절규하고 양팔을 교차시켰다가 쫙 펼쳤다.

양쪽 주먹이 각각 엘사와 나오토의 얼굴을 강타했다.

두 마리는 튕겨져 나가 땅 위를 굴렀다. 둘 다 상당한 타격을 받은 듯 끙끙거리며 몸부림칠 뿐 일어서지 못했다.

이번에는 확실히 연기가 아니야.

레이라는 확신했다.

나오토의 몸무게가 엘사보다 훨씬 무거워서인지, 키리피시의 몸이 엘사 쪽으로 훌쩍 밀렸지만, 흡혈귀는 쓰러지지 않고 자세를 유지하고 있었다.

키리피시의 모습은 천천히 소녀의 그것으로 돌아왔다.

"이런 짐승 새끼들로, 나를 죽일 수 있다고 생각했어?"

죽일 수 있다는 생각은 하지 않았다. 하지만 키리피시가 조금은 애를 먹으리라 생각했다. 오산이었을 수도 있겠다.

"그런데 너, 더 더러워졌어." 레이라가 말했다.

"놀릴 셈이야? 신경 쓰지 않아. 옷은 얼마든지 살 수 있으니까."

"옷이 아니야. 네 몸을 말하는 거야."

"이건 바로 나아져. 아까도 몸에 구멍이 뚫렸는데 바로 나았잖아. 지금은 피가 부족한데 네 피를 마시면 바로 괜찮아질 거야." 키리피시는 튀어나온 장을 배 안에 꾹꾹 눌러 담았다.

레이라는 간신히 구역질을 참았다.

"네가 죽는 방법은 내가 결정해. 각오는 됐어?" 키리피시는 의기양양하게 말했다.

그래. 준비는 됐어.

"점보, 시작해!" 피에로가 말했다.

"뭐?"

키리피시가 돌아봄과 동시에 점보의 코가 그녀의 머리 위에서 떨어졌다.

키리피시의 등골이 허리 바로 위에서 뚝 부러졌다. 조금 전에 생긴 허리의 상처가 크게 벌어지며 대량의 피와 살점이 분수처럼 뿜어져 나왔다.

키리피시의 몸통은 가운데쯤에서 확 꺾였다. 앞뒤가 아니라 왼쪽으로. 허리에서 위로는 축 늘어져 상하가 역전된 형태였다.

키리피시는 쿨럭쿨럭 피를 토하면서 꺾인 자세로 레이라를 향해 오려고 했으나 균형이 무너져 그 자리에 쓰러진 채 피웅덩이 속에서 발버둥 쳤다.

"상대는 생각하지 않고 자기 목숨만 생각하고 도망치자고 약속하지 않았어?" 레이라는 피에로에게 말했다.

"그건 피차 마찬가지지." 피에로는 점보의 다리를 쓰다듬었다.

점보는 만족스럽게 코를 들어 올렸다.

"그런데 최대한 조용하게 걷게 했다고 해도, 점보를 용케 들키지 않게 했어."

"이 흡혈귀는 같은 실수를 계속했어. 처음에는 나만 적이라고 생각해 두 마리의 맹수 공격을 받았지. 그리고 이번에는 자신의 적은 나와 두 마리의 육식동물이라고 착각했어. 그래서 엘사와 나오토의 움직임에 집중하느라 뒤의 기척을 게을리 했어."

"어리구나."

"응. 아직 애야."

"짜증나. 이 거지 같은 아줌마, 노인탱이!!" 키리피시는 괴로움에 뒹굴면서도 욕을 퍼부었다. "5대 1이라니 비겁해!!"

"그래. 어른은 원래 비겁해." 피에로는 타이르듯 천천히 말했다. "잘 기억해라."

엘사와 나오토는 비틀비틀 일어나 레이라 곁으로 왔다. 치명적인 손상은 아니었나 보다.

"엘사도 나오토도 점보도 사람을 다치게 한 적이 없는데 어떻게 키리피시를 공격했지?" 피에로는 의문을 내뱉었다.

"몰라. 본능적으로 저 아이의 사악함과 위험함을 알아차렸지 모르지. 마치 내 마음의 소리를 들은 것처럼 움직여줬어."

"서커스에서도 이렇게 합이 맞진 않았는데 말이야."

"응. 정말이야." 레이라는 이제야 웃음을 보였다.

"다른 사람들은 어떻게 됐을까."

"몰라. 아까 불덩어리가 날아갔다고 하지 않았어? 일단 그쪽으로 가보자."

"동물들은 어떻게 하지?"

"그러네. 혹시 또 흡혈귀가 있으면 도움이 될지 모르니까 같이 데려가자. 점보가 숲속을 걷는 건 힘드니까 멀리 돌아갈 수도 있겠지만."

"저 아이는 어쩌지?" 피에로가 물었다. "다시 일어나긴 힘들어 보이지만."

분명 저 아이는 무시무시한 괴물이다. 살려두면 안 될지 모른다.

……하지만 우리는 괴물이 아니라 인간이다.

"그러네. 여자아이 모습을 한 걸 더 다치게 하는 일은 심정적으로 무리야. 우리가 보호하는 건 어떨까?"

"저 녀석은 괴물이야."

"괴물일지 모르지만 아이야. 제대로 교육하면 괜찮아질 가능성도 있어."

키리피시는 둘의 대화를 듣고 깔깔대고 웃었다. 몸부림을 치면서 조금씩 신체의 위치를 고치고 등골을 올바른 형태로 하려는 듯했다.

"저 상처가 나을지 어떨지는 모르겠으나 의사에게 보여주는 게 나을지도 몰라." 레이라는 스마트폰을 꺼내 조작하기 시작했다. "아직 터지질 않네. 어떻게 하지?"

"앗!" 피에로가 소리를 질렀다.

"왜 그래?" 레이라가 고개를 들었다.

"악의는 없었을 거야. 아까 말한 본능이겠지. 그러니까 점보를 너무 혼내지 마."

"뭐?"

레이라가 돌아봤을 때 마침 점보의 앞다리에 밟혀 키리피시의 머리와 가슴이 뭉개지는 참이었다.

22

란도가 텐트촌 앞 광장에 도착했을 때 제일 먼저 눈에 들어
온 것은 사체 잔해였다. 주변에는 온통 피가 튀어있어서 상당
히 격렬한 전투가 벌어졌음을 짐작할 수 있었다.

사체는 완전히 으깨진 상태였다. 이미 원형은 사라졌지만
간신히 남은 옷으로 보아 키리피시와 비슷했다. 도저히 인간
의 짓으로 여겨지지 않았으나 숲속에서 발견했던 시체와는
달리 살해자가 누군지는 가늠할 수 있었다.

틀림없어. 키리피시는 점보와 싸우다 졌네.

머리와 가슴 부분이 동시에 짓이겨져 뇌와 심장이 분쇄되
었을 것이다.

이건 좋은 소식 같네. 점보는 피에로와 레이라 말만 듣는다.
그러므로 둘 중 하나는 점보와 함께 행동하고 있다는 소리다.
아직 동료들이 살아남아 있다.

그때 불쾌한 소리가 울려 퍼졌다. 머릿속을 마구 뒤섞는 듯
한, 이상하고 끔찍하게 큰 소리였다. 높은 음에서 낮은 음까지

다양한 주파수가 하나도 조화되지 않고 섞여있었다.

란도는 귀를 막고 그 자리에 주저앉았다.

소리는 수십 초 동안 이어지다 끊어졌다.

이 소리는, 뭐지?

란도는 슈티의 유품인 소형 활을 움켜쥐었다.

일단은 화살을 찾아야 얘기가 된다. 분명히 슈티의 천막이나 공연 텐트 창고에 있을 것이다. 슈티의 천막이 잠겨있을지도 몰라서, 우선 세우다 만 공연 텐트로 향했다.

숨을 죽이고 들어갔다.

탄 냄새가 났다. 어두컴컴한 조명인데도 원형 무대 주변이 시커먼 게 보였다.

무슨 일이었을까?

불은 이미 꺼진 상태였다.

누가 껐지?

흡혈귀가 굳이 불을 껐을 것 같진 않았다. 다른 단원이 불을 껐나? 그렇다면 역시 아직 살아남은 것이다. 그렇다면 여기서 튀어나간 불덩어리는 흡혈귀일 가능성이 크다.

그래. 흡혈귀라고 해도 살해할 수도, 격퇴할 수도 있어.

란도는 조금 용기가 생겼다.

텐트 안을 걷기 시작했다.

바로 위화감을 느꼈다.

란도는 텐트 안을 둘러봤다.

뭐지? 뭐가 이상하지?

그리고 깨달았다. 그것은 처음부터 거기 있었다. 그저 타버린 원형 무대 표면에 묻혀있었을 뿐이다.

그것은 시커맸다. 날개 길이가 대략 8미터는 될 듯했다. 너무 거대해서 그런 존재가 거기 있음을 란도의 뇌가 거부했는지도 모른다.

그것은 거대한 박쥐였다.

란도는 활로 박쥐를 겨냥했다. 화살은 걸지 못했으나 상대가 평범한 총으로 착각하기를 바랐다.

박쥐는 날개를 펄럭였다.

무시무시한 압력의 바람이었다. 주위 좌석이 일제히 쓰러졌다.

란도는 설 수조차 없었다. 그대로 날아가 바닥 위를 굴렀다.

"뭐야, 정말 별것 아니네." 박쥐의 날개가 줄어들기 시작했다. 천천히 흔들리면서 거구의 남자 모습으로 변화했다. 괴물 같은 크기는 아니었으나 왠지 엄청난 위압감이 느껴졌다.

란도는 일어나 다시 활을 겨눴다.

이 녀석은 지금까지 만났던 녀석과는 격이 다르다. 날개만 퍼덕여도 내 숨통을 끊을 수 있을 정도야.

"혹시, 네가 랜돌프인가?" 장신의 남자는 기어들어가듯 조그만 목소리로 말했다.

"오늘, 나를 그 녀석과 착각한 사람이 너까지 세 번째야."

"아니란 거야?" 남자는 마른 웃음소리를 냈다. "뭐, 네가 랜돌프가 맞든 아니든 상관없어."

"너는 누군데?"

"이름이 필요하면 그리즐리라고 불러. 그럼, 나도 물어볼까?" 남자는 조용히 물었다.

"뭘 알고 싶은데?"

"조금 전, 나는 부하들을 불렀어."

"그 기분 나쁜 소리가 그거였어?"

"그래. 그런데 이상하게도 아무도 대답하질 않네. 왜 그럴까?"

"나야 모르지. 너를 싫어해서 그러는 거 아닐까?" 란도는 활을 쏠 생각이었으나 손이 너무 떨렸다.

겁먹었다는 걸 들키면 안 되는데.

"녀석들이 나를 싫어한다는 건 알아. 하지만 녀석들은 내게 대들진 못해. 왠지 알아?"

"글쎄다. 네게 빚이라도 있나?"

"녀석들은 나를 싫어하는 것 이상으로 두려워하니까. 그리고……."

"내 이름을 알려줄 생각은 없어."

"이름이 없으면 대화하기 불편하니까 그냥 랜돌프라고 부르지."

"나는 그 녀석이 아니야. 하지만 그렇게 부르고 싶으면 마음대로 해."

"녀석들이 대답하지 않는 이유로 두 가지를 생각할 수 있어. 하나는 내 소리가 들리지 않을 정도로 먼 곳으로 갔다, 하지만 작전 수행 중에 내게 말없이 멀리 갔다면 일종의 반역죄야. 나를 두려워하는 녀석들이 그럴 리 없지."

"부하를 굳게 믿네. 상사의 본보기일세."

"또 다른 가능성은 녀석들이 죽어버렸다는 거야."

"어느 쪽이든 좋네. 그렇다면 너는 외톨이야. 승산은 없어."

"녀석들과 나는 차원이 달라. 걱정할 일은 없지."

"그래서 어느 쪽이 정답이라고 생각하는데?"

"녀석들이 너무 늦기에 나는 상황을 보러 이 텐트로 왔어. 그리고 놀랐지. 여기에 올 때까지 사체를 둘이나 발견했어. 내 밑에 있는 아귀 두 마리였지. 거지 같은 냄새로 바로 알았어."

"아아, 그 둘이라면 나도 봤어. 여자애 쪽은 내용물이 죄다 나온 것 같더만."

둘? 지금, 이 녀석은 둘이라고 했다. 그럼, 숲속에서 비틀려 죽은 흡혈귀는 아직 모른단 말인가? 아니면 그 흡혈귀는 숨기려고 하는 걸까? 아니야, 그런 어정쩡한 정보 은폐를 해서 무슨 의미가 있나. 그렇다면 정말 모른다는 소리다.

—그런데 사체가 있었다는 건, ······이 주변에 너희들보다······ 강한 녀석이 있단 거야.

란도는 슈티의 말을 떠올렸다.

그럴 리가. 설마······.

란도는 하나의 가능성에 도달했다.

하지만 지금은 확인할 여유가 없다. 눈앞의 괴물을 어떻게든 해야 해…….

"누가 죽였는지 아나?" 그리즐리는 조용히 물었다.

"여자애 쪽은 아마 내 동료일 거야. 젊은이는…… 얼굴이 뭉개졌지?"

"아, 그래. 수프 그릇 대신 써도 될 정도로 움푹 팼더라."

"그건 내가 그랬어."

정확히 말하자면 슈티 혼자 했지만. 하지만 그 사실을 알려줄 필요는 없지.

그리즐리는 으스스한 웃음을 지었다.

"지금 발언은 나를 화나게 하려고 그런 건가? 유감이군. 녀석들이 죽었다고 딱히 별다른 생각이 들진 않네." 그리즐리는 란도를 향해 걷기 시작했다.

"멈춰!" 란도는 활을 다시 겨눴다.

"그 무기로 위젤을 쓰러뜨렸다고? 한 발 쏴볼래?"

"더 이상 움직이면 쏠 거야."

"뭐야, 허풍이야? 만약 그 무기에 효과가 있다면 벌써 썼겠지. 쏘지 않는 걸 보니 위젤을 죽인 무기는 그게 아니라는 소리지. 아니면 네가 죽였다는 게 거짓말이거나."

큰일이네. 화살이 없으면 승산이 없어.

란도는 쓰러진 좌석 하나를 그리즐리를 향해 차서 날렸다. 1미터도 날아가지 못하고 주위 의자에 부딪히며 큰 소리를 냈다.

이제 틈이 생기겠지.

하지만 그리즐리는 꿈쩍도 하지 않았다. 가만히 란도의 거동을 바라보고 있었다.

모 아니면 도야. 란도는 그리즐리에게 등을 돌리고 달리기 시작했다.

자, 이쪽이야.

그리즐리는 살짝 몸을 굽혀 바닥을 쳤다.

바닥이 갈라지며 여기저기서 무너지기 시작했다.

란도의 발밑에서도 바닥이 갈라졌다.

다리가 걸려 그 자리에 엎어졌다.

그리즐리는 천천히 다가왔다.

란도는 도망치려 했으나 발목이 바닥 틈에 걸려 일어설 수도 없게 되어, 허둥지둥 발버둥칠 따름이었다.

"한심하군. 네게 실망했어. 랜돌프."

"그러니까 나는 랜돌프가 아니—" 란도는 말을 끝맺지 못했다.

그리즐리에게 머리가 잡힌 것이다.

마치 바이스에 끼인 듯했다.

두개골이 빠직 격렬한 소리를 냈다.

란도는 너무나 고통스러워 절규했다.

"흠." 그리즐리는 란도를 원형 무대 위에 내던졌다.

바닥재가 튕기며 파편 몇 개가 란도의 다리와 옆구리에 박혔다.

란도는 숨을 쉴 수 없었다. 스스로 가슴과 배를 세게 때려 간신히 호흡을 재개했다.

"오호, 아직 움직여? 다시 도망쳐봐."

란도는 다시 일어났다.

그리즐리는 조용히 란도를 지켜봤다.

여기서 도망쳐봤자 같은 일이 되풀이될 뿐이다. 힘의 차이가 너무 크다. 젠장. 조금만 더 가면 되는데. 아주 조금만.

란도는 주먹을 움켜쥐었다.

아직이야. 침착해. 생각해야 해. 뭔가 빠진 건 없나?

"안 도망쳐? 그럼 이제부터 네 팔다리를 하나씩 뽑을게. 그 다음은 혀, 다음은 귀와 눈이야."

이 녀석은 나를 바로 죽일 생각은 없구나. 왜?

"너, 알고 싶지?" 란도는 입안에서 피 맛을 느끼면서 말했다. "어떻게 우리가 너희 동료들을 모두 죽였는지?"

"흠. 확실히 흥미가 가네. 알려줘."

"대가가 뭔데?"

"너는 참 재미있는 말을 한다. 대가라는 말은 피차 대등한 관계일 때 하는 거지. 네게 선택지는 없어. 빨리 말해. 안 그러면 죽는 거야."

"말하면 죽지 않고 끝나?"

"내 마음이지. 네게 선택권은 없어. 빨리 말해."

란도는 눈의 초점을 맞춰 자신과 그리즐리의 위치를 확인했다.

딱 1미터만 옆으로 와주면 좋겠는데. 무슨 수가 없을까?

"이 무기야."

"거짓말하네."

"거짓말이 아니야. 이건 총 같은 게 아니야. 폭탄이지." 란도
는 활을 그리즐리 근처 바닥에 던졌다.

자, 어쩔 건데? 알아보려고 다가올까? 아니면 물러날까?

그리즐리는 한 걸음 활에서 떨어졌다.

아슬아슬한데. 하지만 더 기다려봤자 다시는 기회가 오지
않을 수 있다.

란도는 결심하고 주머니 안의 무선 스위치를 눌렀다.

곧 바닥이 열리고 금속으로 만든 관이 순식간에 일어나 그
리즐리를 감쌌다.

그리즐리는 당황하지 않았다. 가만히 관을 관찰하기 시작
했다.

녀석은 신중하구나. 좀처럼 공황 상태에 빠지지 않는 성격
은 생존에 유리하지. 하지만 이번만은 불리해.

그리즐리가 관에서 나오려고 하기 전에 뚜껑을 닫았다.

철커덕 소리가 살짝 들렸다. 뚜껑이 잠기는 소리다. 마술 공
연에서는 이다음에 볼트로 잠그지만, 실제로는 이미 잠긴 상
태이다. 굳이 볼트를 조이기 전에 잠금장치가 걸릴 리 없다는
관객의 착각과 큰 소리를 내는 연출로 인해, 잠기는 소리를 알
아차리는 사람은 없다.

하지만 지금은 마술 무대가 아니다. 볼트를 조일 필요는 없다.

쿵!

관 안에서 둔탁한 소리가 울렸다. 동시에 금속 뚜껑 중앙부에 얕은 굴곡이 생겼다.

저 관은 흡혈귀를 가두기 위해 설계한 게 아니다. 얼마나 버틸지 모른다.

란도는 달리기 시작했다.

우선은 활을 찾아야 해.

창고로 뛰어들었다.

쿵!

"랜돌프! 이런 덫으로 나를 가둘 수 있을 거라 생각했나!!"

물론 란도는 대답하지 않았다.

쿵!

"이런 뚜껑은 바로 깨부술 수 있어. 이제 두세 번만 치면 된다고. 그동안 너는 얼마나 도망칠 수 있을까? 100미터? 200미터? 안 됐네. 그 정도 거리면 나는 몇 초 만에 쫓아가. 그리고 이제 네 변명을 들어줄 마음은 없어."

있다!

그런데 하나밖에 없다. 어쩌지?

쿵!

"이제 뚜껑에 금이 갔어!"

제기랄!

란도는 달리기 시작했다.

슈티의 천막까지 활을 가지러 갈 여유는 없었다.

쿵!

"틈으로 밖이 보이네. 이제 한 번만 더 치면 끝이야."

란도는 전속력으로 계속 달렸다. 호흡하는 것도 잊을 정도로 계속 달렸다. 살아남기 위해서는 그저 달리는 수밖에 없었다.

쿵!

금속 뚜껑이 공중으로 날아올랐다. 회전하면서 10미터쯤 날아가더니 객석에 처박히며 주위 의자를 흐트러뜨렸다.

"자, 얼마나 내게서 멀어졌지, 랜돌프?"

그리즐리는 천천히 관에서 나왔다. 그리고 양손을 앞으로 내밀었다.

그건 란도를 탐색하기 위해 필요한 어떤 동작이었는지 모른다. 그러나 확인할 순 없었다. 아니, 애당초 란도는 확인할 생각이 없었다. 확인보다 먼저 해야 할 일이 있었으니까.

그리즐리가 알아차렸는지 아닌지는 모른다.

란도는 필사적으로 달려 관의 바로 옆까지 돌아왔다. 아마도 그리즐리는 자신이 낸 소음 때문에 란도의 기척을 알아차리지 못했을 것이다.

너와의 거리는 그래, 50센티미터쯤일까?

그렇게 말하려고 생각했으나 참았다. 한 번밖에 없는 기회를 잃을 순 없었으니까.

란도가 한 일은 아주 가까운 거리에서 그리즐리의 왼쪽 귓구멍을 향해 화살을 발사한 것뿐이었다.

화살은 쓱 귓구멍 안으로 빨려 들어갔다.

그리즐리의 눈이 찌릿 란도를 노려봤다.

당했다! 실패인가!

란도는 도망치려다가 엉덩방아를 찧었다.

그리즐리는 손으로 란도를 후려쳤다.

괴물의 팔이 어깨에 닿아 란도는 불타버린 원형 무대를 굴렀다.

란도는 죽음을 각오하고 눈을 감은 채 충격을 기다렸다.

하지만 충격은 오지 않았다.

그리즐리는 한 손을 바닥에 댄 채 움직이지 않았다. 그 눈은 똑바로 란도를 노려보고 있었다.

란도는 온몸의 고통을 참으면서 일어나 그리즐리에게 다가갔다.

그리즐리의 눈은 란도가 있던 자리를 여전히 노려보고 있었다.

나를 방심하게 하려고 죽은 척하는 걸 수도 있어. 하지만 그럴 가능성이 있을까? 이 녀석은 죽은 척할 정도로 약하지 않아. 바로 죽이겠다고 했으니까 놀리려고 죽은 척할 것 같진 않은데.

란도는 객석에서 부서진 의자를 가져와 그리즐리의 어깨를 후려쳤다.

의자는 부서졌으나 그리즐리는 꿈쩍도 하지 않았다.

주먹으로 콧등을 힘껏 때렸다.

뛸 듯이 아팠다.

화살촉이 오른쪽 귓구멍으로 튀어나왔다. 양쪽 귓구멍에서 피가 흘렀다.

란도는 양손 엄지를 그리즐리의 안구에 힘껏 넣어 빙빙 돌렸다. 피가 배어나왔다.

안구가 뭉개졌는지 아닌지는 모르겠으나 이렇게까지 죽은 척할 것 같진 않았다.

란도는 그 자리에 무너져 내렸다.

잠시 거친 숨을 몰아쉬고 다시 그리즐리를 봤다.

그리즐리는 마치 동상처럼 움직이지 않았다. 화살이 통과한 귀와 눈에서 피가 뚝뚝 떨어졌다.

이 녀석은 완전히 죽었어.

그렇다면 아직 그 흡혈귀는 살아있어.

란도는 일어났다.

23

제일 처음으로 한 건 관 시스템이 아직 작동하는지를 확인하는 일이었다. 스위치를 조작하자 관의 본체가 덜커덩 소리를 내면서 바닥 밑에 수납되었지만, 뚜껑은 변형이 심해 란도의 힘만으로는 객석에서 가져올 수가 없었다.

뭐, 됐다. 수리는 나중에 하자.

다음에 란도는 슈티의 취침 천막으로 갔다. 문이 잠겨있어서 천막 천을 찢고 들어갔다. 화살은 수십 개나 있었지만 그렇게 많이 가지고 다닐 수는 없어서 열 개만 챙겼다.

이것도 위안에 불과하다. 나는 슈티처럼 두 개의 화살을 동시에 발사할 수 없다. 하나를 쐈을 때 맞추지 못한다면 아마도 다음 화살은 시위에 걸지도 못하리라.

빠른 걸음으로 숲속을 통과해 슈티와 위젤이 싸웠던 곳으로 돌아왔다.

위젤은 아까와 같은 모습으로 쓰러져 있었다.

란도는 위젤의 사망을 다시 확인하고 슈티를 안치한 곳을 봤다. 나뭇잎이 붙은 나뭇가지가 쌓여있었다.

차이가 있는지 확인했는데 잘 모르겠다.

란도는 심호흡했다. 그저 내 착각이라고 해줘.

란도는 활에 화살을 걸고 머리 쪽을 쐈다.

특별한 반응은 없었다.

이어서 가슴 부위를 쐈다.

아무 일도 일어나지 않았다.

란도는 후 숨을 내쉬고 활이 명중한 곳으로 가 나뭇가지를 치웠다.

슈티의 사체는 없었다. 흙더미만이 사체의 크기만큼 있었다.

란도는 몇 초 동안 움직이지 못했다. 그러다 자신의 두 팔을 때려 신경과 근육을 자극했다.

한시도 머뭇거릴 수 없어.

란도는 달리기 시작했다.

공연 텐트로, 그리즐리의 사체가 있는 곳으로 향했다.

달리는 도중에 문득문득 자신의 머리 위와 등 뒤에서 불길한 기운을 느꼈다. 하지만 란도는 멈춰서 확인 같은 건 하지 않았다. 만약 그 녀석이 맞다고 해도 손 쓸 방법이 없기 때문이다. 일단 공연 텐트로 돌아가는 수밖에 없다.

텐트로 돌아오니 거기에는 그리즐리의 사체가 있었다. 내부의 모습은 조금 전과 같았다.

다행이다. 녀석에게 아직 들키지 않은 것 같네.

"랜디, 이상한 행동을 하네." 머리 위에서 소리가 들렸다.

란도는 침을 삼키며 고개를 들었다.

철 기둥의 꼭대기에 그게 서 있었다.

슈팅 스타. 인크레더블 서커스단의 유일한 궁사.

그는 훌쩍 기둥에서 내려왔다. 가볍게 낙하한 게 아니다. 거의 자유 낙하로 원형 무대에 쿵 내려섰다. 그러나 그 자세는 전혀 흐트러지지 않았다. 직립한 채 일직선으로 내려섰다.

슈티는 순식간에 란도의 손에서 재빨리 활을 빼앗아 그 자리에서 부쉈다.

너무 빨라 전혀 저항할 수가 없었다.

"슈티, 설마, 이런 일이……." 란도는 갈라진 목소리로 말했다.

"너, 내 시체에 활을 쏘더라." 슈티는 불쾌하다는 듯 말했다.

"봤어?"

"어떻게 내가 인간이 아니란 걸 알았지?"

"몰랐어."

"아니야, 알았어. 그게 아니면 네 행동은 설명할 수 없어."

"설명할 수 없게 행동한 사람은 너지. 도대체 무슨 목적으로 서커스단에 숨어든 거지?"

"말하자면 길어. ……아, 우선은 일단 커밍아웃부터 하는 게 좋겠네. 나는 흡혈귀야. 자, 커밍아웃은 끝났어."

란도가 처음으로 위화감을 느낀 것은, 슈티가 정확하게 위젤의 급소를 쐈을 때였다.

인간의 몸에는 급소가 여럿 있다. 눈, 턱, 명치, 사타구니, 손목, 무릎―물론 뇌나 심장은 그중에서도 가장 생명 유지와 직결된 부분이긴 하다. 하지만 그곳이 흡혈귀에게 치명적인 급소라는 걸 슈티는 어떻게 알았을까? 결정적이진 않았으나 커다란 의문이 생겼다. 슈티가 급소를 알았던 게 아니라 우연히 어쩌다가 위젤이 죽은 것일까? 그런데 그리즐리를 죽임으로써 슈티의 지식이 옳다는 걸 깨닫고 말았다.

"처음부터야? 아니면 서커스단에 들어온 후 흡혈귀가 된 거야? 그것도 아니면 너는, 진짜 슈티로 탈바꿈한 가짜야?"

"처음부터 나는 나였어. 명연기였지? 나는 흡혈귀 사이에서 유명해. 미티아라고 하지. 운석이라는 뜻이야. 무슨 소린지 알겠어? 그래서 내 예명이 슈팅 스타, 날아다니는 별이야. 멋지지?"

"서커스단에 잠입한 이유는?"

"그야 첩자로 왔지. 컨소시엄이라는 조직이 있거든."

"그건 다른 흡혈귀에게 들었어."

"그 녀석들이 서커스단으로 위장하고 다닌다는 소릴 들었어. 이 서커스단이 그런 게 아닐까 의심했지. 그런데 아니더라."

"왜 바로 떠나지 않았어?"

"떠나려고 했지. 물론 여기 사람들을 다 죽이고. 그런데 딱 결행하려던 날에 네가 왔어."

"내가?"

"관심이 생기더라. 젊은 사람이 무턱대고 서커스단을 찾아와 이곳에서 좌절과 달성을 되풀이하며 마침내 성공의 무대에 선다. 그리고 영광에 휩싸여 대기실로 돌아오니 거기에는 자신의 동료들이 죄다 목이 물린 채 죽어있다. 놀라 돌아보니 입에서 피를 흘리는 친구가 네 목을 노린다. 끝없는 절망 속에 네가 어떤 얼굴을 할까. 그게 정말 보고 싶었거든."

"……몇 년씩이나 걸려서? 왜?"

"딱히 이유는 없어. 그냥 여흥이지. 흡혈귀는 농담을 좋아해. 불사의 존재이니 몇 년쯤은 그리 긴 시간도 아니고."

"농담……." 란도에게는 슈티—미티아의 말 자체가 이해되지 않았는데 이해하는 것 자체가 무리라는 걸 깨달았다. 이 녀석은 인간이 아니니까. "나는 너를 친구라고 생각했어."

"보라고! 엄청난 연기력이지?" 미티아는 싱글싱글 웃었다.

"지금 한 말, 거짓말 아니지?"

"거짓말이라고 믿고 싶어? 그러니까 너는 애송이라니까. 이런 상황에서 내가 왜 너한테 거짓말을 하겠냐?"

"내가 네 동료를 죽여서 분해?"

"동료? 아아, 저 쓰레기?" 미티아는 그리즐리의 사체를 봤다. "정말 대단했어. 혼자서 이런 괴물을 쓰러뜨리다니. 정말 내가 사람을 잘 봤다니까."

"동료였잖아?"

"동료가 아니야. 나는 무리에 속하지 않아. 오늘, 이곳을 습격한 놈들은 모두 저 녀석 부하지. 한심한 녀석들이었어. 외로운 늑대 같은 나를 깔봤지. 무리가 아니면 살 수 없는 소심한 놈들 주제에. 그래서 벌을 줘야겠다고 생각했는데, 그때 재미있는 계획이 생각났어. 이 서커스단이 컨소시엄이라는 소문을 내는 거지. 마침 퀸 비라는 멍청한 흡혈귀가 컨소시엄에 당하고 도망쳤는데, 그걸 이용했어."

"그럼, 흡혈귀 녀석들을 끌어들인 게 너라는 거야?!" 란도는 분노에 몸을 떨었다. "우리를 녀석들의 먹잇감으로 삼을 생각이었어!!"

"그건 오해야. 나는 녀석들에게 망신을 줄 생각이었지. 인간인 척하고 조용히 녀석들에게 다가가 몇 마리쯤 죽이면 됐어. 그럼, 녀석들은 인간에게 당한 멍청이들이라고 흡혈귀 사회에서 웃음거리가 될 테니까. 나도 실컷 놀릴 생각이었지. 그런데 계획에 구멍이 생겼어. 그리즐리의 부하 중 하나인 모레이가 내 정체를 안 거야. 그래서 우선 그 녀석을 죽였어. 몸을 걸레처럼 짜서 숲속에 버렸지. 나중에 제대로 처리하려고 했는데 위젤 녀석이 끈질기게 엉겨 붙어서 그럴 시간이 없었어."

역시 그랬던 거였구나.

그리즐리와 싸울 때, 란도는 슈티가 했던 말을 떠올렸다.

—사체를 발견하고 불덩어리를 보느라 시간이 걸렸어.

그때 란도는 그렇게만 말했다.

—하지만 사체가 있었다는 건…… 이 주변에 너희들보다……

강한 녀석이 있단 소리지.

　그런데 슈티는 사체가 흡혈귀란 걸 알고 있었다. 왜냐면 그 흡혈귀를 죽인 게 슈티 자신이니까.

　"단원들이 위험에 빠졌어."

　"물론 서커스 단원도 몇 명쯤 죽을 거라 생각했지. 그야 내가 일일이 걱정할 일은 아니잖아? ……아, 맞다. 위험에 빠진 게 아니라 죽거나 재기할 수 없을 정도로 크게 다쳤어. 네가 모를 뿐이지."

　"나를 불안하게 하려고 이야기를 지어내도 소용없어."

　"그렇게 생각할 줄 알았어. 그래서 이걸 찍어뒀지. 네게 보여주면 정말 열 받을 것 같아서." 미티아는 주머니에서 몇 장의 사진을 꺼내 란도에게 던졌다. "즉석 사진은 정말 편리해. 요즘은 휴대전화에 밀려 거의 자취를 감췄지만, 이렇게 사용할 수 있지. 이게 스마트폰이면 네 옆에 서서 슬라이드하면서 사진을 보여줘야 하잖아."

　란도는 떨리는 손으로 바닥에 떨어진 사진을 주웠다.

　그건 잔혹한 일을 당한 단원들의 모습이었다.

　기프티는 몸통이 반쯤 찢겨 있었다. 비스트리는 나무 기둥에 꽂혀 있었다. 리지와 진은 피 칠갑한 채 서로 기대어 걷고 있었는데, 리지의 한쪽 팔이 잘려있었다.

　기프티는 아무래도 죽었을 것 같다. 다른 사람들 역시 죽었다 해도 이상할 게 없는 상태였다.

란도는 절망에 휩싸였다. 다 살해당했다면 지금 여기서 미티아와 싸워봤자 무슨 소용이 있나. 싸우지 말고 저 녀석의 이빨에 물리는 편이 훨씬 편할지 모른다.

"……네가 했어?"

"내가 아니야. 그리즐리 녀석들이 했지. 내가 말을 흘린 게 원인이었으니까 내 탓이라고 해도 할 말은 없지만 말이야. 뭐, 아주 재미있었으니까 만족해. 나는 인간이 필사적으로 살아남으려 하면서도 결국은 압도적인 힘 앞에서 죽는 모습을 아주 좋아해. 하지만 정말 놀랐어. 서커스 단원 모두 정말 잘 싸웠어. 단원이 죽는 거야 놀랄 일도 아니지. 그런데 흡혈귀도 꽤 죽은 것 같더라. 그리즐리의 호출에 영 반응이 없는 걸 보면."

"내게 일부러 흡혈귀의 약점을 알려준 이유는?"

"위젤과 술래잡기를 하고 있는데 여기서 불이 나고 캐터피라가 불덩어리가 되어 도망치는 걸 봤거든. 너희들에게는 단순한 불덩어리로 보였을지 모르지만, 내 동체 시력은 분명했지. 그때 이 녀석들이 꽤 할 것 같다는 생각이 들었어. 아! 캐터피라는 그리즐리의 한심한 부하 중 하나야. '이 녀석들'은 너희 단원들이고. 그때 괜찮은 아이디어가 떠올랐어. 이 녀석들에게 정말 그리즐리의 부하들을 죽이게 하면 그 자식의 체면이 완전히 무너질 거 아냐. 보라고. 평범한 인간에게 흡혈귀가 살해당한 거잖아. 이거야말로 돌이킬 수 없는 수치지." 미티아는 정말 기분 좋은 듯했다. "그래서 네게 흡혈귀의 약점을 알려줬어. 굳이 말이야. 그랬더니 어떻게 됐나 보라고. 정말 죽였어. 너, 굉장해. 물론 나도 굉장했지. 죽는 연기 말이야. 숨을 멈추는 것뿐만 아니라 심장도 멈췄으니까. 그렇게 오래 멈추고 있으면 정말 죽을 수 있어서 가끔 움직이긴 했지만. 너, 필사적이었던 탓에 몰랐지? 참고로 30분은 너무 길어. 하품할 뻔했다고. 자, 그런 이유로 네 역할은 이제 끝났어. 수고했어. 내 계획대로야."

란도는 떨리는 손으로 다른 한 장의 사진을 넘겼다.

아야미의 사진은 없네. 단장과 쿠와이와 레이라도. 그렇다면 아직 살아있다는 소리다. 만약 죽었다면 반드시 내게 보여줬을 거다.

"아야미의 사진이 없어서 안심하고 있어?" 미티아가 말했다. "그래. 아직 죽지 않았어. 아무래도 토타스와 캐터피라 근처에 있는 듯하지만 말이야. 인간인 척하면서 두 흡혈귀를 상대하는 일은 나라도 힘들었어. 뭐, 지금은 죽었을 테고, 아직 죽지 않았다고 해도 네 시체를 보게 한 다음에 죽일 거니까 안심해."

"슈티, 거기에 있지!!" 란도는 절규했다. "그런 괴물을 얼른 내쫓고 원래의 너로 돌아와."

"너 정말 이해를 못 하는구나." 미티아가 어깨를 움츠렸다. "슈티 같은 건 어디에도 없어. 사라진 게 아니야. 원래부터 없었다고. 전부 내 연기였다니까."

란도는 강렬한 슬픔과 분노에 휩싸였다. 거기에 슈티가 있다고 믿고 싶었다. 하지만 그의 바람은 깨졌다.

만약 슈티가 처음부터 없었다면 나는 누구와 친구였지? 모든 게 거짓이었다면 나는 무엇을 위해 싸워야 하나? 운명에 맞서야 하는 이유는 뭘까? 동료가 다 살해당했는데 나만 살아서 무슨 소용이 있나? 이대로 친구의 모습을 한 괴물에게 죽임을 당하는 게 제일 행복하지 않을까?

란도는 포기하려고 했다. 그런데 그의 내부의 무언가가 포기하려는 자신에게 반발했다.

아니야. 모두 살해당했다고 단언할 순 없어. 그렇다면 이 녀석을 쓰러뜨릴 의미가 있어. 만약 잘못되어 내가 죽더라도 그걸로 아야미를 살릴 수 있다면 싸울 가치는 있어.

"네 질문은 이제 끝났어?" 미티아가 말했다. "그럼 빨리 내 질문에 답해. 왜 내가 흡혈귀라고 확신했지?"

"그건……." 란도는 입을 다물었다.

"침묵하면 죽지 않을 거란 생각은 하지 마. 이건 단순히 내 호기심에서 묻는 거니까. 특별히 꼭 들어야 하는 것도 아니야. 그저, 알려주면 2, 3분쯤 더 살려두겠다는 소리지. 나의 다정함이야. 하지만 다정함에 빌붙는 것도 정도가 있는 법이지. ……그렇구나. 만약 가르쳐줘도 네 목숨은 봐줄 수 없어. 대신 아야미는 봐주게. 더는 타협할 수 없어."

"알았어. 그리즐리에게 들었어."

"거짓말. 녀석은 내가 단원으로 숨어든 걸 몰라."

"정말이야. 그 녀석 몸에 다잉 메시지가 있었어."

"거짓말이면 금방 들통나. 거기에 있어. 움직이지 말고." 미티아는 그리즐리의 사체까지 도약했다. "어디야? 아무것도 없잖아."

"등에 적혀있어."

미티아는 그리즐리의 등 쪽으로 돌아가려다가 멈췄다.

왜 그러지? 조금만 더.

"내가, 아까 아야미를 살려주겠다고 했지?"

"응. 분명히 그렇게 들었어."

"그거 거짓말이야." 미티아는 씩 웃고 그대로 그리즐리의 등 쪽으로 돌아갔다. "즐기며 죽여줄게."

"응. 거짓말인 줄 알았어."

"등에 아무것도 없어." 미티아는 그리즐리의 엉덩이를 차버렸다.

그리즐리는 공중을 날아가다 부서진 금속 뚜껑에 격렬하게 부딪혀 뇌의 척수액이 터졌다.

"나를 속였어?" 미티아는 란도에게 분노의 눈빛을 보냈다.

"아, 그래." 란도는 주머니 속의 무선 스위치를 눌렀다.

관이 일어나 미티아를 감쌌다. 그런데 뚜껑은 없다. 마루 밑의 기구가 덜컹덜컹 공회전하고 있을 뿐이었다.

미티아는 한숨을 쉬었다.

"또? 내가 전에도 말했지. 네가 실패한 이유를 말이야."

"그런 말, 들었던가?"

"과신이야. 너는 자신을 너무 믿어. 한 번 성공했다고 상황이 변했는데도 같은 일을 되풀이하는 건 바보—"

란도는 다른 스위치를 눌렀다.

바닥이 훅 기울어지면서 풀이 나타났다.

관은 미티아를 실은 채 슬로프를 미끄러져 풀 안으로 떨어졌다.

미티아의 가슴까지 물이 찼다.

"이걸로 나를 익사시키겠다고? 역시 너는 사류 마술사야. 내가 참 잘도 봤지." 미티아는 풀 끝에 손을 걸쳤다.

란도는 달리기 시작했다.

바닥에 내던져 있던 공구 하나를 잡고 스위치를 누르면서 풀에 집어던졌다.

공구는 코드가 달린 채 뿌지직 소리를 내며 물에 잠겼다.

"앗!" 미티아는 그 자리에 굳었다. 이를 악물고 란도를 노려봤다.

"과신한 건 너야." 란도는 공구함을 뒤집었다. "심장과 뇌를 파괴하면 죽는다. 그 말은 곧 기본적인 인체 구조는 인간과 같다는 거지. 그러니까 근육에 전기가 통하면 경직되어 움직이지 못해. 움직이지 못하는 녀석의 심장을 쏘면 쉽게 죽일 수 있지. ……문제는 네가 무기인 활을 부줬다는 거지만."

미티아는 열심히 몸을 움직이려 했다. 하지만 흠칫흠칫 경련할 뿐이었다.

커다란 장치를 움직이게 하려고 브레이커는 대용량을 사용하고 있었다. 이 정도 누전에 떨어지지는 않을 것이다.

란도는 공구함에서 소형 봄베를 꺼내, 공구 하나에 세팅하고 일어났다.

갑자기 천둥소리가 울려 퍼졌다.

미티아의 표정에 슬쩍 웃음이 떠오르는 듯 보였다.

란도는 불안한 마음을 품은 채 미티아를 향해 달리기 시작했다.

다시 벼락이 치고 거의 동시에 천둥소리가 들렸다.

바로 옆에 벼락이 떨어졌다.

앞으로 몇 걸음만 더 가면 도착한다.

미티아는 완전히 웃고 있었다.

강렬한 빛과 소리와 함께 공연 텐트 안이 어둠에 싸였다.

낙뢰의 직격을 받은 탓에 정전이 일어난 것이다.

갑작스러운 일에 눈이 익지 않았고 달도 구름에 가려져 있어서 란도에게는 암흑처럼 여겨졌다.

그러나 란도의 마음속에는 또렷하게 미티아의 모습이 떠올랐다. 대갈못의 길이는 4, 5센티미터 정도라 뇌간을 노리기는 어렵다. 하지만 심장이라면 어떻게든 노릴 수 있을 것이다.

그 순간 란도의 오른 손목이 잡혔다.

하지만 개의치 않고 왼손으로, 못 박는 기계 끝을 미티아의 왼쪽 가슴으로 여겨지는 곳에 누르고 못을 박았다.

탕!

미티아의 완력은 바이스처럼 어마어마했다.

하지만 란도는 계속 못을 박아댔다.

탕!

탕!

미티아는 란도의 손목에서 손을 뗐다.

란도는 뒤로 쓰러졌다.

미티아의 숨소리가 들렸다.

달이 구름 속에서 고개를 내밀었다.

흡혈귀는 눈을 부릅뜨고 가만히 란도를 노려보고 있었다.

심장에 맞지 않았나?

미티아는 크게, 그러면서도 빨리 호흡을 되풀이했다.

만약 심장에 못이 명중했다면 혈액 공급이 막혀 뇌는 산소 부족에 빠질 것이다. 그래서 반사적으로 열심히 숨을 쉬려고 하는 것일지 모른다. 심장이 멈춘 상태에서 이 녀석은 몇 초간 이나 움직일 수 있을까? 혹시 몇 분씩이나?

란도는 못 박는 기계를 잡고 일어났다.

"아아아아악!!" 미티아는 침을 흘리면서 팔을 휘둘렀다.

이 녀석에게는 함부로 접근해선 안 된다.

미티아는 자신의 서커스 의상 가슴 부분을 찢었다.

가슴에서 왼쪽으로 살짝 치우친 부분에 못의 머리가 세 개 보였다.

그는 그중 하나를 잡고 뽑기 시작했다.

울음이라고도 비명이라고도 할 수 없는 절규 후, 못 하나 가 빠졌다.

동시에 대량의 출혈이 일어나 그 자리가 피바다로 변했다.

망했다. 이 녀석은 불사신이야.

란도는 도망칠 기회를 살피면서 뒷걸음질 쳤다.

미티아의 팔이 눈으로 파악할 수 없을 정도로 빠르게 움직였다.

그 순간 란도는 왼쪽 허벅지에 충격을 받았다.

못이 박혔다.

란도는 신음하며 무릎을 꿇었다. 그 충격으로 못 박는 기계를 떨어뜨렸고, 그것은 바닥에서 1미터쯤 미끄러졌다. 다리를 노렸는지, 다른 데를 노렸는데 빗나갔는지는 모르겠으나 상당한 타격이었다. 움직일 수가 없었다.

미티아는 구르듯 풀에서 기어 나왔다.

란도의 발목을 잡으려고 했으나 간신히 발로 차 피할 수 있었다.

괴물의 움직임이 둔해졌다. 역시 심정지의 효과가 있는 듯했다.

미티아는 두 번째 못을 뽑으려 했다.

란도는 그걸 방해하려고 미티아에게 무릎걸음으로 다가갔다. 하지만 미티아의 팔을 잡으려는 순간 거꾸로 잡히고 말았다. 동시에 미티아는 두 번째 못을 뽑아 란도의 손바닥에 그 못을 박았다. 그 탓에 바닥에 못 박힌 상태가 되었다. 고통에 의식이 몽롱했지만, 란도는 큰일이 벌어졌음을 깨달았다.

젠장! 못 박는 기계를 떨어뜨린 상태야.

미티아는 바닥에 똑바로 누워 세 번째 못을 잡으려 하고 있었다. 이제 란도를 죽일 여유가 없는 듯했다.

란도는 못 박는 기계 쪽으로 손을 뻗었다. 하지만 오른손이 바닥에 못 박혀있어서 왼손이 닿지 않았다.

미티아가 세 번째 못을 뽑는 데는 시간이 걸렸다. 못의 머리가 가슴 피부 깊이 박혀 잡히지 않는 듯했다.

이대로 힘이 다하길.

하지만 미티아도 필사적이었다.

갑자기 양손으로 자신의 가슴살을 쥐어뜯기 시작했다.

얼굴을 찌푸리고 악귀 같은 형상으로 살점과 뼈를 계속 찢어냈다.

갈비뼈 너머로 피범벅이 된 심장이 보였다.

못이 박혀 흠칫흠칫 경련하고 있었다.

미티아는 왼손으로 자기 심장을 잡고 오른손으로 못의 머리를 잡았다.

조금씩 못이 빠지기 시작했다.

흡혈귀는 가만히 자신의 심장을 응시했다.

란도는 오른손을 붙잡고 있는 못을 빼느라 필사적이었다. 하지만 꿈쩍도 하지 않았다. 바닥에 단단히 박혀있었다.

그는 온힘을 다했다. 하지만 역시 움직일 것 같지 않았다.

마침내 미티아의 심장에 박혔던 못이 쑥 빠졌다.

흡혈귀는 한숨을 내쉬었다.

심장은 천천히 박동을 시작했다.

미티아는 심호흡을 되풀이했다.

쑥쑥 상처가 회복되어갔다.

그 얼굴은 흉포한 짐승이 되어 란도에게 이빨을 드러냈다.

란도는 이를 악문 채 절규를 계속했다. 목이 찢어져 뜨거운 피가 뿜어져 나오는 것만 같았다.

마침내 오른손이 자유로워졌다.

오른손은 세로로 찢어져 손바닥 가운데서부터 중지와 약지 사이가 완전히 갈라졌다.

이제 오른손은 못 쓰겠구나 하는 생각이 스쳤다.

바닥을 기어 못 박는 기계로 손을 뻗었다.

다리를 잡혀 끌려왔다. 못이 박힌 쪽의 다리였는데 더는 고통이 느껴지지 않았다.

미티아는 크게 입을 벌리고 침을 폭포처럼 흘리며 란도의 목덜미를 물어뜯으려 했다.

란도는 못 박는 기계를 미티아의 이마에 대고 방아쇠를 당겼다.

미티아의 움직임이 멈췄다. 눈을 허옇게 뜨고 뭐라고 잠꼬대 같은 소리를 했다.

전두엽은 운동과 사고를 관장하는 부위로 알려져 있다. 란도가 못을 박자 일시적으로 운동과 사고에 장애가 생겼으리라.

란도는 미티아를 때려눕혔다.

미티아는 피와 물로 미끌미끌해진 바닥에서 일어나려고 발버둥 쳤다.

"어떻게 내가 네 정체를 알아차리고 확신했을까? 사실을 알려줄게." 란도는 간신히 자세를 바로잡고 미티아의 몸에 올라타 그를 제압했다. "넌 너무 조급했어. 너는 위젤의 뇌관과 심장을 동시에 쐈어. 흡혈귀의 급소가 두 군데라는 걸 내게 알려주기 위해서지. ······그런데 둘 다는 지나쳤어. 급소 위치를 알아차렸더라도 하나씩 시험하기 마련이지. 두 개를 동시에 쏘면 어느 쪽이 효과가 있는지 모르잖아. 그런데 너는 내게 둘 중 하나만 알려주는 게 불안했어."

미티아가 듣고 있는지 아닌지는 몰랐으나 란도는 계속했다. "약점을 두 개 알면 죽일 확률은 높아지지. 그래서 너는 둘 다 알려줘야 한다는 조급한 마음에 두 군데를 동시에 쏘는 부자연스러운 일을 해버렸지. 그러니까 너는, 급소를 미리 알았음을 자백한 셈이야. 하지만 네 덕분에 흡혈귀의 약점을 알았으니까 인사를 해야지. 고마워."

전두엽에 깊은 상처를 입었음에도 미티아는 심호흡을 계속하고 있었다. 가슴의 상처는 아물고 있었고 이마의 못도 천천히 빠지고 있었다.

"정말 무시무시한 괴물이네." 란도는 직접 근육을 헤집고 못 박는 기계 끝을 직접 미티아의 박동하는 심장 표면에 대고 방아쇠를 당겼다.

그 순간, 미티아가 란도의 목을 움켜쥐었다. 손톱이 파고들어 피가 흘러나왔다.

하지만 미티아의 손은 더는 움직이지 않았다.

심장이 부르르 경련하기 시작했다.

심장세동인가?

란도는 다시 심장의 다른 부분에 못을 박았다.

상처의 재생이 멈췄다.

"젠장!! 젠장!! 젠장!!" 란도는 차례로 못을 박았다. "이 괴물아!! 슈티를 내놔!! 내 소중한 친구라고!! 녀석이 내게 얼마나 소중한지 알아!!"

미티아는 란도의 얼굴을 봤다. 그리고 한심하다는 표정을 짓는 듯싶더니 입에서 핏덩어리를 토하고 눈을 감았다.

란도는 계속 절규하며 미친 듯 못을 박아댔다.

"내가 용서할 것 같아!! 죽어!! 죽으라고!! 죽어!! 슈티를 내놔!! 죽어!! 죽어!! 죽으란 말이야!! 지옥에 떨어져!!"

심장 표면이 못으로 가득해 박을 틈이 없어지자 대동맥에도 못을 박았다. 그것도 가득 차자 이번에는 미티아의 얼굴이 못으로 채워졌다. 마치 뭔가에 씐 사람처럼 못을 박아댔다.

얼마 후 못이 다 떨어졌다.

란도는 엉망진창이 된 자신의 오른손을 바라보고, 이어서 완전히 뭉개져 원형을 알 수 없게 된 옛 친구의 얼굴을 응시했다.

그리고 끝내는 왼손으로 자신의 얼굴을 덮고 조용히 울기 시작했다.

24

눈을 뜬 란도는 자신이 병실에 누워있다고 생각했다. 그런데 아무래도 이상했다. 병실치고는 세로 길이가 너무 좁다. 게다가 천장도 낮다. 병원이라기보다 구급차 안 같았다. 그런데 그런 것치고는 창문도 없고 운전석도 보이지 않았다.

란도는 자신의 오른손을 확인했다. 이미 치료가 끝난 듯했다. 그런데 의아한 점은 붕대를 꽁꽁 감아놓은 게 아니라 가볍게 테이프를 붙였을 뿐이다. 더욱 기묘한 점은 손바닥이 완전히 둘로 갈라진 부상이었던 데 비해 별로 아프지 않았다. 엄청 강력한 마취제를 맞았나?

그러고 보니 다리에도 통증이 없었다.

혹시나 절단되었나 싶어 손으로 더듬어 보았는데 멀쩡했다.

란도는 안도의 숨을 내쉬었다.

아주 작게 센서 같은 소리가 울리기 시작했다.

문이 열리고 SF 영화에나 나올 법한 장비와 수트를 입은 장신의 남자가 들어왔다.

란도는 몸을 일으키려고 했다.

"아니, 그대로 누워있게. 히어로 군." 남자는 쾌활하게 말했다.

"당신은 누구지? 그리고 여기는 어디야?"

"동시에 대답하긴 어렵겠군. 무슨 질문의 답을 먼저 듣고 싶지?"

"제일 먼저 알고 싶은 것은 다른 단원들이 어디 있는지야."

"바로 근처에 있어. 옆이라고 해도 좋지."

"만나게 해줘."

"물론이지. 그런데 그 전에 일단 얘기를 들어야겠는데. 무례라는 건 아는데 어쨌든 그게 내 일이라."

"모두 무사해?"

"보고하기 가슴 아프네." 남자는 그제야 심각한 표정을 지었다. "발견 당시 중태였던 사람은 네 명, 여기에는 당신도 포함되지. 그리고 사망했을 것으로 추정되는 사람은 하나."

"사망…… 누구지?"

"기프티라는 여성이야."

"기프티…… 역시, 그랬나. ……그녀는 뛰어난 신체 능력을 지닌 사람이었어. 나랑은 비교도…….."

"그랬던 것 같더군. 단원의 증언에 따르면 그녀는 키리피시라고 불린 흡혈귀를 죽기 바로 직전까지 몰아갔다고 하더군. 하지만 마지막 순간에 놓쳤어. 그러나 그건 그녀 잘못이 아니야. 그저 지식의 문제였지."

"젠장!!" 란도는 얼굴을 손에 묻었다. "내 실수야. 좀 더 빨리 전원을 대피시켰어야……."

"다른 사람들 말로는, 당신은 정말 열심히 설득했다던데. 누구 탓이 아니야. 잘못은 흡혈귀에게 있지."

"나 말고 중태인 사람은 누구야?"

"잠깐만." 남자는 메모를 꺼냈다. "진, 리지, 그리고 비스트리야."

"생명에 지장은 없어?"

"전원 목숨은 건졌어. 하지만 정신적인 충격은 상당히 클 거야. 특히……."

"비스트리?"

"아, 맞아. 눈앞에서 파트너가 잔혹하게 살해됐으니까."

"다른 사람은?"

"아주 피로했고 정신적으로 지쳤지. 하지만 육체적으로는 문제없어. 자네를 포함해 감염되지도 않았고."

"감염? 무슨 소리야?"

"흡혈귀는 동료를 늘릴 수 있어. 최근에는 거의 그런 일은 없지만."

"최악의 괴물이야."

"나도 늘 그렇게 생각해."

"늘? 녀석들과 종종 만난단 소리야? 처음에도 물었는데 당신, 뭐 하는 사람이야?"

"나는 컨소시엄의―"

란도는 벌떡 일어났다. 튜브와 센서 몇 개가 빠지며 큰 알람이 울리기 시작했다. 그가 남자의 멱살을 잡음과 거의 동시에 문이 열리고 병사 몇이 뛰어 들어왔다.

"아니야, 괜찮아." 남자는 한 손을 들어 올려 병사들을 제지했다.

"우리는 너희들로 오해되어 그 괴물들의 습격을 받았어."

"내 얘기 좀 들어. 우리는 그 괴물들을 제거하는 일을 해."

"그런 것 같더군."

"괴물들에게 정체를 들키지 않고 이리저리 돌아다니기에는 서커스단으로 위장하는 게 가장 적합했어."

"하지만 녀석들은 그 사실을 이미 알고 있었어."

"그런 것 같아. 우리로 착각해 너희들이 공격을 받은 일은 정말 미안하게 생각해. 하지만 믿어줘. 우리는 흡혈귀를 물리치고 일반 시민을 지키기 위해 계속 싸우고 있어. 앞으로 이 신념에는 변화가 없을 거야."

란도는 수없이 멱살 잡은 주먹에 힘을 줬다 빼기를 되풀이하다가 마침내 손을 놓았다.

"내가 마지막으로 죽인 흡혈귀는 인간인 척하고 서커스단에 잠입했어. 녀석이 그리즐리라는 흡혈귀 무리를 우리 서커스단으로 끌고 왔지. 그러니까 당신들 잘못은 아니야."

병사들의 긴장이 풀어졌다.

"그 흡혈귀 이름을 알아?"

"미티아라고 했어."

남자는 휘파람을 불었다.

"최강급 괴물이야. 용케 무찔렀어."

"운이 좋았어. 녀석이 나를 얕보고 방심해서 이긴 거야."

"상황 증거로 보건대 그리즐리를 물리친 것도 당신인 것 같던데?"

"맞아."

병사들에게서 감탄의 소리가 흘러나왔다.

"혹시 위젤도?"

"녀석은 아니야. 미티아가 죽었어."

"그래? 녀석들의 분열은 그리 드문 일도 아니지. 아주 잠깐 변덕이 나거나 조금만 기분 나빠도 죽여버리니까."

"그런 것 같더군. 다른 여자 흡혈귀도 죽인 것 같던데."

"모레이겠지. ……그런데 그럼 당신은, 단독 기록 보유자는 안 되겠네."

"무슨 기록?"

"흡혈귀 둘을 살해하는 데 성공한 민간인 말이야. 도쿠 씨도 두 마리를 처치했거든."

"그게 누군데?"

"도쿠 씨? 당신은 몰라? 숲속에 사는 배낭 여행자 할아버지야."

"미안. 이름은 들은 것도 같은데 새로운 정보가 너무 많아 머릿속에 없어."

"도쿠 씨에 대한 자세한 정보는 자네 여자 친구에게 물어봐.

그는 당신보다 빨리 두 흡혈귀를 죽였대."

"그럼 나는 동일 기록 보유자네."

"도쿠 씨의 경우, 하나는 서커스 단원과 협동해 처리했으니까 미묘하지. 자네가 역시 단독 기록 보유자야."

"어쨌든 됐어. 그런 타이틀 바라지도 않아." 란도는 자기 손을 바라봤다. "명예로운 상처가 남겠지만."

"당신 상처는 우리가 지닌 최신 의료 기술로 치료했어. 그러니까 아마 후유증도 없을 거야. 세포 수준의 이식이라 신경 접속에도 문제가 없고."

"다른 사람도 같은 치료를?"

"그래. 다만 모두 완치한다는 보장은 없어. 그건 알아줘."

"단원으로 복귀할 수 없는 사람도 생길 수 있단 말이야?" 란도는 조금 낙담했다.

"그건 뭐라고 할 수 없지만, 각자의 상태에 따라 컨소시엄의 의료진이 최선을 다하겠다는 약속은 하지."

"고마워. 아까는 화내서 미안해." 란도는 손을 내밀었다.

"우리야말로, 구조가 늦어서 미안했어." 남자는 란도의 손을 잡았다.

"그런데 당신 이름은 뭐야?"

"나? 내 이름은 랜돌프야. 동료들은 랜디라고—" 랜돌프는 더 말할 수 없었다. 란도에게 맞아 한동안 바닥에 뻗어있었기 때문이다.

25

"얼마 전에는 미안했어." 란도는 며칠 만에 나타난 랜돌프에게 사과했다.

"아니야. 나로 오해받고 지독한 일을 당했으니, 순간적으로 그렇게 행동한 건 당연하지."

"그 얼굴의 멍은 아직 낫지 않았네. 치료는 안 해?"

"그 치료는 비싸. 생명이 위험할 때 아니면 쓸 수 없어."

단원의 말을 종합하면, 키리피시를 쓰러뜨린 후 레이라와 피에로는 동물들과 불덩어리가 추락한 주변을 탐색하다가 도쿠 씨의 오두막을 발견했다고 한다. 마침 그 무렵, 리지와 진을 도우러 갔던 아야미와 쿠와이, 도쿠 씨가 그들과 무사히 만나 돌아왔고, 그로부터 얼마 지나지 않아 휴대전화 기지국이 파괴된 걸 수상하게 여긴 컨소시엄의 제트 헬리콥터가 와서 횃불을 흔들어 구조를 요청했다고 한다.

전원이 검사와 치료를 받고 치료가 끝난 순서대로 텐트촌으로 돌아왔다.

서커스 공연은 중지됐다. 표면적으로는 건설 중이던 공연 텐트 철 기둥에 번개가 떨어져 화재가 일어났고 작업하던 단원 중에 사상자가 나온 것으로 보도되었다.

"뭐, 실제로 낙뢰도 화재도 있었으니 새빨간 거짓말은 아니지." 란도는 완전히 망가진 서커스 시설을 바라보면서 말했다.

"앞으로 어쩔 셈이야?"

"아직 결정하지 않았어. 전처럼 서커스 공연을 하는 건 무리겠지. 파산할 수밖에 없어. 당분간은 길거리 공연이라도 해볼까 해."

"한 가지 제안이 있는데."

"왜 취직자리라도 추천해주게?" 란도가 농담처럼 말했다.

"굳이 말하자면 맞아."

"서커스 단원 전체를?"

"아니, 당신 혼자."

"마술사 하나로 족하다고?"

"우리가 원하는 사람은 뛰어난 흡혈귀 사냥꾼이야."

"나는 그런 기술을 익힌 기억이 없는데."

"나도 마찬가지야. 나는…… 아내와 아이가 흡혈귀에게 살해당해서 컨소시엄에 들어왔어."

"그거…… 유감이네." 란도는 무슨 말을 하면 좋을지 몰랐다.

"괜찮아. 다 옛날얘기지. 이제 나는 슬픔을 극복했어. ……어쨌거나 당신에게는 특별한 재능이 있어. 제대로 된 무기도 없이 서커스 소도구와 공구만으로 흡혈귀 둘을 죽였다고."

"그럼 도쿠 씨를 스카우트해. 그 할아버지는 상처 하나 없었어."

"도쿠 씨는 이미 일본으로 돌아갔어. 게다가 우리 조직에는 나이 제한이 있어."

그 할아버지, 몇 살일까? 그런 의문이 머리를 스쳤다.

"어때. 해보지 않겠어?" 랜돌프는 권유를 계속했다. "그 재능을 사람들을 위해서 써야지."

"그렇지." 란도는 불타버린 원형 무대와, 파괴된 관과 풀, 부서진 공중그네와 객석의 잔해를 둘러봤다. "좋았어, 결정했어!"

"컨소시엄에 들어오겠다는 결심이 섰어?"

"아니. 나는 서커스단에 남을래."

"아니, 서커스단은 이미……."

"내가 흡혈귀들과 싸워 이길 수 있었던 건, 마술사였기 때문이야. 흡혈귀 사냥꾼의 재능이 있었던 게 아니라. 녀석들이 스스로 트릭에 걸려줬어. 그저 운이 좋았던 거지."

"모든 상황을 이용하는 게 흡혈귀 사냥꾼의 재능이야. ……하지만 마음을 정한 것 같네."

"아아."

"알았어. 일단 포기하지. 하지만 마음이 바뀌면 언제든 연락해."

둘에게 단원들이 다가왔다.

"아! 리지, 이제 퇴원이야?" 란도가 리지에게 말을 걸었다.

"상처는 어때?"

리지는 자신의 오른손을 보면서 펼쳤다 오므리기를 계속했다.

"서커스단 복귀는 좀 힘들지도 몰라."

"제대로 움직여지지 않아? 아직 포기하긴 일러. 재활하면……."

"아니야. 내 팔은 불에 타기도 해서 상태가 심했어. 잃어버린 신경과 뼈, 근육은 인공물로 대체했어. 그러니까 내 오른손은 반쯤 의수야."

"아무래도 진짜 팔 만큼 힘이 나오질 않나 보구나……."

"아니, 그건 아니야." 리지는 훌쩍 공중돌기한 후 한 손으로 물구나무를 섰다. 자세히 보니 한 손 전체가 아니라 새끼손가락만으로 서있었다.

"오른손 능력이 너무 뛰어난 게 문제야. 이 손으로 서커스를 했다가는 속임수로 여겨질 거야."

"그럼 어때?" 랜돌프가 말했다. "어차피 아무도 모를 거야."

"굉장해! 이걸 그대로 공연에서 보여주면 좋겠다." 피에로는 잔뜩 신이 났다.

"이런 걸 하면 마술로 알 거야." 란도는 어이없다는 듯 말했다.

"그럼, 너도 개조해달라고 해. 마술 장치를 만들지 않아도 되잖아."

"단장, 진심으로 말하니까 무서워." 아야미가 말했다.

"여기 뒤처리는 시에서 해?" 란도가 물었다.

"우리에게 하란다고 할 방법이 없어. 시가 하는 수밖에 없겠지."

"고소당할 수도 있겠네."

"그래 봤자 뭐. 재판에 져도 낼 돈이 없으니 무서울 것도 없어."

"두 손 다 들었다, 이 노인네." 쿠와이가 말했다. "그러다 사기로 고소당하겠어. 그럼 감옥에 간다고."

"그건 곤란해. 그럼 사실대로 말해야지."

"흡혈귀의 공격을 받았다고 말하려고? 무죄가 될 수는 있겠지만 대신 병원으로 보내질걸?"

"아, 저기. 처리와 재건에 필요한 자금 말인데." 랜돌프가 말했다. "우리 서커스단이 내도 돼. 그러니까 인크레더블 서커스단에 출자하는 형식으로. 뭐, 실제로 돈을 내는 주체는 컨소시엄이지만."

"우리 서커스단을 삼킬 셈이야?" 피에로가 랜돌프를 노려봤다.

"잘 생각해보라고. 여기를 삼켜서 우리에게 무슨 득이 있겠어? 의도치 않았다고 해도 우리 탓에 흡혈귀와의 항쟁에 휘말린 데 대한 사죄의 의미도 있어. 형식적으로는 출자지만 배당을 받을 생각도 없고 필요하다면 더 출자할 마음도 있어."

"그러니까 맘대로 쓸 수 있는 돈이란 거야?" 피에로의 눈이 번뜩였다.

"그렇게 생각하면 안 되지." 레이라가 말리고 나섰다. "조금이라도 갚아야지."

"아니야. 이건 대출이 아니니까 갚을 필요는 없어." 랜돌프가 말했다.

"그런 말을 하면 우리 단장은 서커스단을 흑자로 만들 마음이 없어진다고."

그 사건은 서커스 단원 모두에게 어두운 그림자를 드리웠다. 하지만 다들 조금씩 회복하기 시작했다. 물론 완전히 전처럼 돌아가기는 힘들지 모르지만, 적어도 앞으로 나아가려는 마음만은 분명했다.

란도는 문득 비스트리의 모습이 마음에 걸렸다.

모두와 조금 떨어진 곳에서 먼 곳을 바라보고 있었다.

"비스트리, 어깨는 어때?" 란도가 물었다.

"어깨?" 비스트리는 어깨를 만졌다. "어깨가 왜?"

"크게 다쳤잖아. 너도 세포 이식을 받았어? 아니면 인공 조직인가?"

"크게 다쳐……, 아아, 그러고 보니 다쳤던 것도 같네. …… 도무지 분명히 기억나는 게 없지만."

아야미가 슬쩍 란도의 어깨에 손을 얹었다. 란도가 아야미를 보자 살짝 고개를 저었다.

그럼, 비스트리의 마음은 아직 회복되지 못했단 말인가. 하지만 그래도 어쩔 수 없다. 마음의 기둥이었던 기프티를 잃었으니까. 그가 기억하지 못하는 것은 마음을 지키기 위한 반응이다. 지금은 아직 생각해낼 필요는 없다. 우선은 열중할 수 있는 일을 주는 게 필요하리라.

"곡예는 할 수 있겠어?" 란도가 물었다.

"물론이지. 지금 기프티 누나와 새로운 기술을 개발 중이야."

모두가 침묵에 휩싸였다.

"농담……이지?" 레이라가 조심스럽게 말했다.

"아니. 왜 농담이겠어? 의자 기술보다 훨씬 화려해. 사다리를 조립해 나무처럼 보이게 하고 그 사이를 날아다녀. 기프티 누나가 생각해냈어."

"착각 아니야?" 피에로가 말했다. "네가 말했잖아. 기프티는 그 키리피시라는……."

"키리피시?" 비스트리는 뭔가 생각난 듯했다. "맞다. 키리피시는 그 흡혈귀야. 그 흡혈귀는……." 비스트리의 얼굴이 점점 분노로 벌겋게 변하면서 일그러지더니 갑자기 난동을 부리기 시작했다. 옆에 떨어져 있던 목재 조각을 쥐고 절규하면서 마구 휘둘렀다.

"진정해. 비스티리!!" 란도가 소리쳤으나 들리지 않는 듯했다.

랜돌프는 재빨리 비스트리의 뒤로 돌아가 그의 어깨를 잡았다.

비스트리가 털썩 무릎을 꿇었다.

"그거 스타트랙의 스포크가 썼던 기술 아냐?" 레이라가 물었다.

"아니. 발칸 잡기 같은 건 아니야. 장갑 손가락 끝으로 진정

제를 주입할 수 있거든." 랜돌프가 대답했다.

"누나…… 도망쳐. ……녀석은 내가 죽일게!!" 비스트리는
아직도 몸부림치면서 잠꼬대처럼 얘기했다.

"마음의 상처는 컨소시엄의 의술로도 고칠 수 없어." 랜돌프
가 서글프게 말했다.

"앞으로는 우리가 해야 할 일이야." 란도가 말했다. "나도 괜
찮은 건 아니야. 둘도 없는 친구라고 여겼던 남자를 내 손으로
죽여야 했어. 그러니까 더욱 손을 맞잡고 살아야지."

아야미가 란도에게 살짝 기댔다.

"우리는 혼자가 아니야. 그러니까 틀림없이 이겨낼 거야."

랜돌프는 고개를 끄덕이고 말없이 그 자리를 떠났다.

26

서커스단은 회생했다.

마을에서 마을로 옮겨 다닐 때마다 서서히 활기를 되찾았고 새로운 단원도 들어오기 시작했다.

그 참극이 얘기되는 일은 거의 없었다. 상처가 아물었다고 해도 저마다의 가슴에는 큰 상처가 남았으니까.

그러나 그들의 기술은 전보다 훨씬 빛났다. 컨소시엄의 치료 덕분이기도 했으나 시련을 통해 단련된 때문이기도 했다. 가는 곳마다 그들은 칭찬받았고 기적의 서커스로 불렸다.

재앙 속에 살아남은 단원 중 비스트리만이 유일하게 복귀하지 못했다. 육체의 건강은 되찾았으나 정신이 계속 불안정했기 때문이다. 그런데 무대에 서지 못하면서도 그는 단련을 게을리 하지 않았다. 기프티와 콤비로 무대에 섰던 때와는 표정까지 변해, 피에로는 이제 그를 복귀시켜도 괜찮지 않을까 생각하기 시작했다.

란도만은 뭐라 표현할 수 없는 불안을 느꼈다.

그건, 밤 연습 때 이따금 비스트리가 보이는 불길한 웃음을 봤기 때문일지 모른다. 아니면 랜돌프의 이야기를 새삼 떠올렸기 때문인지도 몰랐다.

—컨소시엄은 끝내 기프티의 사체를 찾지 못했어. 아마 흡혈귀가 처리했겠지. 다만 그렇지 않을 때도 있어.

비스트리는 혼자 텐트에서 나와 밤의 어둠 속을 올려다보며 환한 표정으로 말을 걸곤 했다. 올려다본 하늘 끝에는 인기척이 없는 숲이 있을 때도, 대도시의 마천루일 때도 있었다.
그때마다 박쥐 한 마리가 슬픈 얼굴로 어둠 속에 나타났다 사라졌다.

이 책은 〈문예 카도카와〉 2018년 2월호 9월호에 연재했던 것을 가필, 수정한 작품입니다.

악몽 같은 판타지, 인크레더블 서커스!

미스터리에서 하드 SF(전문적인 과학 지식을 바탕으로 한 SF)까지 다양한 장르의 작품을 전개하고 있는 작가 고바야시 야스미. 그가 독자들에게 이름을 알린 건 뭐니 뭐니 해도 호러 작품을 통해서이다. 잔혹하고 기상천외한 서바이벌 미스터리 《인외 서커스》는 그의 대표작 《앨리스 죽이기》에서 펼친 것처럼, 서커스, 흡혈귀, 마술사, 특수부대 등 장난감 상자 같은 기상천외한 세계가 담겨있다.

경영 부진으로 임금 체불이 이어지자 단원 대부분이 떠난 '인크레더블 서커스단'은 현재 단장 피에로를 비롯해 열 명의 단원만이 남은 상태이다. 티격태격하면서도 내일 공연을 위해 밤늦게까지 공연 준비를 마친 단원들. 그런 그들 앞에 흡혈귀 그룹이 나타나 단원들을 속속 공격하기 시작한다. 흡혈귀를 사냥하는 특수부대가 서커스단으로 위장하고 다닌다는 정보를 얻은 흡혈귀들이 이들을 특수부대로 오인해 공격해온 것이다.

압도적인 전투력을 지닌 괴수들의 공격을 받고 흩어진 단원들은 저마다의 특수한 능력을 이용해 살길을 도모하는, 전율과 공포의 하룻밤을 겪게 된다.

이 책의 최고 볼거리는 전투 장면이다. 어두운 서커스단의 공연 텐트. 두 남녀가 에로틱한 분위기를 자아내며 이야기를 이어가는데 앞서 걷는 남자의 뒤를 조심스레 따르는 여자의 모습이 점차 변해간다. 그리고 이어지는 무시무시한 전투. 무지막지한 전투력으로 달려드는 여자 흡혈귀와 사력을 다해 막아내는 흡혈귀 사냥꾼의 대결에 이어, 여자 흡혈귀의 호출로 모여드는 동료 흡혈귀에 맞서는 전투 부대의 일전이 벌어진다. 숨 막히는 이야기의 시작인 것이다.

그래도 서장의 전투는 제법 대등한 전투에 해당한다. 서커스 단원을 덮친 흡혈귀들과 단원들의 전투는 더 처절해지고 정교해진다. 그도 그럴 것이 상대는 하늘을 자유자재로 날아다니고 몸통이 잘려나가도 몇 분이면 원상 복귀하는 초월적인 힘을 지닌 불사신이다. 그런 월등한 전투력의 차이를 서커스 단원으로서 기른 탁월한 신체 능력만으로 헤쳐 나가는 장면은 이 책의 압권이라 할 수 있다. 곳곳에서 피가 튀는 장면이 무수히 벌어지는데, 마치 영화의 한 장면 같다. 머릿속에 절로 영상이 그려질 정도로, 그 묘사는 스타일리시하다.

공중그네 커플과 오토바이 묘기의 합작으로 여자 흡혈귀 캐터피라와 치루는 처절한 일전, 마술사 란도와 흡혈귀 리더인 그리즐리의 아이디어 싸움, 그리고 오랜 경험과 지혜로 유머러스하게 흡혈귀와 대결하는 도쿠 일행까지 저마다의 능력을 최대한 발휘하는 대결의 행방은 그야말로 예측 불능이다. 미스터리의 복선을 넣은 잔인하지만 아름다운 액션은 고바야시 야스미의 정수라 할 수 있으리라.

　미스터리 복선이 수습되면서 펼쳐지는 반전도 볼거리. 근처 숲에서 벌어진 괴이한 사건이 이 진상과 연결된다. 그리고 무시무시한 괴물 앞에서도 무너지지 않는 인간들의 단단한 연대가 저변을 흐르며, 우리의 마음을 단단히 움켜쥔다.

인외 서커스

1판 1쇄 발행 2020년 6월 25일
1판 3쇄 발행 2022년 1월 18일

지은이 고바야시 야스미
옮긴이 민경욱

발행인 황민호
본부장 박정훈
책임편집 김순란
기획편집 강경양 한지은 김사라
마케팅 조안나 이유진 이나경
국제판권 이주은 김준혜
제작 심상운

발행처 대원씨아이㈜
주소 서울특별시 용산구 한강대로15길 9-12
전화 (02)2071-2017
팩스 (02)749-2105
등록 제3-563호
등록일자 1992년 5월 11일

ISBN 979-11-362-3586-2 03830